Evelyn Raleigh
E A CHAVE DA LENDA DE OURO

ALINE MARTINS

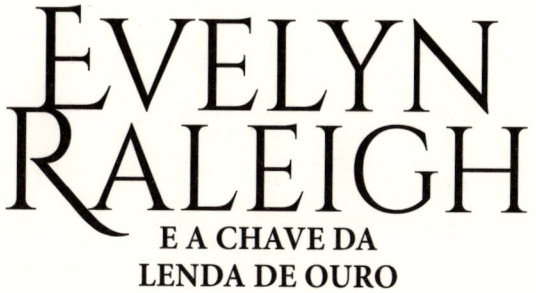

EVELYN RALEIGH
E A CHAVE DA LENDA DE OURO

TALENTOS DA LITERATURA BRASILEIRA

São Paulo, 2016

Evelyn Raleigh e a Chave da Lenda de Ouro
Copyright © 2016 by Aline Martins
Copyright © 2016 by Novo Século Editora Ltda.

AQUISIÇÕES
Cleber Vasconcelos

PRODUÇÃO EDITORIAL
SSegovia Editorial

PREPARAÇÃO
Alline Salles (AS Edições)

DIAGRAMAÇÃO
Vanúcia Santos (AS Edições)

REVISÃO
Mary Ferrarini
Paulo Franco

CAPA
Dimitry Uziel

Texto de acordo com as normas do Novo Acordo Ortográfico da Língua Portuguesa (1990), em vigor desde 1º de janeiro de 2009.

Dados Internacionais de Catalogação na Publicação (CIP)
Angélica Ilacqua CRB-8/7057

Martins, Aline
    Evelyn Raleigh : e a chave da lenda de ouro / Aline Martins. -- Barueri, SP: Novo Século Editora, 2016.
    (Coleção Talentos da literatura brasileira)

1. Ficção brasileira I. Título

16-1134   CDD 869.3

Índice para catálogo sistemático:
1. Ficção brasileira 869.3

NOVO SÉCULO EDITORA LTDA.
Alameda Araguaia, 2190 – Bloco A – 11º andar – Conjunto 1111
CEP 06455-000 – Alphaville Industrial, Barueri – SP – Brasil
Tel.: (11) 3699-7107 | Fax: (11) 3699-7323
www.novoseculo.com.br | atendimento@novoseculo.com.br

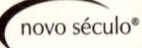

Dedico este livro a todos os que acreditaram e apoiaram meu maior sonho quando eu mesma não acreditava – podem anotar isso porque é a única vez que estive feliz por estar errada.

Agradecimentos

GOSTARIA DE AGRADECER, ESPECIALMENTE, AOS MEUS PAIS, Manuel e Simone, pelo apoio. Sem eles, isso não seria possível. Muito obrigada ao meu irmão Dani, com quem compartilho esse amor pela leitura, por sempre deixar meu material de trabalho em perfeito estado para uso, e também à minha cunhada Adriana, que sempre me incentivou a correr atrás do que eu quero. Obrigada, também, às minhas amigas Carol Cardoso, minha primeira "revisora" e a pessoa que mais insistiu para eu publicar, e Marina Branquinho, que me ajudou a procurar editoras e analisou toda a parte contratual comigo.
Por fim, agradeço a toda a equipe de editores, revisores e artistas que trabalhou por trás do meu primeiro livro.

"Um famoso explorador disse, certa vez, que o extraordinário está no que fazemos, não no que somos. Eu, finalmente, saí para deixar minha marca, para achar aventuras, mas, ao invés disso, a aventura me encontrou."

Lara Croft, Tomb Raider (2013)

Pró logo

Névoa...

Tudo começou com a névoa. Ela estava ao meu redor enquanto ascendia a montanha, porém, conforme a neblina foi se dissipando, minha visão clareava.

Minhas mãos nuas agarravam as pedras com dificuldade, a ponta dos dedos já estava calejada, alguns até sangravam um pouco. Mas não eram apenas as minhas mãos, todo o meu corpo doía por causa do esforço.

Meu corpo mal obedecia a minha mente, eu estava tão cansada que cheguei a duvidar se conseguiria. Olhei para o alto e considerei minhas possibilidades: estava perto do meu objetivo. Puxei o ar e, com uma força que eu desconhecia, continuei.

Depois de mais alguns passos dolorosos, finalmente, cheguei ao cume, foi quando pude vislumbrar a maravilha que se estendia a sua frente.

Um belo crepúsculo coloria o céu de laranja sobre aquele horizonte amplo e verde. Uma cadeia de montanhas menores e irregulares, com seus vales vastos por onde a água corria, formava aquela paisagem espetacular.

Parei por um tempo e fiquei admirando. Estava cansada e sem ar, havia subido sem os equipamentos adequados, então larguei meu corpo no chão, sentindo os músculos doloridos relaxar.

Minha visão se perdeu no horizonte e minha mente voava com uma ave majestosa que passou cortando o céu escarlate. Foi quando minha atenção se voltou para o lado.

Sabe aquela típica cena de filmes de terror em que aparece uma menina sinistra com cabelos bagunçados caídos sobre o rosto de psicopata? Bom, foi quase isso.

Naquele gramado onde eu me sentara, havia uma menina. Não devia ter mais de 9 anos, era indígena e vestia roupas coloridas de algodão com um colar muito estranho, tal como os brincos. Tinha olhos grandes e profundos, me encarava em silêncio.

– Oi – falei, mas ela não respondeu. Provavelmente não entendia o meu idioma.

Ela sorriu estranhamente para mim e esticou a mão. Exibia uma moringa. Por um segundo – apenas um segundo mesmo –, ela não pareceu tão esquisita. Eu aceitei, afinal, nessas horas, a sede fala mais alto.

– Obrigada.

Por mais que ela não entendesse, eu não queria ser mal-educada.

A menina era realmente estranha, continuava a me encarar com aqueles olhos grandes e curiosos. Tinha o ar de mistério. Aproximou-se, ficando a centímetros de mim, e finalmente disse com uma voz séria:

– O jogo começou.

– Hã?

Então a neblina começou a se formar a minha volta.

– Jogo? Dos Lakers?

E tudo ficou branco.

Capítulo 1

Um objeto estranho despertou minha atenção

Triiiiiiiimmmm.

Eis que um barulho me despertou do sono.

Meu celular estava tocando às cinco e meia da manhã! Sério, como alguém pode ser tão sem noção para me ligar a essa hora da madrugada?

Tateei a mesinha de cabeceira à procura do aparelho. Peguei-o e trouxe-o para mais perto do meu rosto. A luz incomodava meus olhos, então os estreitei para ver quem estava me ligando.

O número não era desconhecido, mas não precisei vê-lo para saber quem era. O prefixo já apontava a região.

– Mãe? – atendi.

– *Zzzzz*.

Um dos problemas de receber ligações de regiões isoladas, como a Amazônia Peruana, é que o sinal é péssimo, de vez em quando você entende alguma coisa, mas de resto é só estática mesmo.

– Tá me zoando...

Minha mãe deve ter perdido a noção do fuso – de novo – e, se for alguma coisa realmente importante, ela ligará mais tarde. Desliguei o telefone e joguei a cabeça no travesseiro.

Como já tinha perdido o sono mesmo, levantei logo em seguida e caminhei como um zumbi até o banheiro. Ao terminar de lavar o rosto, encarei meu reflexo no espelho por alguns segundos. Minha imagem era considerada atraente.

Meu rosto retratava bem a mistura harmônica das minhas origens latina e britânica, com longo cabelo castanho chocolate, liso e ligeiramente repicado, emoldurando-o. Mas o que mais se destacava eram os meus olhos cor de avelã, ora castanhos, ora verdes, quando expostos a uma claridade maior.

Desculpe, disparei a narrar os fatos sem me apresentar, foi mal. Até acho meio entediante iniciar essa narrativa falando sobre mim, mas seria mais educado me apresentar antes de falar sobre o dia que deu início à minha aventura.

Sou Evelyn Vega, ou pelo menos era assim que costumavam me chamar, tenho 17 anos e moro na Califórnia. No decorrer da história, notarão que apresento uma "leve" inclinação para rebeldia, tendências suicidas e magnetismo para problemas, nada de mais.

De qualquer forma, tenho bom senso de humor, às vezes – na maior parte delas – um pouco irônico. Mas, como isso não é um vídeo para o *eHarmony*, vamos voltar à história.

Saí de casa, peguei o carro rumo ao meu destino. O clima estava agradável, um dia típico de outubro. Segui algumas quadras tranquilas até a casa de Catherine Stacy, minha melhor amiga.

E conhecia Cat desde que éramos crianças, e somos amigas desde então. Ela era uma ótima pessoa, mas nunca recebeu muita atenção em casa, então eu sempre fui como a sua irmã mais velha, apesar de nossa diferença de idade ser de apenas alguns meses.

Seus pais se divorciaram quando ela tinha 7 anos, e cada um seguiu seu caminho. Sua mãe, que era modelo, namorou alguns famosos antes de se casar novamente, com um produtor musical, e passa a maior parte do tempo viajando. Já seu pai, advogado formado em Stanford que tinha intenção de entrar para a política, casou-se com a filha de um senador republicano e tiveram filhos gêmeos, hoje com 7 anos.

A questão é que ele ia dar um carro a Cat quando ela completou 16, mas não o fez. O problema: minha amiga, agora com 17, é um pouco – na verdade bastante – desajeitada, vive tropeçando nas coisas e tem déficit de atenção, então ela ainda não tirou a habilitação.

Parei o meu Mustang 66 conversível em frente à casa dos Stacy e, de longe, vi Cat chegando aos tropeços. Ela era bonita, um pouco abaixo da estatura mediana, por volta de 1,57 metro; cabelo loiro cor de mel, comprido, repicado e liso com franja; sorriso gentil e olhos verdes brilhantes e claros. Sua pele era bronzeada, bem cuidada, e seu rosto tinha traços delicados.

– Bom dia, *Sweetie*! – Cat me saudou com empolgação.

– Dia – disse entre um bocejo. Ainda estava com sono por ter acordado tão cedo.

– Quanta animação, hein?

– Nem me fale.

– Não aprontou alguma na noite passada, aprontou?

– Não, acordei cedo mesmo.

– E ainda se atrasou?

– Problemas mecânicos. Nem comente.

Ela concordou e entrou no carro. Já havíamos tido essa conversa um milhão de vezes desde que comprei o carro. O estado de conservação do veículo não era muito bom, mas era um *Mustang*! Nada que um bom mecânico não desse jeito.

– Bom, tenho algo que vai melhorar seu humor.

– Não estou de mau humor, Cat, apenas tive um sonho... diferente e ainda não estou totalmente desperta.

– Hummm.... Sonho diferente, Evelyn? – Cat perguntou na sua melhor voz sexy.

– Não esse tipo de sonho! – rebati. – Apenas um sonho esquisito.

– Quer falar sobre isso? – ela estava séria agora.

– Outra hora talvez. Sabe, sonhos sempre são esquisitos, eu acho.

Ela assentiu. Em tese, isso era verdade, geralmente sonhos não têm lógica nem sentido. Mas o que me intrigava naquele era o fato de ter sido real demais, pude sentir cada sensação.

– Então, o que tem para mim? – perguntei.

– Isso é uma surpresa, te mostro quando pararmos o carro.

– Você não vai me dizer o que é, vai?

– Acredite, *Sweetie*, é melhor estacionar primeiro.

– Catherine.

– Juro que não é nada de mais.

Conhecia minha amiga muito bem para saber quando ela estava aprontando. A frase "juro que não é nada de mais" vinda dela tinha outro significado. De vez em quando, Cat era meio exagerada com relação a tudo.

Estacionei o carro na primeira vaga que vi. O colégio já estava meio cheio. Descemos do carro e Cat tirou um envelope da mochila.

– Chegou ontem à tarde, mas quis te contar pessoalmente...

Quando abri o envelope, entendi o porquê. Nele, havia uma carteira de identidade e, quando vi a foto, reconheci a pessoa na mesma hora. Era uma foto minha que Cat havia tirado alguns meses atrás, quando a deixei me maquiar. Olhei os dados, e constava que eu já completara 21 anos.

– Identidade falsa?

– É, olha a minha!

Fiquei de cara! Era tão perfeita quanto a minha! Cat parecia ser mais velha mesmo por causa da maquiagem.

– Incrível! Parecem verdadeiras. Onde arrumou isso? Devem ter custado uma nota!

– Bom, isso não importa. O que interessa é onde vamos fazer uso delas. Arrumei dois convites VIPs para a inauguração dessa boate nova no centro. Diz que podemos ir, diz!

Minha mãe estava viajando, tal como a família de Cat. Nenhum responsável. Olhei o ID falso, era tão bem-feito que, dificilmente, seríamos pegas, principalmente levando em conta que o local estaria completamente escuro. Eu ainda poderia pegar o carro da minha mãe "emprestado", tinha vidros pretos, ninguém nem sequer nos notaria entrando.

– Claro, por que não? Que horas eu te pego?

– Não, vamos pegar o carro do meu pai. Você vai me deixar te arrumar. Vou escolher suas roupas, fazer sua maquiagem e cabelo!

Outro fato sobre mim: não ligava muito para isso. Festa, se divertir, era legal, porém a produção era outra história. No dia a dia, era básica, tipo jeans, botas ou converse com uma blusa legal, às vezes colocava um *Ray-Ban*. Meu cabelo geralmente andava arrumado, mas maquiagem realmente não era para mim, então filtro solar e lápis de olho já bastavam.

Cat não parou de falar nisso até entrar na escola, ela era muito tagarela – por isso, algumas pessoas se referiam a ela como "loirinha irritante" –, mas, mesmo assim, eu a considerava um amor de pessoa.

Como eu não havia tomado café, resolvi comprar um.

Dirige-me à cantina, então vi Matthew Sartori, meu amigo e também um gato. Alto, por volta de 1,78 metro; pele levemente bronzeada; corpo magro, porém definido; cabelos escuros, assim como seus olhos, e desarrumados; traços mediterrâneos e um sorriso de matar.

Estava conversando com a tímida Alicia Brown, uma amiga nossa. Ela era bonita, afro-americana de belos olhos chocolate e cabelos cacheados bem cuidados com um sorriso afável.

– Eve. – Ele sorriu.

– Matt. – Devolvi o sorriso e ele me deu um abraço de urso daqueles que quebram as vértebras. – Olá, Alicia.

– Como vai, Eve? – perguntou Alicia.

– Bem.

– Cat parecia com pressa – comentou Matt.

– É, talvez eu devesse ter chegado mais cedo. Mas ela tem outro exame de direção na próxima semana, desta vez ela passa, espero – falei confiante, mas não tinha muita certeza disso.

– Aí, mesmo que ela não chegue na hora, se não bater o carro nem atropelar alguém, ou os dois ao mesmo tempo, será lucro – brincou Matt. Só que não...

Eu ri, mas, pensando bem, até certo ponto era verdade. Primeiro: Cat é uma pessoa vaidosa, gosta de roupas e tendências – tem um gosto exuberante por roupas caras – e só consegue se arrumar a tempo para não perder a carona. Quanto aos acidentes de trânsito, acho melhor não pensar muito sobre isso.

– Vocês não deveriam rir disso! – acusou Alicia, mas escondia um sorriso.

– Como se você não estivesse com vontade – provocou Matt.

– Talvez um pouco, na verdade.

Ela deu um sorriso tímido para ele, sempre me pareceu que tivesse uma quedinha por Matt.

– Pelo menos, ela já arrumou carona para hoje à noite – disse.

– Hoje à noite? – perguntou Matt. – Vocês estão pretendendo fazer alguma coisa?

– Vindo da Cat, coisa boa não é – Alicia brincou. – Bom, divirtam-se, seja lá o que for. Vejo vocês mais tarde, já estou atrasada para a minha primeira aula.

– Até – disse.

– Então, o que estão armando? – perguntou ele com os braços cruzados à frente do peito.

– Cat arrumou uns convites VIPs para a inauguração dessa boate nova da qual está todo mundo falando.

– Ah, um vizinho meu trabalha de segurança lá e disse que conseguia me botar para dentro. Eu não ia, mas, já que vocês vão, acho que alguém vai precisar de um homem forte que garanta sua proteção.

– Acho que posso me cuidar sozinha.

– Quem disse que eu estava falando de você, convencida?

– Então de quem é?

– Cat, essa, sim, precisa de ajuda.

Rimos juntos.

– Acho que posso cuidar dela também.

– Eu sei, mas ainda assim me preocupo com....

Então nosso momento fofo de amizade foi interrompido por uma vaca. Rachel Beaufleur, a garota mais linda da escola. Era alta, magra, sua pele era bem clara e tinha boca carnuda, cabelo liso, comprido e loiro e olhos azuis, frios e desdenhosos como seu rosto altivo. Mas também era antipática, metida, arrogante, extremamente irritante e toda atirada. Em outras palavras, uma vaca do inferno!

Eu estava conversando com o Matt quando ela apareceu, ignorou a minha presença e tascou-lhe um beijo. Eles já estavam namorando havia quase dois anos, e isso não me agradava em nada. Ciúme? Não mesmo! Para começar, quando conheci Matt tínhamos 11 anos e, até ele completar 15, era um ser magro demais que usava aparelho e tinha espinhas e um cabelo horrível. Ela só se interessou por ele depois que ficou gato!

Sinceramente, nunca entendi muito bem o porquê de Matt não tê-la dispensado, pois, apesar de ela ser muito linda, era insuportável. No início, pensei que fosse para se exibir ou que estivesse se aproveitando dela – afinal, ele era homem –, mas as semanas viraram meses e os meses, quase dois anos.

– Ei, vai com calma – disse ele para Rachel enquanto se desvencilhava dos seus braços. – Bom dia! Eu e Eve estávamos conversan...

– Não quero saber! – disse ela com seu *bom* humor e deslizou os dedos suavemente, fazendo o contorno da boca de Matt. – Não me importo com "essazinha", e você deveria fazer o mesmo – disse e o agarrou de novo.

Mas Matt logo a afastou relutantemente.

Eu realmente odiava quando ela se dirigia a mim com esse tipo de termo, tudo bem que eu também faço isso, mas só em pensamento. Então, acho que deu para perceber por que não gosto dela. Se eu não fosse muito amiga do Matt, daria um soco nela – de novo... Longa história, em outro momento falo sobre isso.

Queria que Sean, meu namorado, estivesse ali para eu esfregar na cara da Rachel que eu estava saindo com o surfista neozelandês gato do intercâmbio. No entanto, ele estava viajando e só chegaria no dia seguinte. Matt até era colega de Sean, mas Cat nunca gostou muito dele ou dos outros caras com os quais eu fiquei. Infelizmente, não posso culpá-la por isso.

Respirei fundo e procurei minha paciência, que, por sorte, ainda não havia se esgotado, depois a cumprimentei de forma cordial e educada, como se não ligasse para isso.

– Bom dia, Rachel – disse no tom mais calmo possível.

Ela voltou seus olhos frios para mim e fez cara de metida, esboçando um meio sorriso. Pelo menos dessa vez não me ignorou completamente nem me insultou.

– Então... – disse Matt para quebrar um pouco do clima pesado. – Alguém quer um café?

– A única coisa que eu quero agora é você – disse Rachel com a voz rouca, muito sedutora, deslizando as mãos no pescoço do meu melhor amigo.

Esse foi o meu limite!

– Bom, acho que vou tomar um café antes da aula, a gente se vê mais tarde, Matt. – Dei meia-volta e saí andando antes que ele pudesse me responder.

– Claro, então te vejo mais tar...

Rachel o agarrou de novo.

É claro que mais tarde não era na escola, já que a vaca do inferno o monopolizava. Apesar desse namoro, isso nunca nos afastou, continuamos saindo juntos, mesmo só nos dois – é claro que sem a aprovação da Rachel.

Caminhei devagar até o balcão, agora eu realmente precisava tomar um café, afinal, aquele showzinho da Rachel me deixou enjoada.

Como Cat e eu combinamos de ir à boate juntas, deixei-a em sua casa, depois passei na minha para pegar umas roupas e aproveitei para usar o computador da minha mãe para ler meus e-mails. Fui até seu escritório, e é claro que o recinto estava uma zona.

Organizada não era bem o termo certo para se referir à minha progenitora, Maria Vega, brilhante professora, mas também um pouco bagunçada. Formou-se em História da Arte, que sempre foi sua paixão, por isso sempre buscou se especializar. Lecionava em umas escolas na região, mas se dedicava às suas pesquisas.

Ela estava no Peru havia semanas. Recentemente, encontrou um templo na região florestal de Cuzco, nas pirâmides de Pantiacolla – só para esclarecer, não são pirâmides como as dos egípcios ou dos maias, mas, sim, uma cadeia de doze montanhas, então não me pergunte o porquê desse nome.

Seus livros estavam abertos sobre a mesa, papéis espalhados pelo chão, copos de café por todo lado e plantas meio murchas por falta d'água. Verifiquei minha caixa de mensagens, ela não havia me enviado nenhum e-mail, o que não é estranho quando se está em uma escavação no Peru.

Antes de sair, não sei por qual motivo, verifiquei sua mesa e um objeto chamou minha atenção: um colar.

Era um pingente grande do tamanho da palma da minha mão, redondo, irregular, relativamente fino e dourado. Parecia se encaixar em alguma coisa, me lembrava uma chave, aparentava ser feito de ouro maciço, de tão pesado, e tinha uma turquesa no centro.

Apesar disso, a corrente que o prendia era simples, apenas uma fina linha de couro comprida, eu poderia dar duas voltas em torno do meu pescoço. Obviamente, fora colocado nele.

Isso foi estranho e sem explicação da minha parte, não que eu estivesse pensando em usar como uma joia ou coisa assim, apenas agi por instinto e o coloquei no bolso.

Voltei ao meu quarto, que ficava ali em frente, tudo estava no seu devido lugar conforme eu havia deixado. Arrumei a mochila, peguei minhas coisas e saí.

Quando tranquei a porta, tive uma sensação estranha, como se estivesse sendo vigiada. Dei uma olhada pelo perímetro e não vi nada, tudo absolutamente quieto, na verdade até demais, o que me deixou incomodada. Entrei no carro e fui até a casa de Cat.

Capítulo 2

Explodi minha cozinha

Se você acha que, depois de ser dispensada pelo seu namorado, bater com o carro do pai da sua melhor amiga, levar uma surra – e tudo isso em menos de 24 horas –, seu dia não pode piorar, experimente incendiar sua casa. Difícil imaginar, não? Acredite, a Lei de Murphy existe.

Depois do almoço, passamos parte da tarde estudando. A Alicia estava tentando me ensinar a fazer alguns cálculos de geometria. O quarto da Cat era realmente espaçoso, branco com rosa, com um closet enorme e uma boa mesa de estudos.

– É, vou levar bomba na prova de cálculos na segunda – eu disse.

– Não fala isso, você ainda tem o fim de semana inteiro para estudar.

Alicia pegou meu caderno e o analisou minuciosamente. Ela fez uma careta ao ver minhas respostas, Cat chegou por trás e deu uma bisbilhotada.

– É, você vai levar bomba – atestou Cat.

Alicia era boa com cálculos e também muito paciente. Ela realmente tentava me ajudar, mas eu entendia tanto de matemática quanto pessoas normais entendem grego antigo – sim, eu estudei alguns idiomas antigos.

– Quando seu otimismo falha, é porque estou perdida – eu disse a Cat.

– Se serve de consolo, você *ainda* não está abaixo da média, não sei como, mas não está – disse ela. – Mas precisa melhorar uns duzentos por cento.

– Cat, as suas notas não são exatamente excepcionais – lembrou Alicia. – Deveria se esforçar mais também.

– Por quê? Não quero ser engenheira nem nada.

Alicia balançou a cabeça em negativo. Voltei a pregar os olhos no caderno, como aquilo era frustrante.

– Não é como se eu tivesse que tomar o perímetro da grande pirâmide e dividi-lo por duas vezes a sua altura para encontrar o *pi* – resmunguei.

– Hey, *Sweetie*, não fica assim. Não sei por que se preocupa com isso, você não tem uma vaga em aberto em Oxford? – perguntou Cat.

– Você tem uma vaga em aberto em Oxford?! – exclamou Alicia.

– Adquiri uma no último ano – respondi.

– Parabéns, Eve. Isso é ótimo! – congratulou ela.

– Sim, mas...

– Mas? – cortou Cat.

– É complicado.

– Não vai me dizer que é a distância? Sabe, a Inglaterra é um lugar legal, você vai ficar perto do seu pai por uns tempos, além disso, pretende viajar o mundo inteiro mesmo, não é?

– Você está certa, é só que... meu pai se formou lá, será que eu teria conseguido essa vaga por mérito próprio?
– Por que não? – questionou Alicia.
– Porque eles nunca viram meu histórico escolar? – sugeri.
Tenho de esclarecer uma coisa antes de continuarmos. Por que não falei do meu pai até agora? Bom, não costumo falar dele para muita gente e, geralmente, quando me perguntam, falo o mínimo possível, entende?

Falo que é inglês, que não mora conosco, mas omito alguns detalhes realmente relevantes, por exemplo, que ele é um nobre muito famoso e rico, descendente de um explorador inglês do período Isabelino chamado Walter Raleigh.

Ele conheceu minha mãe, há alguns anos, em um congresso em Oxford, daí vocês já podem supor o que aconteceu. Resposta: eu. Mas eles nunca se casaram, porque meu pai, na época, estava no terceiro ou quarto casamento, que acabou logo que sua esposa descobriu a traição.

Só para deixar claro, minha mãe não sabia! Agora já perdi as contas de quantas vezes ele se casou. Sério, parece que ele está disputando com a Elizabeth Taylor.

Passava parte das minhas férias com ele na Inglaterra, era até legal, tirando a parte que isso parecia mais com uma "escola de princesas". A questão é que, por ele ser influente e eu me destacar por minha inteligência desde jovem, consegui uma vaga em Oxford no último ano.

Apesar de muito ausente, meu pai, pelo menos, é legal – devo admitir que meio sério –, mas compra bons presentes, paga a minha escola e me dá uma boa mesada, afinal, ele é bilionário!

A verdade, porém, é que não falo muito dele, não por ressentimentos, mas por não querer ser uma sombra, talvez até por isso eu pretenda cursar uma faculdade menos conhecida. Ele é um escritor famoso, nossa família inteira é famosa, então usar o sobrenome Raleigh implica carregar um peso para o qual ainda não me sinto preparada.

– Acho que está fazendo uma besteira das grandes, mas é a sua vida e você é teimosa, não é? Ama o que faz, é fantástica e sabe disso, mesmo assim tem medo da sua própria grandeza.

Cat me encarou com seus olhos verdes, deu um leve sorriso e afastou uma mecha do meu cabelo que caía sobre meus olhos.

– Obrigada.

– Sério, Eve, não estou dizendo isso para você se sentir melhor, eu acredito em você, seus pais acreditam em você, você conquistou isso, só falta acreditar em si mesma.

– Concordo com cada palavra, Cat. – Alicia se virou para mim. – Você é ótima, Eve.

– Obrigada, meninas.

– Vamos fazer uma pausa, você está um pouco desconcentrada – sugeriu Cat.

Catherine Stacy falando que eu estou desconcentrada? Olha o ponto a que eu cheguei.

– Por falar nisso – disse ela muito empolgada –, tenho que te mostrar os *looks*. – Sim, no plural, não basta um, ela sempre tem, no mínimo, três opções. – Vamos arrasar!

– Acho que essa é a minha deixa – disse Alicia, claramente querendo se livrar do drama de Cat para roupas.

– Espera, por que você não fica? Eu adoraria ouvir sua opinião com relação aos *looks* – disse Cat.

– Cat, eu adoraria ficar, mas... prometi que ia ajudar o Michael a estudar literatura!

– Oh, tudo bem então – disse ela ligeiramente decepcionada.

Depois de levar Alicia até a porta, Cat foi até o closet e voltou trazendo alguns vestidos, sapatos e acessórios, fez questão de experimentar todos até decidir o ideal. Era nessas horas que eu queria arrumar uma desculpa para sair de lá, como a Alicia fez.

Como as roupas e os sapatos da Cat não cabiam em mim, ela não podia me usar para brincar de boneca – ela fazia isso quando havíamos acabado de nos conhecer –, mesmo assim, fazia questão de escolher meu acessório e arrumar meu cabelo.

Realmente achei que fosse me safar dessa, até ver que minha amiga trazia um pacote fechado e o colocara no meu colo.

– Pensei em te dar de aniversário, mas esta é uma ocasião muito importante para a nossa vida social.

Abri o embrulho.

– Não! – disse.

Dentro dele havia um vestido preto divino e superdecotado. Sério, eu devo ter falado a Cat, pelo menos um milhão de vezes, que não gosto de vestidos.

– Mas, Eve, você vai ficar linda nele. Ninguém nem sequer vai saber que somos nós mesmas, podemos flertar com os garotos gatos... Por favor, só desta vez.

Obviamente não seria a última vez que Catherine me pediria algo assim, porém acabei cedendo.

Quando já estava com suas roupas costumeiras, derrubou suco na sua blusa e foi se trocar. Nesse instante, alguém bateu à porta e ela pediu que eu fosse atender. Então eu desci calmamente para abrir a porta e fiquei surpresa quando o vi.

– Ben?!

Benjamin Weiss era o garoto mais antissocial que eu conhecia. Era alto e bem magro; seu cabelo era liso, porém tão armado que lembrava um cogumelo, e castanho-escuro como seus olhos chocolate, que se escondiam atrás de lentes grossas dos óculos quadrados. Sua pele era muito branca, o que destacava sua boca vermelha.

Apesar de muito inteligente, o garoto havia repetido duas vezes de ano, sempre faltava às provas ou dormia durante a aula. Nós nunca paramos para conversar de verdade, apesar de nunca termos nos desentendido. Mas o que aquele moleque estava fazendo ali?

Ben me encarou por um tempo, ficou tão surpreso quanto eu, mas também parecia um pouco desapontado. Ficou em silêncio como se estivesse procurando as palavras certas ou talvez pensando em uma desculpa para estar ali, mas nada disse ou fez senão me cumprimentar.

– Oi, Evelyn. – Acenou um pouco sem jeito.

– Oi, então...?

– Ah, bom, eu... não esperava te ver aqui, sabe, essa é a casa dos Stacy...

– Sim, e a Cat é a minha melhor amiga, enfim, ela já deve estar descendo, você não quer esperar lá dentro?

– Não. Eu só... só... vim entregar este livro a ela. Até mais, Evelyn.

– Até.

Ben vestiu o capuz do casaco, virou-se antes que eu terminasse, correu até o portão e montou em sua bicicleta, depois começou a pedalar bem rápido.

– Quem era? – perguntou Cat no último degrau da escada, enquanto eu fechava a porta.

– Era o Benjamin Weiss, ele estava meio estranho, pediu para te entregar isso.

Entreguei o livro, ela analisou, parecia não entender muito bem também, então concluiu:

– Ah, eu devo ter esquecido na escola de novo. Ele veio aqui só para isso?

– Foi isso o que ele disse.

– Pena que o Ben não esperou, ele, sim, poderia ter te ajudado com a prova de cálculos.

– Está de brincadeira? A Alicia é uma das garotas mais inteligentes daquela escola!

– Eu sei, mas não estava falando para ele te ajudar a *estudar*. O que eu quis dizer é que ele poderia te arrumar o gabarito ou alterar a sua nota no sistema do colégio.

– Estou começando a desconfiar de como você arrumou esses IDs falsos.

Ela não respondeu, apenas piscou o olho.

O resto da tarde passou bem rápido, já estávamos arrumadas para a festa. Cat vestia um tubinho rosa com sapatos nude e fez *babyliss*. Eu estava usando um vestido preto que ficou mais decotado do que eu imaginara. Como os sapatos de Cat eram um número menor, pude usar minha gladiadora dourada. Cat fez uma trança de lado no meu cabelo e minha maquiagem. Estávamos lindas.

Não tivemos problemas para achar a boate, tal como não fomos paradas na entrada. O estacionamento ficava na parte subterrânea da casa noturna, onde a iluminação era fraca, o que contribuiu para a nossa entrada.

A balada estava bombando, *DJ* ótimo, bebidas e todos se acabando na pista de dança. A princípio, não vimos nenhum conhecido, ninguém parecia ser adolescente. Cat e eu apenas ficamos no meio da pista, minha amiga fica um pouco empolgada demais depois que bebe.

Passado um tempo, tive de tirar Cat do centro para tomar um ar. Logo avistei Matt, que estava parado bebendo com os irmãos Khan e um grupo de garotos. Ele veio sorrateiramente ao nosso encontro.

– Oi, lindas. – Ele se aproximou da gente e colocou o braço sobre nossos ombros.

– Matt! – Cat ficou surpresa. – Não imaginava que você estaria aqui, não trouxe a Rachel, trouxe? – Viu? Não era só eu que não gostava dela.

– Na verdade, não, só consegui um ingresso, ela nem sabe que eu vim. Eu nem pretendia vir até Eve dizer que vocês estariam aqui.

– Quer dizer que alguém te fez mudar de ideia? – Cat falou maliciosamente e olhou para mim, depois voltou para Matt e deu uma piscadela.

Matt apenas sorriu.

– Na verdade, ele veio "cuidar" da gente.

– Muito gentil da parte dele, mas você já cuida de mim desde sempre.

– É, pode ser. Ah, Cat, James Khan está totalmente na sua – ele disse. – Deveria falar com ele.

Cat e eu nos juntamos com o grupo, e devo confessar que bebi umas duas doses – coisa que eu estava evitando até então, porque queria voltar para casa dirigindo. Mesmo assim ainda estava sóbria, apesar de rir de qualquer coisa idiota que falávamos.

James era um cara bonito e simpático, tinha se formado no colégio havia uns dois anos. Levou Cat para dar uma volta; e o Khan, mais novo, que estava desacompanhado, foi tentar arrumar alguém, então deixamos o jogador de futebol com sua acompanhante sozinhos.

– Então – disse ele –, esta é a hora que eu te levo para o estacionamento? – Deu um sorriso malicioso.

– Sabia que alguém precisaria de uma carona até em casa.

– Olha quem fala! Estou mais sóbrio que você, acho que sou eu que vou te levar para casa.

– Não conto nada para sua namorada se não contar.

Ele apenas riu e colocou o braço sobre o meu ombro.

Estávamos caminhando tranquilamente, apenas jogando conversa fora, quando algo me chamou a atenção. Vi um rapaz alto, de cabelo loiro bem cortado, se agarrando com uma loira qualquer. O problema era que esse rapaz não era um qualquer, era o Sean!

– Matt, leva a Cat para casa!

– O que você vai fazer, Eve?

– Matar o idiota do meu namorado. Dá para você levar a Cat para casa?

Saí andando a duros passos, deixando Matt para trás. Virei algo, acho que era tequila, porque queimou muito – muito mesmo –, foi aí que meu sangue ferveu. Fui falar com ele.

– Com licença. – Minha voz não estava muito amigável.

Sean se virou para mim, mas demorou um tempo até perceber, então ficou surpreso.

– Eve?! O que está fazendo aqui?

– O que eu estou fazendo aqui? O que você está fazendo aqui? Pensei que estaria descansando da viagem! – gritei.

– Bom, cheguei um pouco mais cedo e....

Ele estava completamente bêbado.

– Quem é essa, Jake? – a loira qualquer me interrompeu.

– Jake? – Virei-me para ela. – Escuta, ele não é Jake, é Sean, e eu sou a namorada dele.

– Namorada? Você não falou que tinha uma namorada! – A garota deu meia-volta e saiu.

– Espera!

Antes que ele fosse atrás dela, peguei um copo de alguma coisa que o garçom trazia na bandeja e joguei na cara dele.

– Você ficou louca?!

– "Espera"? Você ainda vai atrás dela?

– Eve, escuta, já estamos saindo há sei lá quanto tempo e ainda não rolou nada, então resolvi partir para outra.

Dei um tapa nele que deixou a marca dos meus dedos em seu rosto, de tão branco que era.

– Ai, essa doeu!

– Escuta você, Sean. Não pode terminar comigo porque EU estou terminando contigo. Você é um idiota, estúpido, babaca! – Soquei o peito dele.

Peguei a chave do carro, que estava na minha bolsa, e caminhei até o estacionamento.

Precisava relaxar, peguei o BMW do pai da minha amiga. Nem coloquei o cinto de segurança e comecei a acelerar sem destino.

Eu não estava com raiva daquela garota cujo nome nem sabia. Na verdade, ela não sabia de nada. Fiquei com raiva do Sean! Eu me senti enganada. Nunca fui apaixonada por ele, só achava bonito, agradável. Mas meu ego era gigantesco, por isso fiquei irritada.

Eu já havia saído do centro, já tomava o caminho de casa quando o desastre aconteceu: fiz uma curva muito fechada, tentei frear, mas o carro deslizou demais, derrapando para o lado, e bateu de frente em uma árvore. Por sorte, tinha *airbag*.

Foi então que percebi o tamanho da besteira que havia feito. Eu não só teria de pagar o conserto – que não seria barato – como também poderia perder a carteira.

Um minuto depois, ainda um pouco zonza, senti um braço forte me agarrar pela cintura e me tirar do carro. Ele me pegou no colo, depois me colocou sentada na traseira do carro.

– Matt?
– É, é o Matt. Você está bem? Machucou-se? – Analisei o meu estado minuciosamente, não tinha um arranhão, já estava mais calma.
– Estou, mas o carro...
– Fique calma, a gente dá um jeito nisso depois. Suba na moto que eu te levo até sua casa.
– Mas e a Cat?
– Ela se desentendeu com o Khan, já estava de saída. Ela estava te procurando, quando eu disse que vinha atrás de você, então pegou um táxi.
– Como eu sou estúpida! Eu a trouxe e deixei que ela voltasse para casa sozinha.
– Não se preocupe, ela já deve estar em casa. Ah, isso me fez lembrar: eu disse que talvez te desse uma carona.

Matt tirou a jaqueta de couro e eu a vesti. Guiou sua moto devagar e cuidadosamente até chegar a minha casa. Eu já estava me sentindo melhor. Na verdade, eu não gostava do Sean tanto assim, mas bêbada de orgulho ferido acaba fazendo besteira.

Ele parou em frente à minha casa e saiu. Caminhei até a porta, quando percebi que havia algo estranho: a porta estava aberta, ou melhor, arrombada. Entrei sem fazer barulho, as luzes da sala estavam apagadas, como as de toda a casa. Ouvi vozes vindas do segundo andar, então subi a escada engatinhando devagar, procurando fazer o mínimo de barulho possível.

A porta do escritório da minha mãe estava aberta e havia três homens lá. O local estava uma bagunça – mais do que o normal –, revirado, como se esses caras estivessem procurando alguma coisa.

Continuei abaixada e rastejei até meu quarto, que também estava com a porta aberta e bagunçado. Tirei o salto para fazer menos barulho e fiquei escutando a conversa. Um deles falava ao telefone no viva-voz, mas não em inglês, em espanhol. Por sorte, entendia bem esse idioma. Como meus avós maternos porto-riquenhos e minha mãe eram fluentes no espanhol, acabei tendo um contato com esse idioma desde cedo.

– Não, não encontramos nada, senhor – disse ele. – Já reviramos tudo, a chave não está aqui.

– *Como? A chave tem que estar aí!*

– Ela sabe do valor desse material, talvez esteja em um cofre.

Ok. Nesse momento, eu fiquei muito confusa. Chave? Minha mãe não guardava artefatos em casa, apenas material para pesquisa, manuscritos, essas coisas. Por que uma chave? E que chave?

Foi então que percebi o que eles queriam. Lembrei-me do objeto que peguei mais cedo, o colar. Então eu estava certa, aquilo era uma chave, mas o que abria? Mas mais uma coisa estava me preocupando: minha mãe.

– *Maria Vega tem uma filha, achem-na!*

– Pensei que tínhamos que ser discretos – argumentou.

– *Essa mulher não fala nem sob tortura. Quem sabe não se comova vendo sua linda filha sofrer? Depois se livrem da garota!*

Certo, agora eu estava com medo. Minha mãe estava sendo torturada? Isso é terrível, eu tinha de chamar as autoridades. Mas, primeiro, precisava sair dali, então elaborei um plano.

Peguei um spray de pimenta e o primeiro sapato que vi e me posicionei atrás da porta. Joguei meu calçado escada abaixo.

– O que foi isso? – um deles perguntou.

– Deve ter sido a garota, vá pegá-la!

Meu plano estava dando certo. Um cara baixinho narigudo desceu a escada, e logo em seguida um careca grandão com o corpo coberto de tatuagens foi atrás, mas, antes que ele pudesse descer, joguei o outro par. Quando ele ia entrando no meu quarto, fechei a porta com força e ele caiu no chão.

Saí, me virei para um moreno com uma cicatriz no rosto e descarreguei o spray nele. Corri em direção à escada, e o baixinho já estava subindo, então chutei o seu peito e ele saiu rolando escada abaixo.

Entretanto, antes que eu pudesse descer, fui puxada para trás pelos cabelos e jogada contra a parede. O careca havia se levantado. Estava com olhar irritado e tentou me socar. Consegui desviar com facilidade, em razão de seus movimentos lentos, e chutei sua perna. Ele tombou, depois acertei um soco de esquerda. Ele abriu um espaço, tentei correr, mas ele pegou meu pescoço e eu fui para o chão.

Ele estava em cima de mim. Tentei manter a calma, segurei suas mãos para evitar o estrangulamento, depois joguei as pernas por cima dos seus braços e pressionei um contra o outro. Ele me soltou, virei para o lado e minha mão alcançou o salto. Peguei-o e bati com a parte mais fina na lateral da cabeça do careca. Sangrou um pouco. Levantei-me e chutei sua cara, quebrando seu nariz.

Para minha infelicidade, o cara da cicatriz já estava de pé. Ele tentou me acertar, mas me desviei e acertei uma boa sequência de socos, depois finalizei com um chute giratório em seu estômago. Ele tropeçou por cima do outro.

Desci a escada pelo corrimão e ouvi um estrondo. O baixinho estava no último degrau com uma arma na mão apontada para mim, e os outros dois provavelmente também estavam armados. Corri para a cozinha e tranquei a porta, mas eles abririam em questão de segundos. Foi quando tive um plano genial: incendiar a casa!

Liguei todas as bocas do fogão e deixei o gás sair. Depois peguei todos os produtos de limpeza que achei pela frente e derramei no fogão e pelo chão, seguindo até a porta. Antes de sair peguei uma caixa de fósforo.

Eles arrombaram a porta, como eu imaginava. O baixinho entrou correndo, já estava no meio da cozinha quando o careca chegou à porta. Então veio a parte mais arriscada do plano.

Acendi o fósforo e joguei bem em cima da poça de produtos de limpeza, a qual inflamou instantaneamente. Despi a jaqueta do Matt e a coloquei sobre a cabeça, agarrei-a o mais forte que pude e corri. Foi quando ouvi um estrondo.

Atirei-me o mais longe que pude da explosão, caí e saí rolando. Atrás de mim, havia labaredas enormes, e o fogo continuaria a se espalhar. Pensei em todo o trabalho de pesquisa da minha mãe. Por certo, ela teria uma cópia, mas gastaríamos um bom dinheiro com roupas e a reforma.

Contornei a casa e me escondi próxima do muro, estava escuro o bastante para não ser reconhecida. Continuei abaixada e a porta da frente se abriu. O careca saiu carregando o moreno da cicatriz, que gritava de dor. Sua camisa estava chamuscada, parecia que tinha seu braço levemente queimado, mas mancava muito, sua perna estava em chamas.

A cena que presenciei não foi muito agradável, porque ele deitou no chão enquanto o outro achou uma mangueira para apagar o fogo. O careca o levantou e o ajudou a subir no carro. Não vi o baixinho sair e achei melhor não pensar muito nisso.

Em seguida, quando achei que estava realmente seguro, comecei a correr desesperadamente. Eu sabia que bater com o carro do pai da minha melhor amiga e incendiar minha casa não eram nada se comparado ao sequestro da minha mãe e, se eu chamasse as autoridades, aqueles caras a matariam na mesma hora.

Não era só ela que estava em apuros, eu também. E, se alguém tinha que resolver isso, era eu. Por último, isso tudo tinha alguma coisa a ver com o colar esquisito e a escavação no Peru.

Corri até o único lugar do mundo que me veio à cabeça.

Capítulo 3

Investigamos lendas antigas e conversas suspeitas

Como se não bastasse não ter conseguido dormir direito, ainda acordei com dor de cabeça.

Cheguei à casa da Cat ainda de madrugada, toda suja, descabelada, descalça e chorando. Ela ficou incrivelmente surpresa ao me ver naquele estado na sua porta, porém foi muito acolhedora.

Por sorte, o doutor Stacy e a "família feliz" – era assim que Cat se referia aos seus "irmonstrinhos" e sua "mandrasta" – haviam viajado no fim de semana, o que foi bom, pois não precisei dar nenhuma explicação. Se bem que os talentos do doutor Stacy como advogado e sua influência política poderiam ser de muita ajuda.

Os policiais haviam aparecido durante a madrugada. Eu me escondi no closet da Cat e ela os atendeu. Como esperado, fizeram várias perguntas e, por sorte, não sabiam que tínhamos estado na boate juntas na noite anterior, mesmo assim insistiram para fazer uma busca.

– Voltem com o mandado! – Cat disse, encerrando o assunto.

Levantei da cama e tomei meu banho. Estava tão nauseada com a situação que nem toquei no café da manhã. Estávamos frente a frente, ela não havia me exigido explicações até então, mas eu devia isso a ela.

Contei cada detalhe – ou quase todos –. Mostrei o colar a ela, que pegou e manuseou minuciosamente.

– Todo esse alarde por causa desse pingente horroroso!
– Temo que não seja um pingente comum.
– O que faremos, Eve?

Eu não respondi. O telefone tocou. Era Matt ligando desesperado para o meu celular perguntando onde eu estava. Logo em seguida, quebrei o chip para não receber mais chamadas.

Alguns minutos depois, ele apareceu. Cat abriu a porta e ele foi entrando desesperado.

– Cat, cadê a Evelyn? – Parecia apreensivo.
– Ela está no meu quarto. Os policiais perguntaram por ela hoje mais cedo, disse que não sabia. Você não faz ideia do que aconteceu...
– Faço sim, eu assisto ao jornal.
– O quê?
– Chama a Eve e ligue a TV.

Cat sentou-se ao meu lado e ligou a TV. Adivinha quem estava no noticiário? Uma garota surtada, que roubou e bateu com o carro do pai da melhor amiga e depois incendiou a própria casa. Os repórteres estavam em frente à minha casa. O incêndio tinha se espalhado bem. A parte da frente e o segundo andar pareciam estar levemente queimados, mas nada desmoronou.

– *E não se tem notícias de Evelyn Raleigh.* – Por que faziam questão de explanar o meu sobrenome?! – *Desde a noite passada, é possível que o corpo carbonizado encontrado* dentro de sua casa pertença à jovem. As autoridades tentaram entrar em contato com a mãe da moça, mas não conseguiram. Seu pai, o famoso e nobre escritor Richard Baron Raleigh, preferiu não se pronunciar. Testemunhas disseram ter visto a garota, pela última vez, em uma casa noturna. Falamos, agora, com o ex-namorado de Evelyn, Sean, que está ao vivo conosco – disse o repórter.

– Evelyn estava fora de si na última noite – o idiota falou. – Eu estava em uma boate conversando com uma amiga quando ela apareceu e fez um escândalo. Terminei o namoro com ela na mesma hora, seu ciúme doentio estava me sufocando. Ela não aceitou muito bem isso, então me agrediu e eu não a vi mais.

– E qual era o estado físico da jovem? – perguntou o repórter.

– Ela estava completamente bêbada, ficou muito agressiva, trombava em tudo! Seus olhos estavam muito vermelhos, nem sei se era só bebida mesmo. Até me ofereci para levá-la para casa, para início de conversa, ela nem deveria estar ali, mas...

Desliguei o televisor antes que eu fosse até a minha casa – ou o que restou dela – para bater naquele estúpido.

– Então, Evelyn?

– Foi só álcool mesmo, nenhuma outra substância ilícita – disse com cara de inocente.

– Acho que mereço uma explicação – disse Matt com um tom tão sério que até parecia o meu pai.

Com aquele jeito, não merecia, ainda assim expliquei exatamente tudo o que tinha acontecido, cada detalhe. Seu rosto, antes irritado, agora estava preocupado. Ele ficou sem palavras, em silêncio, até resolver falar.

– Acho melhor chamar o Ben – disse Cat.

Matt e eu olhamos para ela confusos.

– Ficou louca, Cat? Sem chance!

– Cat, acho melhor não envolver mais gente nisso. Tecnicamente, eu sou uma foragida agora, preciso de um advogado, não de um *nerd*.

– Eu sei, Eve. Mas ele é de confiança. – Ela olhou para mim como quem pedia permissão. – Não vai contar nada a ninguém e talvez possa nos ajudar. Na verdade, eu acho que ele pode ajudar.

– Como? Hackeando um site ou fazendo contato com extraterrestres?

– Matt, não está ajudando – retruquei.

– Foi o Ben que me arrumou o falso ID. Eve está foragida, só não a encontraram porque não tinham um mandado de busca, mas isso é questão de tempo. Ben tem contatos, acesso a documentos etc. Ele pode nos ajudar a escondê-la, pelo menos até meu pai voltar de Washington.

O argumento de Cat era tão bom que Matt não questionou. Pensei bem sobre isso. Benjamin Weiss sempre foi tímido e esquisito, por isso nunca nos falamos muito. Mas, mesmo nas poucas vezes que conversamos, parecia ser confiável. Além disso, confiava no julgamento de Catherine.

– Pode chamá-lo – eu disse.

Benjamin, mesmo sem os óculos, não tinha a aparência muito melhor.

Ele chegou uns quinze minutos depois da ligação de Cat, trazia uma mochila grande, com seu notebook e outras coisas. Ele teve alguns problemas no último ano por ser um *hacker*. Contamos a ele tudo o que aconteceu – essa parte já estava ficando chata e repetitiva.

– Uau – disse Ben. – Isso, sim, é uma noite agitada. Bom, vamos começar.

– Quanto?

O garoto abriu um leve sorriso, mexi com o seu ponto mais sensível: o bolso.

– Isso vai depender de como a situação vai se desenrolar. Primeiro, preciso averiguar algumas coisas que comprovem a minha teoria.

– Por exemplo? – perguntei enquanto ele abria o notebook.

– Bom, Eve, esses caras, pelo visto, estavam atrás da sua mãe, mas precisavam da tal "chave" que está contigo. Vou invadir o e-mail dela para ver se acho alguma coisa, enquanto isso poderia começar a dar mais detalhes sobre ela, afinal, eles não estavam atrás de você.

Pensei em todas as coisas relevantes na hora. Ben estava certo, em nenhum momento falaram de dinheiro ou sobre mim, só queriam a "chave".

– Sua mãe estava em uma escavação, não estava? – perguntou Cat.

– Sim, no Peru.

– Ótimo – disse Ben. – Poderia me falar mais sobre essa escavação?

– Ela encontrou uma ruína de um povo extinto da América do Sul há uns quinhentos anos. Fica próxima de Cuzco, na floresta de Pantiacolla, eu acho. Há um complexo de montanhas lá, então ninguém imaginava a existência desse povo. Não sei muito sobre eles, mas minha mãe foi uma das primeiras a encontrar seus vestígios há uns 12 anos. Ela até escreveu um livro.

– Um livro? Talvez tenha alguma informação sobre essa tal chave – disse Ben.

– Pode ser que sim. – disse Matt, que até então estava em silêncio. – Vou comprá-lo agora mesmo!

– Não precisa, eu tenho um exemplar dele lá em cima.
– Cat se virou para mim. – Ela deu um desses ao meu pai.

Eu realmente me lembrei disso. Minha mãe havia dado um exemplar a ele no dia em que Cat e eu nos conhecemos.

– Certo, mas talvez não tenha nada, afinal, esse livro tem uns dez anos, e essa chave só foi encontrada há algumas semanas. Além disso, minha mãe é professora de Artes, ela foca mais em arquitetura do que em História.

– Não importa! – disse Cat com seu otimismo inabalável e um brilho no rosto; havia, realmente, esperança em suas palavras. – Mesmo que a possibilidade seja pequena, pode ser que encontremos alguma coisa.

– Ela está certa, no mínimo, precisamos saber alguma coisa dessa civilização – disse Matt.

Cat subiu as escadas correndo para procurar o livro. Matt caminhava pela sala, de um lado para o outro, enquanto Ben me encarava de forma pensativa, como se estivesse tentando entender a situação ou arquitetando um plano brilhante.

– Eve, você se importa se eu te fizer umas perguntas?

– Bom, tecnicamente, já fez uma, mas não me importo em continuar.

Dei um sorriso no final para quebrar um pouco do clima. Talvez não fosse a hora certa para ser irônica, mas eu era assim, fazer o quê?

– OK. Vamos começar, então. Há quanto tempo exatamente sua mãe está no Peru?

– Por volta de duas semanas, mas ela já pesquisou essa região há alguns anos. Contudo, poucos meses atrás, sua equipe descobriu esse sítio arqueológico.

– Bom, muito bom, Eve, você me poupou algumas perguntas. – Ele repetiu meu gesto, estava tentando me manter calma. – E quanto à chave? Ela a encontrou lá? Sabe há quanto tempo?

– Desculpa, não sabia da existência dela até ontem – disse um pouco sem jeito.

Pude ver que ele ficou levemente desapontado.

– Tudo bem, isso não é o mais relevante – disse após aquele olhar pensativo. – Mas o que eu quero te perguntar agora é muito importante: sabe se ela mantinha contato com alguém que pudesse negociar esse tipo de objeto? Às vezes, as pessoas não sabem o determinado valor de certas coisas, então procuram especialistas. Sua mãe...

– Chega!

Eu sabia muito bem aonde Benjamin queria chegar. Ele estava insinuando que a minha mãe estaria envolvida com uma máfia ou coisa do tipo. Maria Vega nunca foi o tipo de pessoa que valorizava o dinheiro mais do que o conhecimento; além disso, sempre respeitou as leis em vigor em cada país onde tenha participado de uma escavação. Sempre se preocupou, também, em manter os tesouros em seu país de origem, pois achava que isso era resgatar uma identidade nacional. Se isso fosse retirado, essa identidade também seria.

– Tudo bem, mas não podemos descartar essa hipótese... – Ele ficou meio sem jeito depois disso. – Outra que podemos considerar é, visto que ela não tinha envolvimento com o mercado negro, como foi que eles a encontraram.

Meu coração disparou.

– Ben, está me dizendo que...

– Desculpe, mas sim. Ela pode estar sendo mantida refém, sendo obrigada a trabalhar para uma máfia ou um grupo de radicais ou qualquer um em busca de dinheiro.

Seja lá o que ela tenha encontrado, é muito valioso. Além disso, eles chegaram muito fácil até você.

– É isso! – Tive um plano genial, ou pelo menos quase.

– Desculpe, mas não entendi – disse Ben.

Agora Matt já não estava mais tão distraído e Cat vinha descendo as escadas com o livro na mão.

– Ben, é como você disse. Eles chegaram a mim fácil demais, por pouco não me pegaram, então vou me entregar!

– O QUÊ??? – os três disseram ao mesmo tempo.

Tudo bem, confesso que essa ideia talvez parecesse meio estúpida, mas que outra opção eu tinha?

Depois de me perguntarem um milhão de vezes se eu estava louca – Cat me ofereceu um *rivotril* da madrasta dela – e me passarem mais sermões do que um religioso fanático, decidiram que meu plano era estúpido demais, perigoso demais e que não apresentava nenhuma possibilidade de dar certo.

Passada uma hora, Ben ainda estava fitando aquele notebook sem obter nenhuma resposta. Cat tentou achar alguma coisa no livro, apesar do seu déficit de atenção estar atrapalhando bastante. Passado um tempo, foi à cozinha preparar alguns sanduíches.

Matt estava inquieto, suas sobrancelhas estavam tensas e ele não parava de ajeitar e bagunçar o cabelo com a mão direita. Sempre fazia isso quando estava nervoso, então levantou-se e andou em direção ao banheiro.

A essa altura, já estava na metade do livro, procurando alguma indicação nas figuras e palavras-chave, o que era muito difícil, pois não sabia exatamente o que procurar. Continuei virando as páginas. Não era a primeira vez que eu havia lido o livro e nunca vira nada de suspeito, só falava sobre essas civilizações pré-colombianas da América do Sul, seus costumes, história e lendas.

Lendas? Espera... É isso! Finalmente encontrei o que precisava. Virando mais uma das páginas, encontrei uma das poucas histórias que despertaram meu interesse quando era criança. Consigo me lembrar do dia em que minha mãe me contou pela primeira vez.

Era uma tarde quente de verão, eu devia ter uns 5 ou 6 anos, e minha mãe havia me levado a um parquinho ali perto. Tinha sido um dia agradável, pelo menos até eu cair da árvore.

Não me machuquei muito, mas minha mãe sempre teve aqueles dramas maternos. Então me levou para casa imediatamente, fez um curativo e depois lanchamos no jardim.

Seu rosto me veio à mente perfeitamente, alegre e sorridente. Naquele dia, usava um belo vestido florido com um colete cáqui por cima e sandálias rasteiras. Tinha uma faixa no cabelo cacheado. Era assim que eu me lembrava dela, vestida como uma hippie chique.

– Como está seu joelho, Hija?

– Não dói mais, mamãe. Amanhã vamos poder voltar lá! – disse empolgada.

– Vamos, sim, e talvez possamos fazer outro bolo como esse quando voltarmos, o que você acha?

– Quero de chocolate.

– Faremos de chocolate, então.

Continuamos comendo até que a chuva caiu, chegamos mais perto do guarda-sol, mesmo assim ficamos um pouco molhadas, mas quem se importava? Quando a chuva passou, surgiu um arco-íris colorindo o horizonte.

– Que lindo! Olha, mamãe. – Ela sorriu. – Será que tem mesmo um pote de ouro como no livro que o papai me deu?

– Acho que não, minha querida, mas existe um lugar com muito mais que um pote de ouro.

Eu a encarei com olhos curiosos enquanto ela puxava outro exemplar do seu livro da bolsa. Abriu em uma das páginas.

– Tem muitas figuras! – observei.

– Bonitas, não?

Eu assenti.

– Mas o que importa é a história que vou te contar.

Fiquei de ouvidos atentos.

– Existe um lugar...

– Não começa com era uma vez?

– Tudo bem. Era uma vez, um lugar cheio de ouro, mas tão cheio de ouro que, ao mergulhar em um dos seus rios, você saía dourado, por isso ficou conhecido como El Dorado, sabe o que quer dizer?

– O dourado – respondi.

– Muito bem, Hija. Mesmo os nativos que ali habitavam não sabiam bem sua localização, era muito secreta. Muitos forasteiros escutaram essa história, mas ninguém encontrou o lugar.

– El Dorado existe mesmo?!

– Existe, sim, minha querida. Existe, sim – a última frase saiu mais reflexiva, como se ela realmente acreditasse nisso e não estivesse apenas contando uma história para crianças. – Mas talvez não como pensamos.

– Então um dia nós vamos achar esse lugar!

Minha mãe riu e afagou meus cabelos.

– Mas por que é tão importante isso, minha filha? Dinheiro não traz felicidade...

– Mas não é isso que você faz, mamãe?

– Não, eu não procuro tesouros materiais. Sou uma amante da arte, adoro lecionar e gosto de conhecer o passado, não é pelo dinheiro. Muitos morreram ou desperdiçaram sua vida atrás desse tesouro. Vale a pena?

Lembro-me de ter refletido um pouco sobre o que a minha mãe falou. Apesar de meu pai ser rico e me dar uma boa mesada, minha mãe sempre me ensinou como aproveitar as coisas simples da vida, como um piquenique no jardim de casa.

– Não, não pelo ouro. Mas seria uma grande aventura, também quero chegar aonde ninguém mais chegou.

Minha mãe sorriu para mim. Acho que, desde cedo, percebeu que a minha aptidão para coisas perigosas era um sinal de uma garota aventureira que gostava de viver tudo o que podia. Talvez, naquele momento, ela tenha visto o quanto eu estava determinada a ir longe, aonde ninguém chamais chegou.

Ao me lembrar desse episódio, senti uma leve nostalgia, não por saudade dela, mas por preocupação. As incertezas sobre seu paradeiro me invadiram a mente e me senti aflita em pensar que poderia nunca mais encontrá-la.

Fiquei tão inerte em meus pensamentos que nem percebi quando Cat voltou da cozinha. Ela se sentou ao meu lado e afagou meu cabelo. Fitei-a, seus olhos eram compreensivos, como se realmente pudesse sentir meu desespero.

– Toma – disse ela, me empurrando um sanduíche. – Você não comeu nada desde que acordou.

Coloquei o prato para o lado.

– Cat, achei algo, tenho uma ideia do que eles estão procurando.

Mostrei o livro a ela. Minha amiga passou os olhos rapidamente e pareceu inicialmente surpresa. Matt se aproximou e pegou o livro de sua mão.

– Não brinca! Eve, isso é impossível. *El Dorado* é uma lenda...

– Não, Matt, eu também achava que fosse, mas pensa, tudo se encaixa!

– *El Dorado*? Sua mãe estava atrás do *El Dorado*?

– É o que tudo indica, veja.

Entreguei o livro a Ben.

– Incrível!

– Seria incrível, mesmo, se sua mãe não fosse raptada por causa disso, Eve... – disse Cat.

– Vocês estão loucos? Por favor, *El Dorado* é uma lenda! – a voz de Matt começou a se alterar.

– Vamos, Matthew, não seja tão cético, isso pode ser verdade.

– Falou o cara que acredita em extraterrestres – debochou Matt.

– Eles existem! Pergunte a Eve, há evidência deles durante toda a história da humanidade!

– Chega! Não é hora para essa discussão inútil. Eve está com problemas e temos que ajudá-la. Para começar, que tal a deixarmos falar?

Catherine e os rapazes voltaram a atenção a para mim.

– Olha, sei que parece loucura, mas acho que minha mãe realmente acreditava nisso. Ela tem estudado essa região há anos, poderia ter achado alguma evidência que preferiu não expor, talvez por segurança ou para terminar a pesquisa com sucesso. Eu era uma criança quando ela me contou essa história uma vez, parecia realmente acreditar no que falava.

– Eve, essa lenda é contada há séculos e ninguém nunca encontrou *El Dorado*. Existem outros lugares fantásticos, como Atlântida ou Avalon e até história de mitologias ou extraterrestres – citou este último fitando Ben. – Entenda, isso é ficção.

– Matthew, acho que é você que não entendeu uma coisa: não importa se é real ou não, pois há pessoas perigosas que acreditam nisso e que estão com a minha mãe.

Todos ficaram em silêncio.

Poucos minutos depois, o trabalho de Benjamin Weiss começou a dar resultados.

– Eve, olhe isso.

– O que você conseguiu?! – Pulei para a frente do computador.

– Nada relevante sobre a pesquisa dela, é confidencial e deve estar guardada na faculdade, mas entrei no e-mail. Ela enviou algumas fotos, com certeza conseguirei descobrir de onde foram tiradas. A maioria das mensagens conta com assuntos acadêmicos, mas essas me chamaram a atenção.

Cat também se aproximou. Matt continuou sentado no canto da sala olhando discretamente; ele ainda não parecia convencido da hipótese de *El Dorado*, mas seus olhos estavam atentos. Peguei o notebook e comecei a ler as mensagens, tecnicamente violando a privacidade da minha mãe. Depois entendi o que Ben quis dizer com chamar a atenção.

Essas mensagens eram datadas por volta de duas semanas atrás, eram de um remetente identificado como Corporação Cortés. Até aí, nada de mais.

Dra. Vega,

Nós, da Corporação Cortés, ficaríamos felizes em te receber como nossa ilustre visitante para uma conversa informal. É do interesse de nossa corporação, que vem expandindo seu negócio no decorrer dos anos, fazer um reconhecimento mais aprofundado da região em que a senhora tem estudado na última década. Estamos realmente ansiosos para conhecer os resultados mais recentes de sua pesquisa.

Atenciosamente,

Guilhermo Cortés, presidente da Corporação Cortés

A segunda foi enviada três dias depois, tinha um caráter um pouco diferente. Eu diria que até um pouco ameaçador.

Dra. Vega,
 É lastimável que tenha recusado nossa proposta de se juntar a nossa estimada corporação. Seu projeto de recuperar e preservar a identidade nativa da região é realmente nobre, mas isso pode atrasar nossas negociações pendentes e prejudicar nosso projeto. Por ser uma pesquisadora brilhante, ainda temos interesse em tê-la na equipe, pois tem informações literalmente valiosas. Infelizmente, o mercado não espera e o tempo está passando, seria melhor para todos se cooperasse conosco, mas a decisão final é sua.
Atenciosamente,
Guilhermo Cortés, presidente da corporação Cortés

Essas mensagens confirmavam ainda mais nossa teoria. Infelizmente, era como Ben havia dito, estavam explorando o conhecimento da minha mãe. Eles a haviam procurado para fazer um acordo e, como ela recusou, foi sequestrada. "Informações literalmente valiosas" poderia, sim, se referir ao *El Dorado*; além disso, eles tinham interesse em explorar o local, o que significava que realmente estavam à sua procura.

Eles sabiam o que procurar, mas por que a minha mãe? E como conseguiram tais evidências? Só havia uma explicação: alguém da equipe de arqueólogos da minha mãe havia vazado a informação.

Contei minha teoria aos meus amigos, todos concordaram que era a hipótese mais viável. Pedi a Ben que fizesse uma rápida pesquisa sobre a Corporação Cortés, então ele me mostrou uma matéria, em um blog, que não me agradou em nada.

É uma corporação de origem espanhola muito antiga, atualmente dirigida por Guilhermo Cortés.

Tudo começou com a navegação e transporte marinhos de produtos da América para a Espanha e, de lá, para toda a Europa, e vice-versa. Nas últimas décadas, essa empresa vinha se instalando em países da América Latina, aproveitando de suas legislações frágeis, que permitem a extração de seus minérios, e não há grande fiscalização na parte ambiental.

Cresceram muito com o ciclo da borracha na região amazônica, área que têm desmatado inescrupulosamente para seus fins comerciais, como a venda de madeira. Mas, atualmente, sua maior fonte de renda é a exploração e o refino de petróleo venezuelano, na qual tem uma participação significativa. Eles também estão à procura de minérios nessas regiões, mas não têm tido muito sucesso.

Minha situação estava cada vez pior, dessa vez a chamada no jornal anunciou que o corpo encontrado não era meu, e que passei de vítima a suspeita procurada, o que dificultaria a minha saída do país.

— *Sweetie*, me escuta, por favor. Temos que ir à polícia contar o que aconteceu. Foi legítima defesa. Você não só será absolvida como também podem te oferecer proteção – argumentou Cat.

— Cat, eu não posso. Se fizer isso, aí saberão onde estou e podem matar a minha mãe.

— E o seu pai? Deveria falar com ele, seu pai pode colocar seguranças atrás de você, ele sabe ser discreto... – ela insistiu.

– Não, ele já está muito envolvido em seus assuntos. Entenda, estou tentando envolver o mínimo de pessoas possível, isso é algo que eu tenho que resolver.

– Apenas saiba que não está sozinha, então.

– É, você é muito teimosa mesmo, até quando se trata da sua vida tem que contrariar todos os seus amigos e as autoridades também!

Eu conhecia bem e odiava quando Matthew dizia algo com essa voz sarcástica. Estava irritado, parecia o meu pai me dando uma bronca. Por mais legal e bobo que fosse na maior parte do tempo, esse lado meio autoritário dele me incomodava muito. Ele me encarava como se esperasse que eu obedecesse a uma ordem.

– Matt...

– Não! Eu não quero ouvir mais nada. Estamos discutindo a sua segurança há horas. Por que é tão difícil manter-se segura?

– Pergunta difícil essa, seria porque minha mãe é refém de uma corporação de mafiosos?

– Chega, vocês dois! – interveio Cat.

Ficar ali já estava me deixando agoniada, eu tinha de fazer alguma coisa.

– Está decidido, eu vou para o Peru!

– E como pretende sair do país, a nado? – Matt já estava me irritando.

– Não, vou encontrar o careca. Sugestões, Ben?

– Bom... o da cicatriz deve estar internado, provavelmente, no hospital mais próximo, podemos procurá-lo. Posso pegar umas imagens do careca na fita de segurança e pesquisar no identificador facial da polícia.

– O quê?! Benjamim, você ficou louco? A Evelyn está surtada...

– Cala a boca! Eu vou achar esse cara, ele vai me levar até a minha mãe, e só assim poderei libertá-la. Se não vai me ajudar, saia daqui agora!

– Ótimo – disse com a voz falha e saiu.

Capítulo 4

Caminhei para a forca por livre vontade

Agora que meu amigo havia me abandonado, eu estava me sentindo ainda pior.

Eu não esperava isso dele, mesmo de cabeça quente. Quero dizer, até o Ben, que nem sequer era meu amigo, estava lá – tudo bem que por dinheiro –, fazendo de tudo para me ajudar, e meu amigo, amigo mesmo, virou as costas na primeira oportunidade.

Benjamin estava tentando ser o mais discreto possível, então optou por não pedir ajuda a ninguém e seguir o trabalho sozinho. E ele me surpreendeu. Conseguiu invadir os computadores do hospital local e teve acesso a todos os vídeos, mas se concentrou apenas nos da entrada, mais precisamente nas horas que sucederam o incidente, nas quais capturou boas imagens do careca.

Em seguida, ligou para o hospital se identificando como sobrinho do homem que se queimou fazendo churrasco – se achou que essa foi péssima é porque não ouviu seu terrível sotaque pseudolatino exageradamente forçado. Mas acabou funcionando e descobriu que o "tio Ernesto" havia morrido em razão de intoxicação, múltiplas queimaduras e perda de sangue.

– Evelyn, dá uma olhada nisso. – Ele me passou seu notebook. – Parece que o grandão já foi fichado.

– Você invadiu arquivos policiais?! – Cat estava surpresa, mas eu não duvidava de mais nada vindo dele. – Como fez isso?

– É um pouco trabalhoso, mas nada que *eu* não possa resolver. Sabe, envolve muitos códigos, *firewalls*...

– Ben, foi uma pergunta retórica – ela disse.

De acordo com sua ficha, chamava-se Chuck Wilson, estava em liberdade condicional, entres seus crimes continha apenas venda de drogas, mas havia acusações de agressões e furtos. Na ficha, também, continha um endereço.

– Eve, você não está pensando em ir até lá sozinha, está? – perguntou Cat.

Para ser sincera, eu ainda não tinha pensado nisso. Realmente, fugir desses mercenários não seria uma tarefa nada fácil. Eu precisava de um plano.

– Vamos te rastrear – disse Ben.

– Hã?

– Pega. – Ele estendeu a mão e me deu um relógio.

Cat fez cara de desaprovação por causa do modelo.

– O que é isso? – questionei.

– É um GPS, assim saberemos onde você está. Se soltar o cabelo, podemos até tentar usar um ponto, mas é um pouco mais arriscado. Também tem o problema do sinal, que pode ficar ruim dependendo da região... – murmurou essa última parte tão baixo que Cat nem percebeu.

– Isso! Ben e eu vamos embarcar para o Peru e te resgatamos, se você estiver com problemas.

— Não, eu estava pensando em chamar a polícia se algo der errado — disse Ben.

— Mas não podemos deixá-la sozinha!

— Ninguém vai para o Peru — eu disse. — Muito menos chamar a polícia. Estou foragida, esqueceu?

— Mas, Eve, é para sua segurança! Além disso, se te pegarem, podemos falar que te sequestraram e que você é uma vítima — argumentou Cat.

— Cat... até que esse não é um plano de todo ruim.

— Viu, eu tenho boas ideias e posso ajudar. Eve, deixa a gente ajudar, é a melhor forma de salvar a sua mãe e você mesma.

Eu meneei a cabeça, às vezes era difícil argumentar com a Cat.

— Tudo bem. Então, esse é o plano: vão para lá e eu encontro vocês mais tarde, isto é, se realmente estiverem dispostos a uma aventura suicida — ironizei.

— Sério mesmo? — ela ficou empolgada

— Calma, Catherine, foi só uma brincadeira. Eu não me sentiria bem em arriscar suas vidas.

— "Suas", nada, eu não me ofereci.

Cat o fuzilou com o olhar depois dessa.

Mas eu não o culpava, não era justo pedir a alguém que se arriscasse por mim. Eu também não me sentiria bem em arriscar a vida de meus amigos, principalmente a dela. Não, eu não ia deixá-la fazer isso.

Cat ainda estava ao meu lado, eu precisava despistá-la. Peguei o copo de suco e beberiquei, já sabia como ganhar um tempo a sós com Benjamin. Levantei e simulei um tropeço, derramando todo o suco "acidentalmente" na roupa de Cat.

Desculpei-me, ela não se irritou, dificilmente perdia a paciência. Subiu as escadas em direção ao seu quarto. Não demoraria tanto quanto se fosse a uma festa, mas eu teria tempo de explicar tudo ao Ben.

– Nunca percebi como você é meio desajeitada – ele comentou.

Cat não percebeu a minha simulação, mas Ben, sim, e provavelmente não foi das melhores.

– E eu nunca percebi que fosse assim tão benevolente e generoso. Qual seu preço?

– Cinco mil.

– O quê? Isso é um roubo!

– E, a propósito, você é uma foragida.

– Depósito on-line?

Eu não costumava sacar o dinheiro da minha mesada, mas era por uma boa causa. Ele me passou o notebook e me informou os dados para a transferência.

– Ben, preciso que me faça um favor. Na verdade, dois.

Ele assentiu.

– Primeiro, em hipótese alguma, não importa o quanto ela chore, grite ou implore, você vai deixar Cat ir atrás de mim. Mantenha-a em segurança. E isso vale para você também.

– Evelyn, não gosto tanto assim de você, então isso nem passou pela minha cabeça, acredite. Pode deixar, vou cuidar dela.

– Ótimo, agora vou te pedir algo mais difícil. Preciso que, enquanto estiver aqui, mantenha contato comigo, você é ótimo para rastreamento e afins, pode ser que eu precise de sua ajuda.

– Tudo bem, isso é relativamente fácil. Você já tem o GPS disfarçado e, como a viagem não será muito duradoura, pode levar um celular descartável e jogá-lo fora depois de três dias. Vou ficar on-line 24 horas por dia. Se conseguir um computador, sabe o meu e-mail. Mas como pretende escapar?

– Pode deixar que dou um jeito neles.

Sair da casa de Cat não foi exatamente fácil.

Eu disse a ela que estava com sono, afinal, não dormira direito na última noite, então fui conduzida ao quarto de hóspedes no meio da tarde. Percebi que, apesar de frequentar aquela casa há tantos anos, eu nunca havia passado um tempo naquele quarto.

Não era tão grande quanto o de Cat, porém aconchegante. Eu havia escolhido aquele ponto de fuga por duas razões: primeira, não correria o risco de Cat entrar para embargar minha fuga, até porque pedi para ficar naquele quarto, pois precisava de um momento sozinha. Segunda, sua janela dava para os fundos da casa, onde havia uma pequena marquise embaixo e ninguém me veria saindo.

Arrumei-me enquanto Cat estava no banho, vesti algumas peças do closet da minha amiga e algumas coisas que eu havia deixado por lá. Já era meio da tarde, e eu estava trajando minha roupa de guerra: jeans, coturno, uma camisa regata cinza e a jaqueta de couro do Matt, a qual quase hesitei em usar. Meu cabelo estava solto e coloquei uns óculos estilo aviador da Cat para dar uma disfarçada.

Fiz o que Ben falou, escondi um celular descartável, desligado, e separei a bateria do telefone, um por dentro da bota esquerda e o outro no bolso da minha calça. Pendurei a chave misteriosa no pescoço e guardei no bolso um canivete automático frontal. Guardei nos bolsos de trás apenas as coisas inofensivas, pílulas de suplementos alimentares, barras de cereais e analgésicos.

Aquele não era o visual mais tipicamente californiano, mas as ruas não estavam tão cheias e só precisei andar por alguns metros até encontrar a minha carona. Michael Brown, primo da Alicia, estava com o carro estacionado ali adiante.

Ele era um rapaz bonito, negro, alto, com braços bem definidos, que ficavam evidentes com a camiseta branca sem mangas, lábios carnudos, olhos castanhos brilhantes e cabelo bem curto e cacheado.

Mike era um cara legal, devíamos ter umas duas aulas juntos e conversávamos com frequência. Quando entrei no carro, mesmo naquela situação, ele não deixou de lado seu sorriso costumeiro, simpático, mostrando seus dentes brancos.

Alicia estava no banco de trás, não só desconfiada, mas também preocupada.

– Eve – cumprimentou-me um pouco sem jeito.

Não o culpo, devia ser estranho receber uma ligação em pleno sábado para escolher uma foragida até uma área menos nobre próxima a Los Angeles.

– Olá, Mike. – Fiz questão de chamá-lo por seu apelido, como eu sempre fazia, o que foi bom para quebrar o gelo. – Alicia.

Ela me deu um aceno de cabeça, procurando as palavras certas para se expressar.

– É bom ver que está a salvo, Eve, mas o que aconteceu? Está em apuros?

– Você não faz ideia.

– Olha, eu não faria isso para qualquer um, sabe – disse Mike. – Você é nossa amiga, uma garota legal e tal, mas isso é realmente estranho.

– Eu sei, mas precisam confiar em mim. Eu não pediria isso, mas, como minha foto apareceu em todos os telejornais e sites de notícias, hoje talvez eu fosse reconhecida pelas ruas ou meu carro fosse apreendido.

– Eve, sei que é uma boa pessoa, isso é que o importa – encorajou Alicia.

– Acho que vou sempre me lembrar de você como a menina que me defendeu quando aqueles valentões jogavam meus livros no chão – concordou Mike com um leve sorriso.

Quando ele foi transferido de um colégio público por ser um prodígio no basquete, sofreu um pouco de *bullying* no começo, pois os garotos mais velhos do time não queriam reconhecer seu talento por causa das suas origens humildes. E, por medo de prejudicar o time, Michael sofreu calado por um tempo, até que eu me envolvi numa briga com os valentões e eles ficaram conhecidos por apanhar de uma garota.

Nossa viagem seguiu tranquila, colocamos o papo em dia e falamos sobre coisas fúteis. Michael e Alicia me desejaram sorte quando desci do carro, era chegada a parte realmente perigosa, estava caminhando para a forca por livre vontade.

Olha, sei que pode parecer meio hipócrita, mas, se quer um bom conselho, se algum dia tiver que procurar um mercenário, não o faça!

Não foi tão difícil assim encontrar Chuck, pois seu apartamento se localizava em um beco estranho, desses com drogados na rua e afins, um prédio com aparência de abandonado. Procurei não chamar muito a atenção, ignorando todos e qualquer um que viesse atrás de mim, ora para vender alguma coisa, ora me confundindo com uma garota de programa.

O único contato que estabeleci foi com um garoto de uns 10 anos, porque lhe dei dois dólares em troca de informações úteis. Perguntei sobre os hábitos do grandão e descobri que ele não recebia muitas visitas, o que considerei algo a meu favor, e que vendia "mercadorias de qualidade". Além de me mostrar exatamente onde ele morava, ainda descreveu como seria a parte interna da casa.

Subi pelas escadas de incêndio até seu andar e parei na porta da cozinha. Entrei sorrateira, não havia ninguém naquele cômodo, agachei e segui em frente, parando atrás da porta. Pude observá-lo, estava sentado no sofá tomando cerveja enquanto assistia a um jogo.

Sua cabeça estava enfaixada, vestia apenas um jeans com uma regata de malha. Como se não bastasse força física, ainda tinha uma pistola sobre a mesa, porém eu tinha o fator surpresa a meu favor.

Ele se levantou e caminhou em direção à cozinha, saquei uma faca e fiquei à sua espera. Quando ele ficou ao meu alcance, chutei seu joelho. Como não esperava por isso, deu uma leve cambaleada, então o chutei de novo, dessa vez na altura do estômago. Peguei a faca e desferi um golpe nele, próximo do peitoral, rasgando sua blusa e deixando à mostra uma fina linha escarlate.

Corri para a sala, ele veio logo atrás, mas alcancei sua pistola, dei meia-volta enquanto a destravava e parei com ela apontada para sua cabeça.

– Se fizer algum movimento bruto, eu explodo seus miolos! – eu disse com uma voz extremamente fria e o encarei como uma daquelas mocinhas *badass* do cinema, estilo Milla Jovovich.

Ele deu risada, acho que não me levou muito a sério.

– Como se você precisasse de uma arma para fazer isso... Podia ter me esfaqueado.

– Tem razão, eu poderia ter te esfaqueado tal como explodi seu amiguinho ou manchei sua blusa.

Acho que ele percebeu que eu teria, sim, coragem de puxar o gatilho. Ficou em silêncio por um tempo, analisando minha expressão.

– Acha mesmo que vai conseguir me chantagear, boneca? Sou apenas um peão para eles e, se quer saber, você também é.

Fiquei enjoada pela forma como ele me chamou de boneca.

– Existe uma grande diferença entre mim e você: seu chefe me quer viva. Se eu morrer, minha mãe não vai falar nada, mesmo sob tortura. Acho bom me tratar muito bem.

Ele ficou quieto, me encarando com aquele ódio no olhar, esperando que eu desse o próximo passo.

– Imagino que também não saiba de nada, foi apenas buscado para me pegar e fracassou. Você é um homem morto, se o seu mandante não fizer isso, eu o farei. Então vamos fazer assim: você fica quietinho, me leva para a escavação e talvez eu o deixe fugir quando chegarmos lá.

Ele deu uma risada sarcástica como a de um psicopata.

– Boneca, como você mesma disse, eu vou morrer, mas você vai junto. Se puxar o gatilho agora, me fará um favor.

– Eu sei, mas sua filha é tão jovem...

– O quê?!

Ele fez um movimento brusco, mas rapidamente levantei a arma e ele parou.

– Chuck Wilson

Ele se assustou ao perceber que eu sabia seu nome, talvez tivesse caído a ficha que eu também descobri onde ele morava.

– Eu sei da sua filha, Clarisse. Onze anos é um pouco jovem, não?

Mais uma vez, aquele garoto me deu uma informação muito valiosa, foram dois dólares muito bem investidos. Eu não sabia onde a menina morava direito nem nada do tipo, nem sequer pensava em matá-la, mas o grandão não precisava saber disso.

– Não, você não faria isso – desafiou.

– Minha mãe foi sequestrada e acha que eu não mataria sua filha? Se eu não vir minha mãe novamente, jamais verá sua filha com vida. Posso até morrer, mas farei da vida de todos vocês um verdadeiro inferno!

Ele trincou os dentes. Por sorte, minhas palavras pareceram convencê-lo.

Nunca imaginei que fosse cometer um erro tão estúpido!

Depois da minha "chantagem", Chuck resolveu fazer o que eu mandara, ou seja, sair do país. Como eles pretendiam me sequestrar na noite anterior, minha fuga já estava quase pronta.

Devo admitir que aqueles caras não eram burros. A primeira parte da fuga era a mais complicada. Viajaríamos em um pequeno iate em direção ao México, onde embarcaríamos em um jatinho particular em um aeroporto privado. Chuck não fez nenhum contato e eu estive ao seu lado o tempo todo, sempre com a pistola no bolso.

Seguimos de carro até a baía, ele foi dirigindo e eu fiquei deitada no banco de trás. Ao chegarmos lá, eu o escoltei até a parte de dentro e o tranquei no banheiro.

Dei uma rápida verificada, à procura de celulares ou armas. Encontrei uma faca legal que pendurei no cinto; um notebook e dois celulares que destruí; e duas armas: um revólver dourado e um rifle semiautomático. Guardei aquele no mesmo lugar que encontrei na cabine, mas retirei as balas. Quanto ao rifle, desmontei-o e guardei suas peças separadas.

Ao considerar seguro, deixei-o sair do banheiro para continuarmos a viagem. Eu não confiava nele de jeito nenhum, pensei se talvez ele, na intenção de proteger a filha, não mudaria a rota e mataria nós dois, mas cheguei à conclusão de que seria um gesto nobre demais para alguém como ele. Mesmo assim, eu o vigiei o tempo todo.

Chegamos ao nosso destino em poucas horas. Eu estava exausta, não fazia ideia de quanto tempo fazia que não dormia. Eu estava parada no meio do iate quando ele saiu do barco com o revólver na mão.

– Acho melhor não se mexer, boneca – disse ele, destravando a arma.

Levei a mão à pistola quando ele disparou. A bala ricocheteou, e demorei a perceber que tinha sido alvejada de raspão no braço. Quando segurei minha arma mais fortemente, ele me interrompeu.

– Não, não, não. Se fizer isso, vou ter que disparar de novo. Você está certa, meu chefe te quer viva, mas não falou nada com relação aos ferimentos, boneca.

Agora eu realmente não sabia o que fazer. Tinha certeza de que havia retirado todas as balas. Tinha deixado o revólver vazio, no mesmo lugar, para uma armadilha, se ele tentasse fazer alguma coisa. Como isso foi acontecer?

– Espertinha... Muito espertinha você, hein? Faz a limpa, retira as balas e achou que eu não fosse perceber? Teria que ser muito idiota para não notar a diferença no peso da arma. Achou mesmo que não tivesse mais munição guardada? É, parece que seu tiro saiu literalmente pela culatra, boneca. – Ele deu uma risada sinistra de novo.

De repente, tombei para trás, o que era de se esperar, levando-se em conta que já havia um tempo que não dormia, comia nem bebia nada. Além disso, tinha sido baleada no braço; nada sério, mas perdi sangue.

Minha visão ficou turva, dessa vez fui para o chão, mas pude distingui-lo caminhando em minha direção. Fiquei com medo, pensei em tudo o que ele poderia fazer comigo, afinal, só precisava me manter viva, não saudável. Então mergulhei na escuridão.

Capítulo 5

Traída com um beijo! Uma tola apaixonada por Judas

Maria não estava muito melhor do que Evelyn.

Sentada em um chão desconfortável, com as mãos amarradas para trás, seu corpo exibia as marcas do que estavam fazendo com ela nos últimos dias. Estava quase irreconhecível, não era mais a mesma latina de pele bonita, olhos castanhos chocolate e cabelos médios ondulados bem tratados. Parecia mais velha, estava mais magra, sua pele empalidecera, seus olhos curiosos pelo conhecimento agora estavam preocupados.

Sua camisa estava em frangalhos e completamente suja, sua *legging* com um enorme rasgo na coxa direita, só as suas botas ainda estavam inteiras, apesar de sujas. Viu a luz incandescente invadir o recinto escuro junto à sombra de três homens.

Seus olhos demoraram a focar, mas não foi preciso muito esforço para reconhecer o do meio, que estava escoltado por dois seguranças. Ela se lembrou muito bem de quando encontrou aquele esquisitão pela primeira vez.

Estava em Lima, trafegando por ruas estreitas e tumultuadas. Aquela cidade despertara sua curiosidade. Era bonita, situada na costa do país, nas margens do Oceano Pacífico, com construções antigas datadas desde o século XVII até os belos prédios modernos.

Era por volta das cinco da tarde e, apesar de estar quase no seu destino, já estava atrasada em meia hora. Ela sempre fazia isso, tinha um problema sério com horários, ou melhor, como era bagunceira, nunca sabia onde fazia as anotações ou onde colocava o relógio.

Estacionou o carro próximo ao prédio principal, subiu pelo elevador e chegou ao escritório. Foi recepcionada por uma morena bonita e esperou por alguns minutos até ser convidada a entrar.

O escritório de Guilhermo Cortés era bonito de um jeito diferente. Todo branco com detalhes cinza e, nas paredes, pinturas cubistas e algumas de Pablo Picasso. Havia um sofá preto no canto, aparentemente confortável; a mesa era cinza, toda de aço com cadeiras vermelhas. Guilhermo estava encostado nela.

Era um homem hispânico de 40 e poucos anos. A primeira impressão de Maria foi que era muito vaidoso, pois tinha as sobrancelhas arqueadas, cabelos negros arrepiados e uma barba rala no queixo, sem falar no rosto esticado. Exibiu um sorriso branco e brilhante para ela.

– Dra. Vega, fico honradíssimo com sua presença – disse ele ao caminhar em sua direção.

Seus trajes eram muito exagerados: calça branca justíssima com sapatos da mesma cor, camisa cor-de-rosa claro e um xale roxo. Pegou a mão de Maria delicadamente e a beijou. Ela sentiu repulsa.

– Pensei que não fosse mais aparecer – comentou.

– Sabe como é o trânsito hoje em dia – retrucou.

– É, países subdesenvolvidos... – disse com desdém. – Lojas de roupas por aqui... Nem comento.

– Bom, acho que não viemos aqui para discutir roupas de marcas, senhor Cortés.

– Ai, essa doeu! Senhor? Não sou assim tão velho. Por favor, me chame de Guilhermo.

– Desculpe, sr. Cortés, mas...

– Tudo bem. Com o tempo você vai me chamar de Gui, verá que sou um grande aliado. Agora aos negócios!

Gesticulou para que Maria se sentasse e serviu uma taça de vinho.

– Chileno, acho que é a única coisa de qualidade que eles produzem. – Tornou a dizer com tom superior.

– Devo dizer que muito melhor que os espanhóis, mas não me chamou aqui para beber vinho, não é mesmo?

Maria estava com uma voz desafiadora. Na verdade, nem queria estar ali, nunca simpatizou muito com o que ouvia falar sobre Guilhermo e, conhecendo-o pessoalmente, não mudou em nada sua opinião.

Cortés apenas riu do comentário. Não era preciso conhecer o jeito doido de Maria para saber que não estava de bom humor.

– Está certa, minha cara. O vinho é só para tornar as coisas mais informais, vede meus trajes. Isso não precisa ser assim tão frio, pense bem, minha amizade seria algo muito importante. Amigos são gentis, eu poderia patrocinar as suas pesquisas, você compartilharia os resultados comigo, todo mundo sairia ganhando – disse em tom muito sugestivo.

– Eu conquistei amizades realmente importantes, principalmente de nativos e ativistas que protegem as terras que o senhor está tentando derrubar.

– Minha cara, são apenas árvores, e o que é isso comparado a prédios? Além disso, faz ideia de quantos minérios existem no local?

– Na verdade, estamos falando da maior floresta tropical do mundo e de culturas nativas que resistem às ações de conquistadores há séculos!

– Queridíssima, alguns têm o dom do poder, outros são sábios, já aqueles cujo único dom é a força física são dominados por natureza.

Apesar do pouco tempo que Maria passou naquele escritório, já poderia definir aquele homem com poucas palavras: dominador, vaidoso e egoísta. Sem falar do preconceito pelas culturas que ele considerava "subdesenvolvidas", o que lhe causava repulsa.

– Maria, tenho uma proposta irrecusável para você. Soube que tem procurado algo de valor material muito maior do que lendas e línguas. Estou muito interessado nesse possível descobrimento, tudo o que tem que fazer é terminar a sua pesquisa. Vou patrociná-la desde que me mantenha informado. Simples.

– Minha pesquisa? Como pode saber sobre ela? Isso é sigiloso!

Ele deu um sorriso maldoso.

– Não para mim – respondeu, bebericando o vinho. – Vi algumas coisas sobre você na internet, tem trabalhado nessa região há anos. Está feita a minha proposta. O que me diz?

– Sinceramente? Tenho ouvido falar muito sobre o senhor, e nada que me tenha alegrado, se quer saber. Francamente, nesses últimos cinco minutos, percebi que era verdade tudo o que disseram. Minha opinião não mudou em nada!

– Devo entender isso como uma recusa, não é mesmo, queridíssima? Pegue – entregou um cartão a ela –, caso pense em mudar de ideia.

Cortés levou as mãos ao pescoço afrouxando a echarpe e depois retirando-a. Deixou exposto um belo colar de corrente dourada e grossa, cujo pingente era redondo, também de ouro, com uma pedra turquesa no centro, uma arte exótica como tudo naquela sala.

Ela continuou encarando-o, parecia não acreditar que ele o possuíra, dentre tantas pessoas, por que logo ele? Sequer pegou o cartão.

– Não, jamais vou trabalhar para alguém como você! Se me der licença, tenho assuntos a resolver. Passar bem.

Maria deu meia-volta e saiu daquele escritório disposta a não aceitar a proposta de maneira alguma. Contudo, uma coisa ainda a intrigava: como Cortés descobriu sobre a sua pesquisa? Mas ela não imaginava que descobriria isso de forma tão dolorosa.

Maria nunca havia mencionado aquela conversa com ninguém, pelo menos até o dia em que recebeu um segundo e-mail de Cortés, dessa vez mais obscuro.
Estava parada no centro do novo complexo de escavação, e a sala era um anexo de um templo maior, que fora descoberto havia tempos, mas não aquela parte. Parecia que não era qualquer um que tinha acesso a ela, era muito restrita, o que justificava seu ótimo estado de conservação.
Era uma sala escura, alta, feita de pedra sem nenhuma argamassa. Apesar da aparência rústica, ainda dividia a atenção de Maria com outra questão: quem havia revelado a Cortés sobre a pesquisa?
– Um beijo por seu pensamento – disse Ian, chegando por trás e roubando-lhe um selinho.
– Acha que sou assim tão barata? – Ela riu. – Não vou dizer o que estou pensando. – Deu um sorriso maldoso, virou-se para o namorado e o beijou, dessa vez mais demoradamente. – Acho que esse valeu meu pensamento.
– E...
– Conheci um cara...
Maria se desvencilhou dos braços do namorado, este a segurou e a abraçou por trás. Deslizou o queixo em seu pescoço e sussurrou uma pergunta ao seu ouvido.
– Era atraente? Devo me preocupar?
– Não é feio, mas não é meu tipo. Ele está interessado na pesquisa, sabe demais, acho que temos um informante na equipe.

– Eu nunca confiei muito naquele tal de Jason, sujeito estranho – ele comentou ao soltá-la.

– Jason? Ele sempre foi meio calado, mas... será? Não quero fazer acusações injustas, mas talvez deva averiguar.

Maria refletiu na possibilidade de Jason ser um informante. Apesar de trabalharem juntos há cinco anos, Jason não era de conversar nem de criar vínculos, sempre quieto e com uma garrafa na mão, não era de se meter em encrenca, mas gostava de jogos de azar e bebidas. Poderia ter procurado Cortés por causa de uma dívida ou ganância.

Tentou esquecer isso, pelo menos por um instante. Ficou observando o salão e mergulhou em seus pensamentos.

– Nunca se questionou sobre os rituais, festas ou cerimônias realizados aqui? Ou por onde isso daria acesso?

– Não, a falta de curiosidade é um dos meus muitos defeitos.

– Muitos? – disse se virando para ele.

– Descobrirá os outros mais cedo do que imagina – disse com um sorriso cafajeste.

Ian e ela já estavam namorando havia quase três anos. Era um homem bonito, olhos e cabelos castanhos, este com alguns fios grisalhos na frente, nada anormal aos 30 e poucos anos. Barba cerrada e corpo demasiadamente musculoso.

– Pode até ser, mas o ar de mistério em sua voz é até charmoso.

– Misterioso? Falta de curiosidade é um defeito meu, não seu. Desde quando conhece alguém misterioso e nem tenta descobrir seus pensamentos?

– Diga-os então!

Ele sorriu e colocou as mãos na nuca de Maria.

– Acho que deveria ter aceitado a proposta de Cortés.

– Quê?!

Antes que pudesse reagir, Ian apertou seu pescoço ainda mais forte e a pressionou contra a parede, Maria perdeu o ar e desmaiou.

A pesquisadora nem sequer imaginava o massacre que acontecia do lado de fora. Naquele momento, um pequeno exército de mercenários, que subiram pelo outro lado da montanha, fechava a área.

A equipe estava praticamente toda reunida. Havia quinze pesquisadores fazendo um lanche do lado de fora das tendas quando escutaram barulho de tiros.

Os assassinos surgiram do nada, com armas potentes nas mãos, atirando para todos os lados. Uma verdadeira covardia.

Os arqueólogos corriam e eram atingidos, seus corpos caíam no chão frio onde seu sangue banhava.

Apenas um sobreviveu, o homem que estava mais distante, aquele sempre isolado. Jason, ao notar o ocorrido, correu para a floresta, e lá se escondeu.

Ficou assistindo de longe, mesmo não tendo amizade com ninguém dali, não poderia simplesmente deixar todos morrer, não aceitava a banalização da vida. Talvez alguém pudesse escapar, por isso não fugiu, faria o possível para salvar uma vida.

Vendo que nenhum deles se dirigiu às tendas, ele assim o fez. Tinha esperança de encontrar alguém lá, em vão. Escutou o barulho vindo do lado de fora e saiu pelos fundos antes que invadissem, levando consigo uma mochila.

Correu em direção às flores e continuou correndo. Abrigou-se atrás de uma árvore e começou a revista.

A mochila feminina de couro estava parcialmente vazia. Havia apenas umas barrinhas de cereais, um cantil de água, uma lanterna, lixas de unha e uma escova de cabelo.

Havia, também, um velho caderno brochura manchado nas bordas e com as páginas amareladas. Folheou, mas não entendeu muita coisa, pois não compreendia aquele idioma e as imagens não faziam sentido.

Vasculhando o bolso da frente, encontrou um celular simples, desses sem display, colorido e pequeno. Verificou os dados e descobriu a quem ele pertencera: Maria Vega.

Jason tinha de ser discreto, não podia simplesmente sair pedindo ajuda à polícia local, mas havia alguém que ele precisava avisar.

Esperou um pouco e resolveu se aproximar. Voltou parte do caminho e observou a cena de longe com auxílio do binóculo. Viu Maria inconsciente saindo carregada por dois homens que a seguravam pelos braços, aparentava estar viva.

Aproximou-se ainda mais, caminhando sorrateiramente e portando-se atrás da murada. Então pôde escutar um pouco da conversa.

— Está de brincadeira, Vargas? — perguntou o moreno baixinho com sotaque hispânico. — Você matou todos os arqueólogos?

— Senhor...

— Calado! Como acha que vamos encontrar o mapa agora, seu asno?

— Temos o Ian e a namorada dele, senhor.

— Ian? Ian não passa de um corpo sarado e um sorriso sexy. Quanto à ex-namorada dele, é só uma professora de Artes.

— Uma professora de Artes que fez a maior parte da descoberta.

— É, talvez ela possa ser útil, se souber fazer algo além de traduzir imagens.

— Duvido muito, Cortés — disse a loira. — Além disso, ela se nega a cooperar.

— Então, faça-a cooperar, achou que foi contratada apenas por ser historiadora? Porque, sinceramente, seus talentos são dispensáveis. Pensando bem...

O homem conhecido como Cortés sacou uma arma e atirou contra o primeiro.

— Helga, acaba de ser promovida. De agora em diante, você assume o exército, agora ande! — Ele se virou para Ian enquanto

Helga assumia seu novo posto. – Quero que arrume uma maneira de ela cooperar.
– Evelyn, a filha dela.
– Muito bem, garotão. Vamos atrás dela.
– Vocês a deixarão viva, não vão?
– O que foi, está apaixonado pela enteada? Tudo bem, sou um homem generoso. Se tudo der certo, ela será sua.
Jason, mais do que nunca, precisava avisar Eve de que sua vida corria perigo.

Maria não queria acreditar naquilo, mas, ao ver Ian a sua frente, bem à direita de Guilhermo, não podia mais estar errada.

Era a primeira vez que encarava Ian desde o ocorrido. Dentre todos ali, ela não esperava isso logo dele. Sentiu uma dor no peito e um nó na garganta, queria gritar com ele, xingá-lo, socá-lo, mas estava completamente imóvel.

Ele permaneceu quieto, mas olhando no fundo de seus olhos. Maria o encarava, a pergunta em seu rosto era clara: por quê? Nunca havia percebido a crueldade naquele homem, mas sabia o quanto podia ser ganancioso. Dinheiro? Poder? Seja lá o que tenha sido, a proposta de Cortés era muito boa.

– Eu sinto muito, mas não precisava ter sido assim – disse Ian. – Deveria ter aceitado a proposta.

– Eu não vou trair os meus ideais por dinheiro – disse com voz firme. – Ian, você ouviu histórias desse homem tanto quanto eu, acha mesmo que ele vai cumprir o acordo? Acha que vai continuar vivo se o contrariar?

– Está dizendo que não sou um homem de palavra, queridíssima? Assim você me ofende, não é muito educado, não é, grandão?

O outro homem, mais um gigante de 1,90 metro esbofeteou o rosto de Maria. Ian apenas olhou para o lado, não queria ver a cena.

– Não precisa ser assim, junte-se a nós enquanto há tempo – propôs Ian.

– Não!

– Escute-me, é o melhor que você tem a fazer...

– Por que se importa com ela, Ian? – perguntou uma loira que acabara de entrar na sala.

Ela se aproximou de Ian e tascou-lhe um beijo, mas não um beijo qualquer. Não era apaixonado, mas, sim, quente. Ela deslizou a mão por trás de sua nuca e tocou-lhe os lábios, depois afastou e Ian aproximou, ela tornou a beijá-lo e ele respondeu.

A loira terminou seu exibicionismo com uma leve mordida no lábio inferior dele, e o olhou de forma selvagem, ardente. Ele deu um sorriso vulgar, meio de lado, meio ofegante.

Maria observou toda a cena, seus sentimentos eram uma mistura de raiva e nojo por todos aqueles anos que estiveram juntos, cada memória de cada toque dele lhe causava náusea. Agora, Ian estava morto para ela.

– Helga, deixe para beijar seu bofe mais tarde. Por enquanto, tenho um servicinho para você, queridíssima – disse, olhando para Maria.

– Não importa quantos ogros você mande me bater ou prostitutas abalar meu psicológico, prefiro morrer a trair meus amigos e ideais!

– Maria, escuta.

– Prostituta?! Sua...

Antes que Helga continuasse ou Ian pudesse argumentar, Guilhermo estendeu sua mão e eles se calaram.

– Helga, não seja tão hostil com nossa convidada. Quanto a você, queridão, ela não te ouve. Mas quem sabe uma jovem e encantadora senhorita, apesar de ser uma péssima anfitriã, faça-a mudar de ideia. Como é o nome dela? Devlin?

– Fica longe da Eve!

– Nem sequer cheguei perto dela, mas ela não fez o mesmo, veio atrás de mim, está aqui no Peru. Também, quem poderia resistir a mim? Sou bonito, sou rico, sou perfeito!

– Não acredito nisso.

– Como não consegue enxergar a perfeição quando ela está na sua frente?!

– Não é isso, idiota, ela está falando da garota! – respondeu Helga ainda irritada.

Cortés ignorou seu insulto.

– É mesmo? Então por que não fala com ela?

Cortés sacou o celular do bolso e discou um número.

– Ponha a garota na linha, agora!

O telefone ficou mudo por um tempo.

– *Desculpa, Cortés. Mas seu amigo não pode falar agora, está com a camisa um pouco suja.*

– Eve! – Maria ficou desesperada.

– Que surpresa, queridinha! – Ele deu um riso histérico. – Vejo que é bem espertinha, diferente da sua mãe. Por que não fala com ela?

– *Farei isso pessoalmente, em breve. Mas tenho um recado para você: juro que vai pagar por todos os crimes que cometeu. Temos testemunhas, provas. Você está ferrado!*

– É mesmo? E quem vai fazer isso, você? – Ele riu.

– *Vou te caçar até onde for preciso, já estou de saída, nos vemos em breve.*

Evelyn desligou o telefone.

– Sua filha é bem enérgica, vamos nos divertir bastante. Então, o que me diz agora, queridona, vai trabalhar para mim?

Capítulo 6

Discussões turbulentas e um passeio de moto nada ordinário

Nossa, que dor de cabeça.

Recobrei a consciência e minha cabeça dava voltas, levantei devagar e não fazia ideia de onde estava. Eu me encontrava deitada em um sofá desconfortável, a lateral da minha blusa encharcada de sangue e meu braço latejando.

Levantei devagar, olhei ao meu redor. Era uma sala suja, para o meu desconforto, sem janelas e com apenas uma lâmpada incandescente.

Fiquei sentada e levei a mão ao pescoço e, para meu espanto, o colar havia sumido. Fiquei preocupada. Agora, além de achar uma saída, precisaria recuperar a chave, depois invadir uma escavação cercada de mercenários, resgatar minha mãe e voltar para casa e, então, enfrentar uma investigação judicial – tarefa fácil para uma adolescente de 17 anos, nada atípico.

– Vejo que está acordada, boneca. Você apagou durante o voo inteiro.

Próximo à porta, estava ele, Chuck Wilson, uma das pessoas que eu mais odiava na vida. Ele caminhou em minha direção.

– Colar bonito o que você usava, peguei emprestado, se não se importar, é claro.

– Droga.

Ele continuou se aproximando, agora já estava ao meu lado no sofá.

– Acabei de falar com meu chefe, sua mãe está recebendo um tratamento especial. Eu recebi uma promoção, sabia? Com direito a um prêmio...

Ele tocou meu braço, afastei no ato.

– Não me toque, seu bastardo! – minha voz estava cheia de raiva e o fuzilei com meu olhar.

– Você é firme, boneca, e isso me excita. Desde que resistiu a mim na sua casa, cada vez te quero mais.

Ele me pegou pelo braço, o que realmente doeu, e ficou em cima de mim. Eu estava exausta, com fome, fraca, nunca estive tão indefesa e apavorada. Meus braços estavam imóveis, tal como a minha perna, mas fiz o único movimento que pude.

– Ai! Sua bastarda!– berrou ele quando acertei a cabeça em seu nariz.

Escorreguei para o chão e fiz um rolamento lateral, me afastando dele. Seu nariz sangrava e ele me encarava com mais ódio ainda.

– Olha o que você fez!

Eu não sabia o que fazer, não adiantaria gritar por ajuda, então, seja lá o que eu fosse fazer, estava sozinha. Assim, me pus de pé, uma coisa boa em mim é que eu não costumava travar em situações de perigo.

Ele não esperava que eu pudesse correr, então fui em direção à porta, que, por sorte ainda estava aberta. Sair não foi o problema, mas ele me alcançou logo em seguida.

Virei o mais rápido que pude e dei com meu joelho na barriga dele com toda minha força. Ele gemeu, mas não soltou minha mão. Continuei a chutar sua perna, em vão, já não tinha força o bastante. Ele me deu um soco na boca e eu caí para o lado, de bruços, ao pé da escada.

Senti o sangue quente escorrer pelo canto da minha boca, o mercenário agarrou meu cabelo e me levantou, dando um sorriso irônico.

– Está começando a me irritar, chega de brincadeira!

Ainda estava de joelhos quando vi o objeto que estava na sua cintura. Dei um impulso contra seu corpo e minha outra mão alcançou o objeto com facilidade, e consegui retirar sem que ele percebesse. Quando ele me puxou para longe, já era tarde demais: havia uma faca em sua costela.

Ele gritou, retirei-a e dei mais três facadas no peito, então ele caiu de joelhos, completamente ensanguentado, com os olhos ainda abertos. Tecnicamente, ele não foi o primeiro que eu matei, mas foi o primeiro em quem fiz isso de forma tão direta e agressiva.

Soltei a faca e deslizei pela parede, estava sentada no chão, imóvel. O sangue dele respingara na minha roupa, eu literalmente tinha sangue nas mãos. Mas não era hora de pensar nisso, eu tinha de sair dali.

Vasculhei seus bolsos e encontrei uma chave com a numeração 102 no chaveiro. *Ao menos tem o número da sala*, pensei. Eu já ia arrastar o cadáver de Chuck Wilson para a sala quando o rádio dele chamou.

– *Ponha a garota na linha, agora!*

Peguei-o rápido e respirei fundo. Nunca havia escutado aquela voz antes, mas tinha certeza sobre a identidade da voz autoritária e do sotaque hispânico.

– Desculpa, Cortés. Mas seu amigo não pode falar agora, está com a camisa um pouco suja.

– *Eve!* – Escutei o grito da minha mãe no fundo, o que me deu um aperto no peito e um alívio por saber que ela ainda estava viva.

– *Que surpresa, queridinha! Vejo que é bem espertinha, diferente da sua mãe, por que não fala com ela?*

– Farei isso pessoalmente, em breve. Mas tenho um recado para você: juro que vai pagar por todos os crimes que cometeu. Temos testemunhas, provas. Você está ferrado!

– *É mesmo? E quem vai fazer isso, você?* – Pude escutar seu riso maquiavélico.

– Vou te caçar até onde for preciso, já estou de saída, nos vemos em breve. – Concentrei todo o ódio que sentia naquele momento e disse com a maior firmeza possível.

Desliguei o telefone, guardei-o no cinto e desci as escadas.

Quando cheguei ao último degrau, ainda tombando, senti alguém segurar meu braço e tampar a minha boca e, apesar de não usar força desnecessária, doeu. O estranho colou o corpo no meu e sussurrou no meu ouvido:

– Calma, Eve. Vou te tirar daqui, não grite.

Ele me soltou, então, imediatamente eu me virei e dei um abraço nele.

– Matt, o que faz aqui?

– Estou resgatando você. O que houve com seu braço?

– Levei um tiro. – Ele arregalou os olhos. – Eu vou ficar bem, nenhum dano irreparável.

– Deixa eu ver, posso improvisar um curativo.

Ele pegou meu braço e analisou.

– Não foi nada sério, parece que jogaram álcool, mas não te deram um tratamento decente. – Estava indignado.

Ele amarrou sua bandana vermelha e me deu algumas explicações rápidas.

– Fui atrás de você, nunca deveria ter te abandonado, voltei lá algumas horas depois e você havia partido. Ben te rastreou o caminho inteiro, pegamos o primeiro voo para cá, estávamos planejando sua fuga antes mesmo de você chegar. Não há câmeras neste prédio, então apenas arrumamos uma roupa de zelador para entrar. Tudo custeado pela Cat.

– Como ela está?

– Preciso mesmo responder? – Sua voz estava séria. – Catherine está desesperada atrás de você, sabia? Sua teimosia trouxe sua melhor amiga até aqui! Vamos logo, vou te tirar daqui, seu pai deve ter alguma influência na embaixada...

– O quê!? Você quer me mandar para Londres?

– Não, quero te tirar da mira dessa gente, vai ficar segura lá. Pode levar a Cat também, aposto que ela iria amar.

– Acha mesmo que vou ficar numa mansão em Londres enquanto minha mãe está presa como refém por um empresário ganancioso que pode estragar sua pesquisa?

– Quer saber mesmo o que eu acho, Evelyn? Acho que não é só com sua mãe que você está preocupada. Quer achar *El Dorado*, mesmo sabendo que é uma fantasia, quer provar que pode ser uma grande arqueóloga, mas não sei para quem, já que você sabe que tem tudo para ser a melhor! Difícil não basta para você, tem que ser impossível, não é?

– Só é impossível porque você quer que seja!

– Chega! – ele explodiu. – Eu vou tirar daqui, vamos para o hotel, quem sabe, de cabeça fria, você reflita nessa loucura toda. Vamos!

– Não posso, perdi a chave.

– Viu? O que eu disse?

– Minha mãe está pesquisando essa região há anos, Matt, não posso simplesmente deixar esse homem encontrar *El Dorado* assim.

– Não pode deixar ou é o seu ego, Evelyn Vega? Isso vale a sua vida? Vale os seus amigos? Responde!

– Não! Sei que meu ego pode me destruir, sei que posso ser atingida por meio das pessoas que amo, mas também sei que posso proteger todos e encontrar *El Dorado*.

– Tudo bem, então, vamos fazer da sua maneira – ele disse com leve sarcasmo. – Por onde começamos?

– Para baixo.

Achar sua sala não foi exatamente difícil, eram dois andares abaixo, virando à direita, segunda sala. O problema não foi chegar até lá, mas, sim, passar pela segurança. Matt foi sempre à frente, eu apenas o segui. Passamos por um grupo no corredor, me abaixei, por sorte desceram a escada sem perceber minha presença.

Ao entrar na sala, o problema já era outro, onde a chave estava escondida? Reviramos o armário e as gavetas, não encontramos nada, mas havia um cofre. Ben teria sido muito útil naquela hora, mas, como ele não estava lá, tivemos de fazer as coisas da minha maneira: arrombamento!

E lá estava o meu colar. Antes de deixar a sala, meus olhos viajaram para o pequeno arsenal em um armário na parede.

– Nem pense nisso – Matt me alertou e eu o ignorei.

Peguei o canivete que estava em minha bota e usei-o contra o cadeado. Quase quebrei meu utensílio, mas consegui saquear o cofre.

Apossei-me de uma pistola preta e um pente de munição e Matt pegou uma prata e um silenciador. Deixamos o rifle lá porque iria chamar muito a atenção.

Saímos da sala e descobrimos que eles já haviam percebido a morte de Wilson. Matt me puxou para o canto da parede, e pudemos ver dois homens vasculhando o local.

Matt sacou sua arma e ficou meia hora tentando colocar o silenciador.

– Droga – reclamou. – Não encaixa.

– Vamos fazer da minha maneira então.

Peguei a pistola e atirei contra o que estava mais perto. Minha mira não foi muito precisa, acertei seu ombro e depois o peito. O segundo veio para cima de nós e também foi baleado no peito.

– Evelyn, o que pensa que está fazendo?!

– Abrindo passagem?

– Você quis dizer chamando a atenção?

– Então é melhor irmos! Eu corri na frente, virei à direita em direção à escada de incêndio. Nessa curva, esbarrei com um que foi atingido por Matt. Vinham mais dois atrás e, como suas pontarias eram péssimas, não fomos baleados, então passamos pela porta da escada de incêndio.

Corremos para baixo, e alguns segundos depois eles apareceram. Não estavam mais disparando. Aproveitei o tempo que recarregavam as armas e atirei, alvejando a barriga de um.

– Vem!

Matt me puxou pelo braço em direção à moto. Foi o primeiro a montar. Pegou os capacetes, ia me entregando um, mas eu não peguei e empurrei o dele para o chão.

– Evelyn, o que você...

– Anda logo, Matt! Não temos tempo para isso. Vai, vai.

Ele arrancou com a moto, que saiu cantando pneu. Quando olhei para trás, eles ainda estavam chegando ao térreo.

Matt acelerou o máximo por entre as ruas que se seguiram. Ele entrava e saía por ruas estreitas. Andamos sem direção por um tempo.

Fomos perseguidos por alguns metros até conseguirmos despistá-los. Não tivemos muitos problemas durante o restante do caminho.

O hotel ficava um pouco mais afastado do centro de Lima. Nem de longe seria a primeira opção de Cat. Era bem simples, sem nenhum luxo senão água quente, entramos escondidos novamente. Ao chegar, lá fui recebida por Cat.

– Fiquei tão preocupada contigo. – Ela me abraçou aos prantos, ignorando a sujeira das minhas roupas.

– Estou bem.

– Não, não me diga que está bem. Está cheia de sangue e com hematomas! E o seu braço? Parece que levou uma facada!

– Na verdade, fui baleada, mas foi de raspão.

– Quê?!

– Evelyn, é melhor não falar muito sobre isso, vai por mim – disse Matt.

– Juro que nunca estive melhor, sério mesmo.

Não era mentira. Vê-los ali me fez realmente me sentir melhor, até me esqueci de que estava com raiva do Ben por quebrar a promessa. Por falar nele...

– Ben, como pôde quebrar sua promessa?

– Eve, eu disse que cuidaria dela, não que não ia trazê-la até você.

– Ben, o que acha de me ajudar com umas comprinhas? Evelyn precisa de cuidados. – A voz dele ainda estava fria.

– Acho que Cat consegue cuidar dela por uma horinha ou duas.

Os dois rapazes saíram, deixando-me aos cuidados de Cat. Ela me conduziu à suíte, a água estava morna. Saí do banho, me deitei na cama e me cobri, estava usando um dos roupões do hotel, não pensei que fosse precisar de roupas reservas.

Catherine se sentou ao meu lado e me ajudou a comer a sopa, depois penteou meus cabelos.

– Catherine, eu matei uma pessoa. – Comecei a chorar.

– *Sweetie*, não fica assim, não foi sua culpa...

– Você não viu a brutalidade do meu ato!

– Não teve escolha, Eve. Eu te conheço, você é uma pessoa boa, sei que é, mesmo que você não acredite. – Sua voz era tão sincera que parecia mesmo não se importar com o que eu acabara de contar.

O telefone tocou. Era Ben avisando que estavam bem, mas que podiam demorar um pouco mais. Cat, então, resolveu colocar gazes limpas no ferimento.

– Não precisa fazer isso, você odeia sangue.

Suas mãos eram delicadas, não tinha experiência nenhuma com isso, mas não estava me machucando, apenas ardia um pouco. Até me esqueci de que ela era um pouco desajeitada. Só me lembrei disso depois que ela derramou metade do vidro do antisséptico no meu braço.

– Desculpa – murmurou. – Não sou tão boa nisso quanto o Matt, mas acho que posso cuidar de você.

– Está fazendo um bom trabalho, obrigada. Acho que o que eu preciso é dormir um pouco, minha cabeça está confusa.

– Talvez eu possa te contar uma história para ajudar.

– Tudo bem, vá em frente.

Ela sorriu e começou.

– Deixa eu ver... Ah, já sei! Eva, a primeira mulher na mitologia grega!

– Você quer dizer Pandora, certo? Sabe, Eva é bíblica.

– Verdade, apenas pequenos detalhes. – Ela deu um sorriso para disfarçar sua gafe e continuou. – Então, conta a mitologia grega que Pandora, a primeira mulher, fora forjada por Ernesto, deus da metalurgia, e por Antena, deusa da sabedoria.

– Os deuses se chamavam Efesto e Athena, Cat, não Ernesto e Antena – corrigi.

– Isso, eles mesmos! Enfim, Pandora recebera de cada um dos outros deuses um dom.

– Ela era a mulher perfeita, já sei.

– Se for olhar por esse ponto. – Ela deu os ombros. – Talvez se não fosse tão curiosa...

– Não considero isso um defeito.

– Tudo bem. Seu marido... Qual era o nome dele?

– Epimeteu.

– Sim, esse aí, mesmo alertado por seu irmão Prometido...

– Prometeu – corrigi mais uma vez.

– Ok, mesmo alertado por Prometeu sobre aceitar presente dos deuses, desposou a moça.

– Presente de gregos...

– Acho que se pode dizer que sim. A questão é que Pandora, por curiosidade, abriu a caixa que seu marido disse para não abrir.

– Jarro – corrigi.

– Quê?

– Caixa é um equívoco, sabe, erro de tradução. *Pithos* de Pandora, na história original, é um jarro.

– Tudo bem, mas isso não importa, já pode parar de me corrigir. O que interessa é que, ao abri-lo, surgiram todas as mazelas da humanidade: a fome, a velhice, a doença, a morte... Ela tentou fechar o "jarro", ficando apenas uma coisa presa lá dentro.

– A esperança...

– É, Eve. A esperança foi a única coisa que não abandonou a caixa. – Seu rosto brilhou enquanto falava.

– Jarro.

– Não vê, Eve? Poderia ter ficado qualquer coisa naquele jarro, certo? Mas foi a esperança. Até ela estava com os males, por quê? Não seria porque, não importa a situação, mesmo nos momentos ruins, temos esperança? Preciso falar mais alguma coisa?

– Não, apenas fique comigo.

Ela segurou minha mão e não saiu do meu lado até eu pegar no sono.

Consegui dormir, pelo menos um pouco.

Acordei com um barulho vindo do corredor. Cat estava deitada de mau jeito, ainda segurando minha mão. Ela abriu os olhos, seu cabelo estava levemente bagunçado. Levantou devagar e gesticulou para que eu ficasse quieta.

Soltou minha mão, pegou o abajur e caminhou até a porta, que ainda estava entreaberta. Levantei e a segui.

– Volta – ela sussurrou.

Alguém se moveu, Cat estendeu o abajur e tacou na cabeça do primeiro que entrou antes que eu pudesse gritar "não"!

– Ai! Isso doeu – reclamou Ben.

– Ben!? Sinto muito.

– O que está havendo? – Matt também entrou no quarto e acendeu a luz. Estava carregando uns pacotes.

– Eu acertei o Ben, vocês disseram que iam demorar um pouco então...

– Pensou que fosse alguém mandado do Cortés. – Matt e Ben completaram a frase.

– É, mas isso não vem ao caso agora, certo? Do jeito que a cabeça do Ben é grande, não deve ter machucado ou afetado seu cérebro. Mas Eve precisa trocar os curativos.

– Eu preciso de um curativo! – disse Ben.

– Vem, Eve, vamos ver o que posso fazer. Foi só uma batida, Ben, coloca um pouco de gelo. Cat, pode pegar um copo d'água?

Cat caminhou até o frigobar e trouxe uma garrafa de água. Sentei-me na ponta da cama. Matt jogou tudo o que havia no pacote sobre ela, pegou um tubinho e sacou dois comprimidos.

– Anti-inflamatório com analgésico – ele disse. Parecia mais calmo. – Teve sorte de não ter infeccionado. Quando foi a última vez que tomou vacina antitetânica?

– Há uns cinco anos, pisei em um prego quando o sr. Stacy mandou reformar a casa.

– Corrigindo: você foi fazer uma última visita na sua casa da árvore e saltou em cima de uma tábua.

– E doeu bastante – completei.

Ele me deu um sorriso e balançou a cabeça em sinal de desaprovação.

– Já percebeu que nossa adolescência foi assim? Você atraía os problemas com o seu magnetismo enquanto Cat, sua fiel seguidora borbulhante que te admirava irrevogavelmente, fazia merda e eu sempre tentava corrigir tudo.

– O que seria de nós sem o dr. Prudência? – rebati. – Honestamente, acho que Cat e eu ficaríamos sob controle mesmo sem você.

– Posso apostar que sim. – Ele deu um sorriso fraco. – Agora fica quietinha.

Matt passou um gel na minha boca e nos meus hematomas, senti uma sensação de frescor.

– É à base de ervas nativas, e ouvi dizer que é muito bom, vai melhorar rápido. Agora vamos ao braço.

Ele desenfaixou o curativo.

– Quem diria? Catherine fez um bom trabalho.

– Você nem imagina.

Ele se virou para ela, que estava do outro lado do quarto com Ben. Limpou de novo o local, já estava melhor, mas não totalmente recuperado.

– Vou ser sincero, isso pode doer um pouco. – Ele pegou um material mais hospitalar.

– Esse foi o motivo da demora?

– Sim, achei que fosse preciso de uns pontos, não que isso seja realmente necessário, mas iria cicatrizar mais rápido.

Ele começou o procedimento, não doeu tanto quanto eu imaginava. Se as mãos de Cat eram delicadas, as dele eram firmes, mas, ao mesmo tempo, ternas e gentis. Matt, com certeza, seria um bom médico algum dia.

Terminou de dar os pontos e enfaixou o local novamente.

– Ainda podemos descansar um pouco – ele comentou enquanto finalizava seu trabalho. – Você e Cat ficam aqui, eu e Ben nos ajeitamos na sala.

Eu assenti e disse, enquanto ele saía:

– Matt... Obrigada...

Ele me deu um sorriso, dessa vez não estava sendo sarcástico, o que me deixou um pouco melhor. Fiquei feliz também por ele não ter mencionado de novo a possibilidade de me mandar para Londres. Aquele dia tinha sido conturbado, principalmente para nós dois, essa não era a nossa primeira discussão, mas foi uma das piores.

Catherine se deitou ao meu lado. Sinceramente, não estava com muito sono.

– Você e o Matt tiveram uma discussão? – perguntou.

– Na verdade, acho que duas. – Dei de ombros, não queria falar muito sobre isso. – Você sabe como ele é e sabe como eu sou, então...

– Nada anormal – ela completou.

– Cat, eu sinto muito. Fui tão egoísta, não deveria ter te enganado...

– Está tudo bem, *Sweetie*...

– Não, não está. Se não fosse por vocês, eu estaria morta. Fui tão tola por achar que poderia fazer tudo sozinha...

– Você não está sozinha, tem amigos.

– Sim, agora eu sei, mas não deveria ter mentido para você, Cat. Tinha que estar irritada comigo.

– É, eu deveria. – Ela me deu um sorriso muito fofo. – Mas não estou. Sabe, isso não é pior do que descobrir que sua melhor amiga pertence à nobreza britânica vendo-a pela TV, na cobertura do casamento real, com um vestido maravilhoso que eu deveria fazer você usar com mais frequência.

– Lá vai você me crucificar por isso.

– Não é crucificar, é só que... esquece.

– Como assim "esquece"?

– É só que o quê? Vá em frente!

– Eu já disse, esquece.

– Não! Você começou a falar, agora fale tudo!

Ela hesitou por um minuto, então, continuou:

– Quer saber? Tudo bem, isso é uma droga! Eve, às vezes você é tão fechada até mesmo comigo, que sou sua melhor amiga. Parece que não confia em mim – ela disse por fim.

Ela parecia realmente estar chateada por causa disso. Nunca me perguntei o quanto os meus "segredos" – que eu mais considero omissões – a magoavam. Por um segundo, fiquei um pouco mal por ter falado com ela de forma mais ríspida.

– Desculpa por isso. Se eu te levar para passar as próximas férias comigo na Inglaterra, hospedada em uma mansão de quatro séculos, você vai me perdoar?

Depois que acalmei minha voz, ela me olhou um pouco reflexiva, então deixou escapar um sorriso.

– Humm, não sei não, *Sweetie*...

– Quem sabe você não prefira meu *Château* no sul da França? – disse jocosamente.

Agora foi a vez de Cat se levantar bruscamente e completamente surpresa.

– Você tem um *Ch*âteau no sul da França?!

– Não, eu só estava brincando.

Ela veio para cima de mim com um sorriso no rosto e simulou tapas de brincadeira.

– *Sweetie*, você está oficialmente perdoada!

Ela deu beijo na minha têmpora e voltou a deitar na cama.

– Cat, mudando de assunto, o que houve entre você e o Khan? – perguntei.

– Nada de mais, sabe, ele é só um jogador de futebol idiota metido a conquistador. Tentou me agarrar, eu saí fora, então ele não gostou, me segurou pelo braço e eu meio que... chutei suas partes íntimas.

– Estou orgulhosa de você!

Nós sorrimos como se fosse mais uma noite das garotas, pelo menos por um momento, trocando risadas e confissões, apenas falando sobre coisas bobas.

Capítulo 7

Aprendendo o caminho das pedras

AQUELA NOITE FOI MAIS TRANQUILA PARA MIM, TALVEZ TENHA FICADO um pouco mais calma por causa dos remédios, vai saber.

Pena que o restante do dia não seguiu dessa maneira.

Acordamos bem cedo. Catherine fez a gentileza de buscar roupas novas, tomei um banho e, pouco tempo depois, já estava pronta. As vestimentas que eu trajava agora estavam mais ou menos condizentes com a minha missão: botas marrons cano longo, short marrom balonê – se a Cat soubesse da quantidade de mosquitos, teria comprado uma calça –, cinto, camisa lisa verde-musgo com decote em V sobre uma regata de malha de poliéster branca de alcinha.

Cat se arrumou rápido também. Vestia short marrom, combinado com sua *ankleboot*, uma regata cor-de-rosa que a deixava delicada e colocou um cinto por cima, tudo charme. Fez uma fina trança na lateral do cabelo e prendeu atrás, perfeito estilo patricinha, mesmo para uma missão suicida.

Matt já não vestia mais sua roupa de zelador, mas, sim, uma calça cáqui com seu velho converse e uma camisa azul-marinho bem colada, deixando à mostra seus braços definidos. Benjamin ainda estava com sua calça de flanela, sua blusa do *Pacman* e meias, e o recado era simples: não vou!

Terminado o café – o que poderia ser a nossa última refeição decente por um tempo –, começamos a discutir o plano.

– Dá uma olhada nesse mapa, Eve. – Ben me passou o papel. – Estamos aqui, arrumei uma caminhonete que levará vocês até a reserva. De lá, seguirão até esse ponto. – Ele me mostrou no mapa. – É lá que está a escavação.

– Simples – disse Matt. – Mas como não nos perder na floresta?

– Bom, a princípio, vão seguir uma trilha, depois descer o rio. Se ficar um pouco mais complicado, vou orientando vocês.

– Talvez nem seja preciso. Eve sempre foi uma das melhores escoteiras, sabe ler coordenadas muito bem, não vamos nos perder – argumentou Cat.

– Sinceramente, chegar lá não é muito difícil, a parte mais complicada vai ser tirar todos de lá.

– Bom, isso é mais simples do que parece, Matt. É só entrar sem ninguém ver.

Ele não comentou nada. Não tínhamos muito o que falar, não era um plano que precisava de elaboração, mas, sim, de execução, então seguimos em frente.

Fizemos a divisão das armas: eu fiquei com a pistola, coloquei na cintura e guardei o pente em uma das botas; na outra, coloquei um canivete automático frontal, guardei meu isqueiro no bolso e amarrei um binóculo no cinto.

Matt ficou com o revólver, uma faca de sobrevivência e um chicote. Até Cat se armou, mesmo que com um pouco de relutância. Pendurou uma simples adaga no cinto e ficou com a arma de choque, além de um spray de pimenta.

Quando eu imaginava que isso era tudo, Catherine abriu uma caixa exibindo seu novo brinquedinho.

– Sony HDR-CX220, não é profissional, mas é Full HD.

– Não me diga que está pensando em filmar.

– Claro que estou, *Sweetie*, esta é a sua primeira aventura como arqueóloga. Quero registrar cada momento!

Ela está falando sério, concluí.

Estávamos prontos para a partida.

A viagem de caminhonete demorou algumas apreensivas horas, então chegamos ao início da trilha ao anoitecer. O motorista era um sujeito desagradável e, mesmo sendo fluente no espanhol, pouco entendi do que ele disse, fora aquela música alta e irritante.

O clima entre Matt e eu ainda estava pesado por causa do nosso desentendimento, ele mal falava comigo. Pelo menos, Catherine era a mesma Cat de sempre, alegre com aquela esperança inabalável e sorriso radiante. Mesmo nessas horas, isso me acalmava.

Durante a trilha, não mudou muito, só ficamos mais cansados. Matt teve de carregar uma mochila enorme e eu tive que garantir que Cat não tropeçasse em nada – vai que ela torcesse o tornozelo?

Como já estávamos no meio do Parque Nacional de Manú, na região de Cuzco, teríamos de dormir ao relento. A noite estava clara e as estrelas brilhavam, o que era comum longe dos grandes centros urbanos.

Armamos o acampamento com facilidade, pois não havia nada mais do que uma mochila que Matt carregara o dia inteiro. Cat recolheu alguns gravetos e pedras para fazer a fogueira. Depois arrumamos a "cama", jogamos alguns cobertores no chão. Já Matt pendurou uma rede um pouco distante do fogo. Para ficarmos menos expostos aos riscos na floresta, decidimos criar turnos.

Matt estava sentado ao lado da fogueira, suas olheiras estavam gritando. Não era para menos, era o que menos tinha descansado nesses últimos dias, dormira pouco e no chão; além disso, havia carregado aquela mochila a maior parte do dia.

Aproximei-me e coloquei a mão em seu ombro.

– Deveria descansar um pouco, eu pego o primeiro turno – eu disse.

Sentei ao seu lado, e ele esboçou um leve sorriso, depois tornou a baixar a cabeça. Matt parecia mais velho, não só pela barba malfeita, mas pelo olhar sério demais, pensativo demais, prudente demais.

– Tem certeza? – perguntou ainda de cabeça baixa.

– Claro, você está com uma cara péssima, provavelmente vai cair no sono.

Ele não contra-argumentou, apenas levantou e se jogou na rede, dormiu instantaneamente. Se não estivesse tão cansado, provavelmente insistiria para pegar o primeiro turno, mas realmente não tinha condições.

Peguei uma vareta e fiquei mexendo no fogo, nada de mais, apenas observando o crepitar da lenha, digerindo um pouco aquilo tudo. Logo em seguida, Cat se juntou a mim, sentou-se ao meu lado e encostou a cabeça no meu ombro. Já não trazia mais sua filmadora consigo, mas não teve muita coisa para gravar ainda.

– Vá descansar um pouco.

– Estou bem, *Sweetie*, só com um pouco de frio e cheia de picadas de insetos.

– Pega isso, então. – Peguei uma manta que estava próxima a minha perna e cobri Cat. – Deveria ter passado mais repelente, estamos em uma floresta.

– Eu sei, mas não gosto muito do cheiro e da textura. – Ela deu os ombros. – É gosmento.

Ri desse comentário. Como alguém prefere ficar toda vermelha a usar repelente?

– Eve, não consigo dormir, pensei que talvez pudesse te ajudar na vigia.

– Seria ótimo, fico feliz que esteja aqui agora. Mas tente dormir um pouco, tudo bem?

Não conversamos muito, e Cat dormiu no meu ombro. Sinceramente, isso não me incomodou em nada – às vezes ela ficava melhor calada do que tagarelando, mas só às vezes.

Fiquei inerte em meus pensamentos a maior parte da noite, não só preocupada com o resgate cujas chances de fracasso eram maiores que as de sucesso, mas refleti sobre a possibilidade de terminar essa busca. Fiquei imaginando se a cidade do ouro poderia estar ali perto.

Perdi completamente a noção do tempo, nem percebi que já havia passado horas. Matt se aproximou o pôs a mão gentilmente no meu ombro.

– Meu turno, descanse um pouco.

Dormir realmente me pareceu uma boa ideia. Virei devagar para não acordar minha amiga, que ainda estava apoiada em mim. Matthew me ajudou a colocá-la na cama, mas não foi difícil, visto que Cat mal chegava aos cinquenta quilos, então conseguimos carregá-la devagar.

Ajeitei-a na cama da melhor maneira que pude, depois a cobri. Matt estava sentado próximo à fogueira, me aproximei e sentei-me ao seu lado. Ainda não estava cem por cento, mas suas olheiras tinham suavizado um pouco.

– Matt, precisamos conversar.

Ele não respondeu.

– Olha, sei que tivemos alguns desentendimentos essa semana, mas hoje viajamos o dia inteiro juntos e não paramos para conversar. Eu sei que você não queria estar aqui, que foi obrigado por seu senso de moral que não pode me ver em encrenca, mas... não quero ficar brigada contigo.

– Eve, nós brigamos desde que nos conhecemos. – Não havia hostilidade em sua voz, estava sendo sincero, infelizmente isso era um fato. – Somos assim, brigamos, mas fazemos as pazes depois.

Ele me abraçou e beijou o alto da minha cabeça com ternura, seu abraço foi muito reconfortante. Dessa vez, ele estava me encarando, as chamas iluminavam sua face, seu olhar era cálido, ainda tinha os traços de homem mais velho, mas também parecia o meu amigo.

– Sabe, Eve, acho que agi como um idiota nesses últimos dias. Fiquei com medo por vocês, fiquei tão chateado por essa confusão toda que nem sequer falei que sinto muito por isso tudo estar acontecendo. Fiquei tão cego que não vi o seu lado, me perdoe.

– Não há nada a perdoar, nossos ânimos ficaram alterados esses dias, eu também sinto muito por envolver vocês nisso.

Era a primeira vez que conversávamos de verdade desde que nos reencontramos. Esse era o Matt que eu conhecia, meu bom amigo, não um cara ciumento e superprotetor, esse lado dele me assustava, nos afastava. Mas esse Matt era diferente, era doce, meigo, protetor na medida certa. Caminhei até a cama e me deitei ao lado de Cat, dormi mais aliviada aquela noite.

– Acorde e levante!

Alguém descobriu meu rosto, virei para o lado e tateei à procura de Cat, nada. O dia já estava claro, abri os olhos, e ela estava sentada na ponta do colchão, sorrindo e com um brilho no olhar.

– Bom dia – disse no meio de um bocejo.

– Bom dia, sinto muito por te acordar um pouco cedo, mas temos muito o que fazer hoje.

Sentei-me ao lado dela e, apesar da hora, eu estava bem, havia apagado na última noite.

– Tudo bem, consegui dormir melhor – respondi.

– Vejo que a dorminhoca já acordou.

Matt estava muito melhor aquele dia. Havia feito a barba, suas bochechas estavam levemente arranhadas, seu cabelo estava desgrenhado do jeito que eu gostava, o que o deixava mais jovem e, quando me chamou de dorminhoca, disse isso com um sorriso de lado, com aquele sorriso implicante e bobo.

– E eu vejo que uma criança resolveu brincar com a gilete do papai – rebati.

– Já tentou se barbear com um canivete e sem espelho?

– Sou uma garota!

– E vocês ainda reclamam de TPM, como se tivessem que aturar o próprio humor nesse período.

– Acredite, Matt, é mais fácil aturar uma TPM do que um bando de rapazes bêbados se exibindo ou suas cantadas ridículas. – Cat partiu em defesa das mulheres.

– Ponto. Eu me rendo, vocês venceram.

– Então qual é o prêmio? – perguntei.

– Bom, estamos no meio da floresta, não tenho nada exceto eu mesmo.

– Acho que devemos usá-lo, então, o que você acha, Cat?
– Não sei, não seria um pouco maldoso isso, *Sweetie*?
– Maldosas? Pode deixar que eu dou conta... – Ele mordeu o lábio.
– Se é assim.... – começou Cat.
Nos entreolhamos e depois olhamos para Matt.
– Vai preparar o café! – falamos simultaneamente.
Ele deu um sorriso torto e se virou.
– Ah, Matt!
– Sim?
– Eu quero meu canivete de volta.
Ele voltou a sorrir, pôs a mão no bolso, tirou o objeto e o lançou na minha direção, eu o agarrei ainda no ar.
Matt trouxe para nós alguns pães que sobraram, queijo e biscoito. Bebemos um pouco de suco e água. Em pouco tempo, ficaríamos com suplementos escassos.
Ele voltou a cuidar do meu braço, que estava melhorando gradativamente. Logo depois, arrumamos nossas coisas rapidamente e seguimos viagem.
Orientamo-nos pelas coordenadas que Ben havia dito e, cerca de uma hora depois, chegamos à beira de um rio. Aproximei-me e lavei o rosto, a água estava fresca, aquela sensação era ótima. Nosso humor estava tão melhor que joguei água na Cat, que revidou e acabou sobrando para o Matt. Foi o início de uma guerra de água!
Caminhamos no sentido do fluxo do rio, conversamos coisas bobas. Assim seguiu a nossa tarde, tranquila e sem maiores acontecimentos.

A tarde já estava caminhando para seu fim quando, finalmente, chegamos ao nosso destino.

O caminho por entre a mata densa foi complicado: árvores altas e largas, muitos insetos, algumas cobras e uma longa caminhada, mas chegamos ao sopé do pequeno monte.

A subida foi difícil, estávamos cansados. Matt largou a mochila no meio do caminho, trazendo consigo apenas uma bolsa com itens de primeiros socorros, enquanto Cat e eu ainda carregávamos nossas pequenas mochilas. Como precisaríamos descer de qualquer jeito, só esperava não precisar do saco de viagem antes do tempo.

Ao chegar ao cume da montanha, fiquei surpresa. Eu só havia visto algumas fotos daquele lugar, nunca tinha achado nada de mais, mas pessoalmente era impressionante.

Na verdade, a construção era até simples, apenas pedras empilhadas, sem nenhuma argamassa em um corredor estreito. O que despertava meu interesse era saber como um lugar relativamente simples podia guardar um grande tesouro, ou pelo menos o caminho até ele.

A entrada era uma espécie de portal, havia um pequeno córrego passando debaixo dele. Nós entramos, caminhamos um pouco mais, a água vinha até a metade da canela, tinha algumas pedras do lado.

Eu estava à frente, Cat logo atrás de mim e Matt mais afastado. Avistei dois mercenários caminhando na nossa direção. Cat e eu corremos para o canto, ela ficou abaixada atrás de uma pedra grande, eu fiquei olhando por cima de seus ombros, então olhei para trás, Matt estava abaixado, com a arma na mão.

– Cat, fica abaixada, entendeu?

Ela balançou a cabeça em afirmativa.

Hora do Show!

Saí de trás da pedra e aproveitei enquanto um deles falava ao telefone e atirei no que estava de costas, acertando sua coxa. Outro viu, mas não teve tempo de sacar a arma, fora atingido no ombro. Corri na direção do primeiro, que estava de joelhos, e chutei seu rosto, e ele caiu para trás e bateu com a cabeça.

Olhei para o lado. Matt estava nas costas do outro tentando enforcá-lo, mas ele se mexia muito. Ele ficou de joelhos e lançou Matt para a frente. Corri até lá e dei uma voadora no sujeito, que caiu no chão, depois Matt ficou em cima dele e começou a socá-lo, quebrando-lhe o nariz.

Quando os dois ficaram inconscientes, roubamos suas armas. Cat saiu de trás da pedra com a câmera na mão e ficou logo atrás de mim. Andamos um pouco mais e atravessamos o portal.

– Cat, para baixo! – Empurrei Cat para o chão, ela aliviou a queda se apoiando nas mãos.

Havia mais um, atirei nele, e dois vieram correndo logo atrás, então iniciamos um tiroteio. Dei um tiro, errei. Meu alvo fez o mesmo e quase me baleou, mas me joguei para o lado e acertei sua perna; assim, ele tombou, então atirei em seu peito.

Matt correu para a esquerda, descarregando o revólver sem obter êxito, sua pontaria era péssima, mas a do mercenário não era muito melhor. Matt jogou a arma longe e sacou uma pistola, mas quem alvejou o cara fui eu.

Ajudei Cat a se levantar pelo braço, estava tão molhada quanto eu, só o Matt havia ficado encharcado.

– Machucou-se?

– Não, estou bem.

– Oops, sem saída – falou Matt.

Não havia mais nada a nossa frente, a não ser um pequeno declive por onde a água caía, com as laterais rochosas, difícil de escalar, mas não impossível. Uma queda poderia ser fatal, não só pela altura, devia ter uns quatro metros, mas também por cair em cima de pedras pontiagudas.

Para os lados, não existia saída, era como se aquele corredor tivesse sido cavado, deixando exposta apenas a parede de terra em volta. Aproximamo-nos da queda-d'água. O nível do córrego subiu alguns centímetros, as pedras que escalaríamos estavam cobertas de musgo, o que as tornaria mais escorregadias, até mesmo com um equipamento específico, a escalada não seria fácil.

– Ótimo! Escalar de novo... – disse ironicamente.

– Não está realmente pensando nisso, está? – o Matt chato estava voltando. – Não vai conseguir escalar isso.

– Sugestões?

– Isso é suicídio, Eve!

– Não há outro caminho!

– Chega! – Cat se interpôs entre nós e interveio ao perceber nossos ânimos alterados. – Vocês não veem? Discutir não vai ajudar, temos que pensar em uma maneira para sairmos daqui *juntos*.

– Você está certa, Cat – eu disse. – Essa foi uma discussão estúpida.

– É, esses homens descem e sobem todos os dias, talvez haja outro caminho... – sugeriu Matt.

– Ou talvez eles façam rapel – sugeri, apontando para o gancho pendurado no cinto de um deles. – Não há outro caminho.

– E onde estão as cordas? – Cat ficou empolgada com essa possibilidade, questionou isso procurando por elas.

– Não deixaram as cordas aqui, sabiam que eu viria e mandaram esses homens para me deter, não facilitariam minha passagem.

– Essa história de rapel e escalada é ridícula demais. Venham, vamos contornar então! – Matt praticamente ordenou.

– Não! Não há outro caminho, isso é um templo feito para não ser invadido, acha mesmo que vai ser fácil ter acesso pelas laterais? – argumentei.

– Além disso, se existe uma passagem, está cercada por mercenários – concluiu Cat. – Cortés não te conhece, ele espera que você faça isso, pelo menos é o que alguém normal faria...

– Então teríamos o fator surpresa... Perfeito!

– Perfeito? Só esqueceram de uma coisa: como vamos chegar até lá? – O Matt chato voltou!

– Daremos um jeito – disse com firmeza.

– Ótimo, enquanto vocês pensam nisso, eu fico sentado aqui, quieto, sem atrapalhar, apenas observando!

Juro que, se sobrevivermos a uma iminente batalha contra um pequeno exército de mercenários e sei lá quanto tempo na selva, eu soco a cara dele!

Tentei pensar em uma maneira de subir aquilo, cheguei a uma conclusão: simplesmente subir!

Agarrei-me nas pedras e comecei, um passo depois o outro e assim por diante. A irregularidade das pedras me favorecia, o musgo e a água, não. Minhas mãos estavam firmes, mas meus pés, não, o esquerdo escorregou quando ia subir mais um pouco. Não foi o suficiente para me derrubar, cheguei um pouco mais para a direita e pisei em uma pedra mais firme.

Já havia subido um metro, tinha esperanças de que, no topo, tivesse uma corda para lançar para os meus amigos, mas sabia que seria muito difícil. Um pouco mais acima...

Já estava quase na metade quando minha mão esquerda segurou em uma pedra em falso, mas não me abalei. Observei a escalada mais acima, não mudou nada, mas encontrei uma pedra um pouco mais firme. Se eu chegasse ao topo e não encontrasse uma corda, meus amigos não passariam, mas, se eles escalassem, poderiam se machucar, porém era um risco necessário.

– Catherine, pega o chicote e um par de ganchos!

– Você surtou de vez, Eve? Não basta ser suicida, tem que levar a Cat junto?

– Catherine, confie em mim.

– Tudo bem.

Antes que Cat pegasse os ganchos, Matt a agarrou pelo braço.

– Não faça isso, Cat.

– Matt, eu confio nela, você deveria fazer o mesmo!

Ele, mesmo relutante, a soltou e entregou o chicote. Cat recolheu os ganchos, prendeu no short e caminhou até o início da escalada. Matt veio atrás.

Quando Cat ia começando a subir, ele colocou a mão na sua cintura.

– Eu te dou impulso – disse com a voz seca e de cabeça baixa.

– Obrigada. – Cat esboçou um sorriso de aprovação.

Ok, Matt me deu um voto de confiança e, por um momento, transcendeu a vontade do seu chato interior.

Ele a levantou meio metro, poupando uma pequena parte da escalada. Apesar de me chamar de suicida, Matt continuou embaixo, se Cat ou eu caíssemos, poderíamos machucá-lo.

Ela subiu mais alguns centímetros e continuou assim, mantendo um ritmo mais lento que o meu, mas estava indo muito bem para alguém que não tinha experiência com escalada.

Ela pisou em falso, fiquei desesperada, mas conseguiu se segurar, já estava perto de mim.

– Vem, Cat, você consegue!

Matt continuou calado. Dei uma olhada para ela, parecia congelada, travada, efeito do susto. Mas era corajosa!

– Aja, não reaja! Lembra?

Ela não respondeu, apenas agiu! Uma mão depois a outra, um passo e outro. Sua mão já estava na altura do meu joelho.

– Escala meu corpo, Catherine!

– O quê?

– Você foi ótima, agora deixa eu te ajudar. Vem!

– Tem certeza?

Assenti.

Ela agarrou minha perna, deu mais um passo. Sua mão já estava no meu short. Estendi meu braço, ela segurou então a puxei para cima. Tentei manter o corpo o mais firme possível. Alcançou meu ombro, fez um pouco mais de força para subir, mas já estava ao meu lado.

Olhei para baixo, Matt já havia se afastado. Subi mais alguns centímetros e a guiei. Ela ainda estava um pouco abaixo de mim.

– Trouxe os ganchos?

– Estão presos no short.

– Eles têm uma corda, não têm?

– Sim, uns trinta centímetros.

– Ótimo! Sobe um pouco mais.

Envolvi sua cintura com meu braço e ela subiu mais um pouco. Ficou parada, soltei um dos seus ganchos e o prendi no meu short, agora, se escorregasse, eu poderia segurá-la. Estávamos na metade, ainda tínhamos mais o que subir.

Continuamos devagar e cautelosas. Mantive-a sempre ao meu lado, subia uns centímetros e a guiava, mostrava onde ela deveria pisar ou segurar e ajudava a dar impulso.

Estávamos chegando, só mais um metro. Estava tudo indo muito bem até eu sentir algo me puxando para trás e para baixo, Cat havia escorregado! Eu estava bem firme, mas quase fui junto. Segurei-nos da melhor forma que pude.

– Eve, me ajuda!

– Fica calma, Cat. Vem, você vai conseguir, eu sei que vai!

Minha amiga estava pendurada a quase três metros do chão, fiquei nervosa, mas sabia como agir nessa situação. Segurei em um pedaço de tronco que brotara entre as pedras e estendi a mão esquerda.

– Cat, pega a minha mão.

Ela segurou e eu a puxei. Gemeu ao segurar uma das rochas com a mão esquerda, mas se recompôs rapidamente.

– Cat, o que houve?

– Acho que quebrei um dedo...

– Vamos fazer um curativo... Vem, apoie-se em mim, posso nos tirar daqui.

Subiu mais um pouco e mais um pouco. Ficou ao meu lado e coloquei-a mais acima, agarrei sua cintura e continuamos a subir até o topo. Ela apoiava a mão de leve, mas realmente não parecia nada grave.

Ascendemos juntas. Praticamente nos jogamos ao chão quando alcançamos o topo, meu corpo estava entre o alívio e o cansaço.

– Viu? Eu disse que conseguiria.

– Nunca duvidei de você – ela me disse com um sorriso.

Peguei sua mão, seu dedo anular estava um pouco inchado, mas não torto. Mesmo assim não custava nada providenciar um médico.

– Cat, preciso que fique com isso. – Entreguei minha arma a ela.

– Não, Eve, eu sou contra o porte de armas, até participei de campanhas e...

– Cat, pega. – Coloquei a arma em sua mão. – Mira e aperta. Viu? Igual a jogar *videogame*.

– Sempre fui péssima com jogos.

– Parabéns, você já pode ter uma arma. – Ignorei seu comentário, afinal ela não poderia ser pior que o Matthew.

Peguei o chicote de Cat, aproximei-me da parede de pedras e desci um pouco, cravei um dos ganchos entre as pedras. Olhei para baixo, Matt ainda estava no início, só havia subido um metro.

Ele não estava muito confiante na subida, além de demorar, repetia o movimento algumas vezes, sempre cauteloso demais. Pegara um par de ganchos, prendia um, subia um pouco e repetia o gesto. *Por que não pensei nisso? Talvez porque gostasse do perigo, vai saber.*

Mas essa tática não ajudou muito. Os ganchos, como eu já imaginava, não prendiam bem. Ele teve uns escorregões, ficou pálido, não chegou a cair, mas ficou travado.

– Vamos, Matt, você consegue!

– Não dá, Eve!

Ele ainda estava na metade, totalmente congelado, nem subia nem descia.

– Matt, aja, não reaja!

– Quê?!

– É melhor agir por sua vontade do que reagir a uma situação imposta. Está sofrendo por antecipação esperando o momento em que terá que reagir, confie em seus instintos! Faça!

Ele se mexeu, colocou a mão mais acima, a pedra caiu, ele recuou, mas depois seguiu. Foi subindo devagar, travava em alguns momentos, mas respirava e seguia em frente. Quando ficou a alguns centímetros de mim, lancei o chicote.

– Segura!

Ele não hesitou, segurou o chicote, e isso o auxiliou na subida. Foi mais rápido, ficou ao meu lado. Então comecei a subir de novo. Chegamos ao topo. Ele continuava pálido, sem falar nada. A escalada nem havia sido tão complicada assim, mas seu medo o congelou.

– Cat precisa de ajuda.

– E não é a única, já viu seu braço?

Cat estava sentada com a expressão preocupada, já Matt parecia me dar uma bronca, apesar de tê-lo ajudado a subir. Olhei para meu braço e entendi o que ele quis dizer, pois estava sangrando.

– A escalada requereu muito esforço braçal – ele comentou enquanto retirava a minha gaze. – Então rompeu os pontos, posso dar um jeito nisso – concluiu.

E deu, refez os pontos, ele era realmente habilidoso. Depois foi tratar a Cat.

– Deixa eu ver.

Ela assentiu, esticando a mão.

– Não foi grave, parece estar no lugar. Consegue mexer?

– Aham – disse ao mexê-lo.

Então Matt enfaixou os dois dedos.

Seguimos mais à frente e as portas estavam fechadas de novo. Era uma passagem tampada por uma porta de cobre circular completamente ornamentada com alto-relevo de ferro. Mas talvez a razão para todas as portas estarem fechadas fosse para podermos abrir uma por uma e escolher o melhor caminho.

Capítulo 8

Ataque surpresa detonando tudo!

— Eve, você não vai conseguir abrir isso.

Olhei para a cara dele como quem dizia: "é? Dá uma olhada então!".

Realmente achei desnecessário comentar o fato de que ele disse exatamente a mesma coisa quando escalei uma parede de pedras com a Cat e ainda tive de voltar para buscá-lo.

Analisei bem os ornamentos, não havia nenhum encaixe para a chave ou desarme para sua abertura. A impressão que dava era de que a passagem fora lacrada. Só haveria uma forma de abrir aquilo: força!

— Cat, se afaste um pouco, por favor.

Ela assentiu e recuou alguns passos.

— Como artistas não eram os melhores, esta porta está com falhas – comentou, sumindo do meu campo de visão.

Empurrei a porta, não era só o peso, parecia trancada também. Falhas? Voltei minha atenção para os ornamentos, eram circulares, segui com minha mão até encontrar uma irregularidade. Tinha uma parte em que o desenho circular era interrompido e, como aquilo tinha um pouco de alto-relevo, tentei girar o desenho para completá-lo. E deu certo!

Continuei procurando as "falhas" até destravar a porta, depois era só empurrá-la. Só não esperava que fosse tão pesada, até sem as travas, não consegui abri-la.

– Afaste-se, Eve!

Cat voltou, trazendo um bastão de madeira maior do que ela – não sei como arrumou aquilo. Pegou impulso, correu e, ao acertar a porta, foi empurrada para trás, caindo de bunda no chão.

– Pensei que fosse servir...

– Pelo menos a dica das "falhas" foi boa.

Matt se aproximou em silêncio, colocou as mãos sobre a porta e sorriu meio de lado. Essa mudança de humor ainda estava me enlouquecendo!

– No três?

– Um, dois e....

Empurramos ao mesmo tempo, ela começou a se mexer e se deslocou um pouco para trás. Depois, a gravidade fez seu trabalho, a porta caiu rápido demais, fomos parar no chão sobre ela e eu ainda amorteci a queda do Matt.

Ele se levantou e me ergueu pelo braço, sacudi a poeira e finalmente focalizei na imagem que estava bem a minha frente.

Era magnífico! Sobre uma grande escadaria de pedras cinzentas se erguia uma espécie de complexo alto e muito bem conservado. Era feito com grandes rochas irregulares, esculpidas para o melhor encaixe. Não parecia que o tempo havia passado, não eram ruínas, simplesmente estava lá.

– Retiro o que eu disse, como arquitetos eles até que dão para o gasto, apesar de meio rústico.

– Uma tradicional construção inca. Não são tão sofisticados quanto os povos da Antiguidade clássica, mas até que têm seu charme.

– Só vejo um bando de pedras – comentou Matt.

– Algo me diz que ainda vão me surpreender – eu disse, e realmente tinha criado uma expectativa com relação às coisas que eu veria nessa viagem.

– Vamos em frente, então – disse Cat.

À frente havia uma grande depressão, engatinhamos até a ponta e a visão não me agradou muito. Era uma espécie de pátio. Armaram algumas tendas nas laterais, aproveitando a parede rochosa, e estavam estacionados três veículos militares, dois jipes e um Land Rover.

Mercenários corriam de um lado para o outro, estavam fortemente armados com rifles, pistolas e alguns com metralhadoras. Assim como os outros que havíamos abatido, nenhum deles usava colete à prova de balas ou qualquer coisa que lhes fornecessem proteção. Realmente não contavam com uma invasão, o que era algo bem lógico.

Nosso plano inicial de uma invasão cautelosa estava fora de questão, pois, pela quantidade de homens, com certeza seríamos pegos.

– Plano B? – perguntou Cat.

– Cat, mal temos um plano A, quanto mais um B! – reclamou Matt.

– Agora temos – comecei. – Vamos pela direita, sairemos atrás das tendas.

– Esse é o seu plano brilhante?

– Pensa, Matt. Eles estão espalhados, poucos devem estar nas tendas a essa hora, mas provavelmente minha mãe e sua equipe estão lá. Além disso, só há uma maneira de sairmos daqui: com reféns.

– Cortés – murmurou Cat.

– Exato, Cat. Vamos jogar com as regras dele. Acho melhor você guardar isso, pelo menos por ora.

– Tudo bem, deu para fazer uns *tapes* irados do templo e tudo mais.

– E como vamos chegar até ele, senhorita sabetudo?

– Ah, nós vamos. – Dei de ombros e disse como se fosse a coisa mais simples do mundo.

– Brilhante, apesar de perigoso, arriscado e suicida. – Só a Cat me apoiava mesmo.

Arrastamo-nos pela direita, ainda não estávamos no campo de visão de ninguém, mesmo assim fomos cautelosos.

Ao passar por uma parte mais baixa, nos agachamos e nos escondemos atrás de umas pedras que estavam empilhadas. Logo abaixo, dois homens estavam parados. Por mais covarde que fosse atacar por trás, não tínhamos escolha.

– Cat, me empresta a sua vara? – ela me passou e eu a encaixei entre uma rocha maior.

– Preparem-se para correr!

Puxei a vara toda para baixo com um movimento rápido. A rocha rolou, levando consigo todas as outras. Os homens que estavam abaixo foram pegos de surpresa, foram esmagados.

Esperava que pensassem que foi um desmoronamento infeliz e comum; quanto menos chamasse a atenção. melhor.

Devolvi o objeto a Cat e continuamos. Deslocamo-nos para o lado, não fomos vistos, pelo menos até aquele momento.

Um homem estava parado segurando um rifle. Consegui golpeá-lo antes que ele reagisse, um chute no joelho, um cruzado de esquerda e minha mão empurrando sua cabeça contra a parede. *Knockout*!

Dois avançaram em nossa direção, saquei a pistola e acertei dois tiros no primeiro, um no abdômen e o outro em seu tórax. O segundo disparou na minha direção com um revólver, abaixei e revidei, acertando seu joelho. Matt conseguiu acertá-lo dessa vez, depois de duas tentativas frustradas.

Continuamos a avançar, recolhi o rifle, que era um pouco mais pesado do que pensava, mas não difícil de carregar, pendurei-o e continuei com uma das pistolas na mão.

Surgiu mais um acima de um desnível e, antes que eu pudesse reagir, Cat me surpreendeu. Ele estava cerca de meio metro mais alto, só pude ver um cajado golpeando-o entre a barriga e o peitoral. Ele perdeu o ar e inclinou o corpo para a frente, e Cat bateu na parte de trás da sua cabeça – tudo bem que quase acertou a minha também –, então ele caiu desmaiado.

– Onde você aprendeu isso? – olhei para ela incrédula.

– Devo ter visto num filme, eu acho. – Ela deu os ombros. – Viu? Sou uma especialista em autodefesa.

– Eu vi todos os episódios de *House* e não sou médico – rebateu Matt.

– Então, que tal usarmos nosso conhecimento de *Laser Tag* para não morrermos? – Sério, não era o momento mais apropriado para uma conversa sobre "o que achamos que aprendemos com a ficção".

Ouvimos disparos e correria em nossa direção.

– Apoiada! – concordou Cat.

Saltei para a elevação e mais mercenários entraram no meu campo de visão. Havia três, o primeiro chegou disparando. Joguei-me contra a parede e revidei com a pistola. Matt estava mais abaixo, com Cat, e seus disparos continuavam imprecisos, mas conseguimos acertá-lo, fazendo-o tombar para trás.

Tentei disparar de novo, mas a arma já estava descarregada, joguei-a na direção do que estava com uma pistola. Entrei no meio com intenção de desarmá-lo, segurei em seu braço, e o que vinha mais atrás não usava arma de fogo, mas tinha uma faca na mão.

Dei com o joelho na sua barriga e com o cotovelo no alto da cabeça, mas, como esse era maior que os outros, ao abaixar, agarrou minha perna e me arremessou por cima dele, para o lado.

A queda foi desconfortável, caí sobre minha própria arma e perdi o foco, mas pude ver Cat com o cajado de novo. Deu um belo golpe na cabeça do cara, que ficou meio tonto, e então ela deu uma série de pancadas até ele ir para o chão.

Matt saltou sobre ele para interceptar o outro. Segurou seu braço, mas, como combate corpo a corpo não era seu forte, levou uma surra. Primeiro um gancho no queixo, depois alguns pontapés. O bandido tentou esfaqueá-lo na barriga, mas Matt conseguiu desviar, porém não evitou um corte superficial no antebraço na tentativa de bloqueio.

Naquele momento, já havia me posto de pé, então corri para ajudar meu amigo. Segurei o braço do mercenário antes que ele desferisse outro golpe em Matt. Apliquei uma chave, levando sua mão às costas, então ele soltou a faca no mesmo instante e o apertei contra a parede, golpeando sua cabeça com tanta força que consegui outro *KO*.

Cat vinha logo atrás trazendo uma pistola para mim. Ela realmente não queria usar armas de fogo, só esperava que não fosse preciso. Peguei-a e coloquei na mão de Matt, que também já estava com a arma descarregada. Eu já estava com um rifle de assalto simples – só precisava me adaptar a ele –, além disso, não podia deixar Matt desarmado, os golpes dele eram péssimos.

Continuamos em frente, o caminho era um declive que se tornava mais estreito. Tivemos de passar um por um, nos encostamos na parede para evitar uma queda, que seria séria, pois estávamos a cerca de três metros do chão. Cat, que estava na minha frente, pisou em falso e escorregou, segurei-a e a encostei no canto.

– Cuidado!

Assentiu assustada.

Finalmente, chegamos a uma parte plana e, mais uma vez, tínhamos companhia. Dessa vez eram uns seis, então finalmente testei meu brinquedo novo.

Dei os primeiros disparos sem mirar, estava totalmente desprotegida. Dei cobertura para Matt e Cat alcançarem um lugar "seguro", passaram por trás de mim e ficaram abaixados atrás de uma pedra. Logo em seguida, encostei-me na parede do outro canto, tiros ricocheteavam na pedra, e fiquei com medo.

Mantive contato visual com meus amigos, que não estavam em situação muito melhor, espremidos atrás da pedra e Matt disparando mal sem olhar para mirar. Continuei com meus disparos, alvejando os dois que estavam mais avançados no campo aberto. Matt também pegou um que estava mais próximo, mas pude ver que ficou sem balas novamente.

Agora só faltavam três. As balas cessaram por um curto período, um deles recuou para recarregar o rifle e o outro, que estava no canto, teve problemas com a pistola, deixando o pente cair. Não perdemos a oportunidade.

Cat se desvencilhou de Matt, correu alguns metros e mostrou todo o seu potencial com uma vara de madeira, golpeou a mão do meliante, fazendo-o soltar a arma, depois aplicou uma boa sequência de golpes na perna, derrubando-o e o golpeou na cabeça, foi perfeita, ou quase... Bom, quero dizer, ela acertou a cabeça de Matt acidentalmente, mas o que importa é que ela derrubou o cara.

Enquanto isso, o sujeito que estava dando cobertura teve um momento de distração, ficou tão concentrado em mim que só percebeu que o parceiro estava com problemas ao ouvi-lo gritar. Então, virou para trás, mirou em Cat, mas o alvejei pelas costas antes que puxasse o gatilho.

O último, que até então estava no chão, acabara de carregar o rifle, havia quase me esquecido da presença dele. Seu tiro passou perto, mas não me acertou. Finalizar com ele foi fácil, já estava no chão mesmo.

Tomei sua arma, aproveitando que já estava carregada. Segui mais à frente, o caminho agora era uma descida, e Matt veio ajudando Cat mais atrás. Viramos à direita novamente, esbarrei com mais um, mas, como estava distraído, apenas bati com o rifle na lateral da sua cabeça, provocando uma queda de dois metros no chão.

Continuamos descendo até um ponto em que só havia uma parede rochosa e, a essa altura, ainda estávamos a dois metros do chão, então dava para pular. Eu fui a primeira, saltei, não caí muito firme e fiz um rolamento.

– Sua vez, Cat!

Matt ajudou Cat a descer, segurou-a pelos braços e a soltou. Eu a peguei enquanto ainda estava no ar, tombei, e ela caiu em cima de mim. Ajeitamo-nos debaixo de umas rochas que formavam uma espécie de marquise.

– Ahh!

O grito veio seguido de um *bum*, então olhei para a frente.

– Matt!

Só pude ver meu amigo estirado no chão, e a preocupação tomou conta de mim. Ele se virou, a dor estava estampada em seu rosto, gemia, porém, por mais que estivesse doendo, isso me tranquilizou um pouco, pelo menos eu sabia que ele estava vivo.

– Ele está lá embaixo!

– Atira! Atira!

Escutei os gritos vindos de cima e não pensei duas vezes antes de sair em campo aberto, atirando para o alto sem direção. Alcancei o corpo de Matt.

– Eve, se afaste!

– Não vou te abandonar!

Virei e focalizei dois homens acima, apenas um armado e com um pouco de sangue na coxa. Segurei meu rifle com uma das mãos e continuei atirando na direção deles, então recuaram um pouco. Peguei Matt pelo braço direito, e ele se apoiou sobre meu ombro.

Continuei atirando para espantá-los e consegui trazer Matt para debaixo da marquise.

– O que houve? Está muito machucado? – Cat estava quase aos prantos.

Ela apoiou a cabeça de Matt em seu colo e afastou seus cabelos, ele estava suando frio.

– Meu braço... – ele disse entre gemidos. – Está quebrado.

– Calma, a gente dá um jeito – Cat tentava acalmá-lo.

– Quando te soltei... eu os ouvi... chegando... me atirei e caí... sobre... meu...

– Shhhh, não se esforce muito – Cat disse. Entendeu o que acontecera: uma queda ruim sobre o próprio braço.

– Eve, você precisa... – disse, olhando para mim. – Me ajudar...

Toquei em seu braço e ele gemeu, estava roxo e... torto.

– Precisa colocá-lo... no lugar.

Eu entendi o que tinha de fazer. Cat segurou-o mais forte, ele estendeu o braço. Isso doeria demais.

– No três?

Ele assentiu.

– Um, dois!

– Ai!!!

No dois eu dei um puxão para o seu braço descer, ele ficou surpreso e elevou o tronco, batendo com a cabeça no queixo de Cat, que também não esperava.

– Esperar a dor é pior do que senti-la.

Ele puxava o ar e me olhava com cara de espanto, como se dissesse: você é louca! Cat alisava seu belo queixo e mexia o maxilar, estava ótima.

– Preciso de uma tala... pode ser madeira, metal... qualquer coisa, desde que... seja reta.

Infelizmente, não encontrei nada que servisse como tala, e ainda não poderíamos sair para muito longe para procurar. Matt tirou o cinto para usar como tipoia, foi o melhor que conseguimos.

– Desculpa, mas...

– Tudo bem. A gente ajeita isso depois.

Estávamos perto das tendas, só mais alguns metros nos separavam. Mas, antes que pudéssemos chegar lá, ainda teríamos algumas complicações.

Um dos mercenários que tentou matar Matt saltou armado com uma espingarda. Nem fiz questão de pegar o rifle, parti em sua direção e segurei sua arma, girei meu corpo e o arremessei por cima de mim, ele caiu de costas no chão e eu puxei o gatilho.

O outro ainda estava em cima, tentei disparar, mas a arma estava descarregada. Ele quase me acertou, larguei a espingarda e corri para o abrigo. O sujeito deitou no chão e tentou atirar em nós, dei um puxão em seu rifle, e ele caiu de mau jeito, batendo a cabeça.

Estava com tanta raiva pelo que fizeram em Matt que, apesar de estar com a cabeça coberta de sangue, continuei batendo com força e o sangue continuou jorrando.

– Já chega!

A voz de Catherine trouxe-me de volta à consciência, o soltei e ele já estava desmaiado.

– Você não é assim, não machucaria alguém a não ser que fosse realmente necessário. Por favor, não esqueça quem você é – ela me disse com os olhos chorosos.

– Sinto muito, eu perdi a cabeça, estou um pouco estressada. Matt?

– Não foi grave, Eve. Vamos seguir com o plano.

– Vou até a enfermaria procurar algo para o seu braço primeiro. Esperem aqui!

– Eve, eu vou contig...

– Não, Cat. Não faço ideia do que tem lá dentro, pode ser arriscado.

– Mais do que tudo pelo que passamos?

Eu não respondi, me levantei e corri. Estrondos de balas quebraram o silêncio do local, olhei para os lados e nada vi, apenas continuaram atirando. Como ainda teria de correr muito, recuei.

– E agora?

– Bom, Cat. Estamos com problemas, não consegui visualizar direito de onde as balas partiram. Vai ser difícil chegar lá. Se eu pudesse ver de onde elas saíram...

– Descobrirá – ela afirmou.

– Quê?!

– Vou tentar chegar ao outro lado, sei que pode me dar cobertura.

– Você é uma péssima corredora!

– Eu vou! – ofereceu-se Matt

Espera, Matt se ofereceu para um suicídio? Além de quebrar o braço, ele bateu com a cabeça também?

Olhei para ele com uma indagação.

– Precisamos sair daqui, o plano é ruim, mas é o único que temos.

– Eu não quero arriscar a vida de ninguém dessa forma.

– Sou um bom corredor, e você, uma boa atiradora. Temos chances.

– Tem certeza?

Ele assentiu e se colocou de pé, colou seu braço esquerdo ao corpo e ficou em posição de corrida.

– Só não me deixe morrer.

E disparou. Ele realmente corria rápido, principalmente após algum momento traumatizante.

E o som das balas contra as pedras começou. Fiquei atenta a cada detalhe, os atiradores revelaram suas posições, devia ser um total de seis. Os disparos eram lentos, provavelmente não estavam com armas velozes ou elas travavam com frequência.

Matt não teve problema ao alcançar o outro lado e eu acertei todos os meus alvos no tempo certo e com igual precisão. Minha mira estava muito melhor, já me adaptara com um rifle semiautomático.

Cat e eu também corremos em direção a Matt. Ele não se feriu, desempenhou sua função tão bem quanto eu. Estávamos atrás das tendas.

As duas primeiras eram mais afastadas, dei uma olhada para dentro, meia dúzia de mercenários apenas. Não havia sinal da minha mãe ou de sua equipe, e nenhum parecia com Cortés.

Eu havia prometido a Cat nada de mortes desnecessárias, mas, em momentos como aquele, era preciso ser cruel para sobreviver. E, mesmo assim, não queria que ela testemunhasse aquilo.

Ela ainda estava com seu cajado e uma faca, talvez fossem o bastante para se defender.

– Cat, acho que a próxima tenda é uma enfermaria, dê uma olhada e veja se tem algo que possa ajudar o Matt, nos encontramos no final.

– E você?

– Vou vasculhar o local, por favor, faça isso.

Ela me olhou desconfiada, sabia quando eu omitia alguma coisa, mas não imaginava que estava prestes a fazer algo tão cruel. Troquei olhares com Matt como que pedisse para tirá-la de lá. Ele entendeu.

– Vamos, Cat.

Essa foi a coisa mais covarde que eu já havia feito, porque, por mais que aquela gente não fosse de boa índole, não era certo atacar de forma tão covarde. Não havia autodefesa, apenas sangue-frio.

Invadi uma das tendas discretamente, peguei duas garrafas de cachaça e molhei a parte de trás das duas primeiras tendas. Peguei no bolso meu isqueiro escrito *I Love L.A.* e ateei fogo em tudo.

Voltei a guardá-lo no bolso. O fogo se espalhou depressa. Em pouco tempo, não haveria mais tanta comida ou tendas. Não poderia deixar nada que lhes permitisse vantagem.

– O que você fez? – Cat me perguntou com olhos incrédulos.

Segui adiante e encontrei meus amigos que haviam acabado de invadir a enfermaria, e Cat trazia na mão algumas gazes limpas, gesso e água. Escondemo-nos atrás de algumas caixas de madeira e fizemos uma tala decente.

Hidratamo-nos, pois estávamos com tanta adrenalina no corpo que até tinha me esquecido disso. Comecei a fazer o curativo em Matt.

Ouvimos gritos, o acampamento já estava em chamas, homens corriam de um lado para o outro. Averiguei o conteúdo da caixa: gasolina.

Pedi a Cat que continuasse tratando a lesão de Matt, ele saberia orientá-la bem. Abri as garrafas e entornei no chão, o líquido seguiu rumo ao acampamento. Tive muito cuidado para não me molhar.

Haviam percebido a nossa presença.

– Vão! Apressem-se! – mandei Cat e Matt seguirem em frente. Eles correram.

Peguei um pouco da gaze que havia sobrado e enrolei na tampa de uma das garrafas com gasolina, acendi uma pequena chama, larguei-a por ali mesmo e saí correndo.

Tentaram atirar em mim, mas nenhuma bala me acertou. Alguns segundos depois, ouvi a explosão. Labaredas surgiram atrás de mim e seguiram em direção ao acampamento onde estava a maioria das pessoas tentando apagar as chamas.

Corri o máximo que pude, encontrando meus amigos no final da subida. Continuamos a correr em silêncio. No final, algo me chamou a atenção. Havia dois homens que não estavam tentando apagar as chamas, mas, sim, brigando. O primeiro era alto, tinha cabelos lisos e castanhos um pouco oleosos e barba por fazer. Estava em pé segurando uma faca contra o peito do outro. Este estava abaixado, era igualmente alto e musculoso, tinha cabelos curtos e castanhos e barba cerrada, quando estendeu o rosto o reconheci: Ian, o namorado da minha mãe.

Foi quando percebi que o outro não era estranho: Jason, era também da equipe da minha mãe, mas tinha um jeito de sociopata.

Corri em sua direção e o agarrei por trás, ele soltou a faca.

– Não quero te machucar, Evelyn – disse ao me dar um empurrão.

Ian se levantou e cravou a faca um pouco abaixo da costela de Jason, que tombou para trás.

– Eve? O que faz aqui? – perguntou Ian.

– Vim resgatar vocês, onde está minha mãe? E o resto da equipe?

– Todos mortos, fui o único a escapar, além do traidor, é claro. – Ele olhou na direção de Jason.

– Não confie nele, Eve! Está mentindo! Ele é o traidor! – Jason gritava.

Senti a mão de Ian no meu ombro, ele estava olhando no fundo dos meus olhos.

– Eve, Maria está lá dentro, temos que resgatá-la!

– Vamos!

Aquele dia me levou a uma conclusão lógica sobre o fato de eu não ter tido nenhum namorado que prestasse: só podia ser por razões genéticas! Eu sempre soube que minha mãe não sabia escolher homens, mas arrumar um pior que meu pai, isso eu não esperava.

O que ganhei por salvar e acreditar no mentiroso do Ian? Além de alguns hematomas e da falha do meu plano genial, estava amarrada em uma posição desconfortável ao lado dos meus amigos.

Um breve resumo do que acontecera: Ian e eu corremos em direção à entrada do templo, ou sei lá o que era aquilo, os outros ficaram ao pé da escada a nossa espera. A mando de Ian, dois homens me pegaram pelo braço e começaram a me socar.

– Não a machuquem! – ele ordenou. – Cortés decidirá o que faremos com eles, todos eles! Entenderam?

Depois fui arrastada para o outro lado do campo, onde havia duas tendas montadas. Ficamos do lado de fora, me colocaram afastada dos meus amigos, de tal forma que só dava para estabelecer contato visual. Para piorar, começou a chover e fiquei toda molhada.

A chuva tocando a minha pele me ajudou a refletir um pouco, esfriar a cabeça. Meu sangue já não possuía tanta adrenalina, então senti fortes dores musculares.

Mas isso não era nada se comparado ao embaraço da minha mente, pois estava com remorso, culpa. Não era a primeira vez que eu matara, mas Wilson tentou me deflorar e os outros caras estavam armados, atirando contra nós.

A questão que me assolava era se eu realmente precisava matá-los. Eu poderia ter corrido, encontrado Jason e acreditado em sua versão, daí ele nos ajudaria a resgatar minha mãe e estaríamos pegando o caminho de volta.

Ian havia entrado fazia uns trinta minutos e finalmente saíra.

– Cortés quer te ver.

Que cínico! Sua voz era calma, como se não tivesse feito nada de errado, como se não fosse o maior cafajeste da face da Terra!

Pegou-me pelo braço e me empurrou para dentro. A tenda era aconchegante e quente, decorada com cores fortes, com uma fraca iluminação e o chão coberto com tapetes.

Por um momento, o colar pareceu ficar um pouco mais quente.

– Eve? Não sabe o fascínio que sua figura desperta em mim, queridíssima.

Estava de frente a ele. Guilhermo Cortés não era muito diferente da foto que eu vi na internet, moreno, cabelos pretos e uma barbicha esquisita. Na verdade, ele tinha esse jeito meio exótico, não só pela tenda ou pelas roupas, mas a maneira que falava. Eu destruí tudo e ele me chamava de queridíssima?

– Cortés.

Ele assentiu. Limitei-me a dizer apenas isso.

– Por que não se aproxima? Sente-se. – Ele estendeu a mão em um gesto educado.

Aproximei-me devagar e me sentei na sua frente. Ele sabia jogar, tinha um motivo pelo qual ainda não havia me matado, eu só não sabia qual. Entrei em seu jogo.

– Belo colar que está usando, eu tenho um igual.

Cortés abriu os botões da camisa, deixando exposto um colar com uma grossa corrente de ouro e um pingente redondo com uma turquesa no centro.

Ele tinha outra chave? Precisava de duas? Então por que não a pegou? Não, tinha algo de que ele precisava e algo que talvez nem minha mãe possuísse.

Aí mesmo que a minha chave ficou mais quente, na verdade até meio desconfortável.

– Você bebe, queridíssima?

– Só quando necessário.

– Vejo que é muitíssimo necessário agora, parece que sofreu uma queda horrorosa.

– Gosto de sentir todas as dores ao invés de anestesiá-las.

– Isso soa meio masoquista, queridíssima. O que *Cinquenta Tons de Cinza* não faz com as fantasias de garota, hein?

– Se está procurando alguém para beber, eu não sou a pessoa certa, não entendo nada de vinhos. Não foi para isso que me chamou aqui, não é mesmo?

Ele deu uma gargalhada.

– Por que a pressa? Não está produtiva essa conversa?

– Não muito, você sabe que não bebo e que sou masoquista, mas eu não sei nada sobre você, exceto o nome.

– Eu disse que você me fascina, não disse? É tão desafiadora quanto sua mãe. Não estou surpreso, já haviam me falado sobre esse seu temperamento explosivo, eu só não imaginava que era tanto.

Ele se levantou e pegou mais uma garrafa, abriu-a e voltou a se sentar.

– Sabe, Eve, você fez uma bagunça das grandes por aqui. Quarenta e dois homens até essa manhã, e agora apenas vinte e cinco. Queria que eles fossem como você, é um grande desperdício não estarmos do mesmo lado...

– Então, por que ainda estou viva?

– Porque reconheço um talento quando vejo um, foi assim com sua mãe, e ela anda me servindo muito bem.

– Como?

– Eu lhe fiz uma proposta, ela recusou todas. Até que encontrei algo que ela queria muito. Todos têm seu preço, Eve, qual é o seu?

Ótimo, ele queria negociar. Talvez eu devesse jogar o jogo dele, porém usando a melhor arma de Cat: palavras, persuasão. Não que eu fosse tão boa nisso quanto ela – aliás, por que ela não estava ali agora? –, mas aprendi algumas coisas nesses longos anos em que nos aturamos.

– Minha mãe, meus amigos e... parte dos créditos da descoberta.

– Quê? Está brincando? Não está em posição para negociar, está? – Ele deu uma risada.

– Vamos, Guilhermo, como você disse, todos temos um preço, esse é o meu.

– E por que acha que vale tanto?

– Bom, porque eu posso encontrar o que você quer. Pense, vocês estão aqui há tempos e não encontraram nada. Eu posso fazer isso.

– Gosto da sua confiança, mas acha que preciso de você enquanto Maria Vega está aqui?

Hora de um pouco de teatro!

– Então por que ainda está aqui?

Ele não respondeu, apenas me olhou de forma desafiadora.

– Francamente, pensei que você fosse diferente dos outros.

– Que outros?

Ele mordeu a isca!

– É, você realmente não me conhece... Minha mãe até tem certa fama, mas não tanto quanto meu pai, ele é sempre tão respeitado e elogiado. E eu? Sou apenas a filha bastarda de Rick Raleigh, mas ele não é o pai de Evelyn Raleigh.

Ele deu uma gargalhada.

– Filha do Lorde Raleigh? Eleito o inglês mais charmoso de acordo com o tabloide *The Sun*? Quem diria, vejo que dinheiro não é problema. Então o que é? Ciúme? Inveja?

– Não, é só que... eu cresci a vida inteira à sombra de

outros, e se minha mãe achar *El Dorado*? Então terei que encontrar Atlântida!

– Encontrar Atlântida? Não creio que tenha tanto ouro por lá – disse com desdém.

– Vamos, Guilhermo, o que tem a perder?

– Sua proposta é tentadora, mas como saberei que não vai me trair?

– Porque eu quero muito encontrar *El Dorado*, tanto quanto você, mas não posso fazer isso sozinha. Não preciso de mais dinheiro, meu pai é rico, porém não financiaria essa expedição. Eu só quero fama.

Preferi não comentar o fato que ele tinha como reféns três pessoas que eu amava muito.

– Irônico isso, não acha? Quando te vi pela primeira vez, tive a impressão de que fosse igual a sua mãe, mas você me lembra de outro alguém que eu conheço. Aceito sua proposta, queridíssima.

Respirei mais aliviada ao ouvir isso. Ele parecia acreditar na história da garota ambiciosa que faria de tudo para sair da sombra do pai. Mesmo assim, precisava ser cautelosa.

– Cortés?

– Pode me chamar de Gui, Bombom. Não se importa, não é? Afinal, você parece um bombom de avelã.

Importava-me, e muito! Isso foi um elogio? Eu com cara de bombom? Afinal, como é a cara de bombom? Redondo? Não, mantenha a calma, respire fundo...

– Tudo bem, Gui. Meus amigos estão lá fora na chuva e precisam de cuidados médicos.

– Teriam uma recepção mais adequada se não tivesse incendiado tudo, mas ainda há um médico com vida. Há algo mais?

– Quero falar com a minha mãe, preciso fazer umas perguntas.

– Mandarei alguém te acompanhar, receberá tratamento especial: segurança em tempo integral.

Por essa eu não esperava, seria vigiada de perto. Teria mais dificuldade de elaborar um plano de fuga.

Ele chamou um dos seus capangas, não era muito diferente dos outros, alto, musculoso, com um cavanhaque estranho e tatuagens pelo corpo.

– Leve-a para ver sua mãe – ordenou.

Levantei-me, dei meia-volta, mas, ao me dirigir à porta, ele chamou minha atenção.

– Ah, antes que eu esqueça...

Ele caminhou até mim, colocou sua mão por trás do meu pescoço e depois na minha nuca, agarrando meus cabelos. Pensei que ele fosse gay...

– Eu fico com isso!

Ele arrancou o meu colar. Que droga!

– Não demore muito, Bombom. Deve descansar, já que começaremos cedo amanhã.

Eu assenti e caminhei até a saída.

Capítulo 9

As linhas reveladoras de Tiwanaku

– Mãe? – disse com a voz embargada e corri em sua direção.

Ela olhou para trás e, quando me viu, ficou surpresa e sem fala, mas seus olhos transbordaram suas emoções com lágrimas. Quando a reencontrei, também caí aos prantos e me abriguei em seu abraço.

– *Hija*, não chore.

Não, eu queria chorar, queria colo. Era a primeira vez que eu a via em semanas, estava com saudade, preocupada, com medo e sentia remorso pelas pessoas que matei. Como podia não chorar?

– Senti tanto a sua falta... – disse com a voz engasgada.

– Eu também, *mi Hija*, eu também.

– Fiz tantas coisas erradas... Isso tudo é culpa minha!

– Não! *Hija*, tudo o que fez foi pensando em se defender e defender aqueles que ama. Não se culpe.

Ela me abraçou mais forte, também estava chorando. Não por medo ou desespero, mas, sim, pela emoção de me ver novamente. Minha mãe sempre foi uma mulher muito forte.

Naquele momento, ela não parecia a mesma pessoa. Estava muito magra e pálida, com olheiras profundas e hematomas pelo corpo. Seu tratamento havia sido um dos piores possível e o meu não seria muito melhor. A verdade era que Cortés só estava nos usando, nos mantendo vivos até não sermos mais úteis.

Olhei para o lado, e o guarda que Cortés mandara para me escoltar estava do outro lado da sala, olhando em nossa direção. Parecia apenas averiguar uma tentativa de fuga, não o que conversávamos. Cortés deveria achar que sou de agir, não de pensar.

Cometera o primeiro erro, olhei para seu rosto, não parecia latino e Cortés lhe ordenou em inglês. Então mudei rápido para o espanhol e continuei.

– Juntei-me a Cortés – comecei –, convenci-o de que poderia lhe ser útil, precisamos descobrir o que quer que seja isso.

– Eve? Como?

– Escute-me, Cat e Matt estão aqui também, tentamos te resgatar, mas deu errado. Se quisermos sobreviver, terei que jogar o jogo dele.

– E entregar *El Dorado*?

– Não, só preciso manter o *status quo*. Confie em mim, por favor.

Ela me olhou no fundo dos meus olhos.

– Tudo bem, *Hija*.

– Preciso de algumas respostas.

Ela assentiu.

– Como Guilhermo Cortés tem um colar idêntico ao seu, ou melhor, o que é aquilo?

– Muito parecido, mas não idêntico, são divindades diferentes.

– Isso não vem ao caso.

– Está na família dele há algumas gerações. Os antepassados de Cortés devem ter realizado expedições atrás disso ou podem tê-lo adquirido em roubos ou coisa do tipo.

– Não duvido muito que tenha vindo de uma família de ladrões de tumbas. Exploradores? Cortés...

– Descendente de Hermán Cortés? É um palpite.

Ela deu de ombros, deve ter pensado a mesma coisa. Não me surpreenderia se ele fosse mesmo descendente de Hermán Cortés, pelo menos naquele desenho da DreamWorks – que durante toda a minha infância pensei que fosse da Disney –, *O Caminho para El Dorado*, ele era o vilão. Visto assim, até que eles tinham muitas coisas em comum.

– Por falar nisso, imagino que você já tenha a resposta da segunda pergunta.

– Uma chave? – sugeri.

Ela assentiu.

– O que ela abre?

– Eve, eu não sei, acredito que uma porta talvez, ainda não a encontrei.

– Não está interessada em portas, quero dizer, não em uma qualquer. Estamos falando de um portal para a cidade do ouro, certo?

– É o que Cortés está procurando.

– Então estamos realmente à procura de *El Dorado*! Aqui é a entrada, certo? Quero dizer, ela está escondida neste templo?

– Contenha sua empolgação, *Hija*. Se eu estiver certa, não.

– Então o que estamos procurando, outra chave? – Sério, fiquei revoltada, estávamos ali à toa.

– Eve, do que adianta ter todas as chaves se não houver a porta certa?

– Mas acabou de dizer que ela não está aqui, então estamos procurando um... mapa talvez?

– Se a minha teoria estiver certa, sim.

– Teoria?

– Encontrei algo muito valioso em uma das minhas escavações. Eve, lembra-se de quando era criança e ficou pouco mais de três semanas na casa dos seus *abuelos* porque prolonguei minha viagem?

– Sim, eu era bem pequena, devia ter uns quatro anos. Não tem como não lembrar, meus avós nunca mais quiseram me receber sozinha por mais de um fim de semana depois disso.

Ela deu um sorriso do tipo "você sempre foi um caso perdido mesmo, não é?".

– Juntei-me a um grupo de arqueólogos com a finalidade de aprender um pouco sobre arte da arquitetura inca. Aquela foi minha primeira expedição, fomos com uma equipe a Tiwanaku, na Bolívia. Em um local um pouco mais afastado, nossa equipe encontrou um anexo que havia sido construído anos depois do complexo. Havia algumas cerâmicas e objetos de metais preciosos, mas a coisa que mais despertou meu interesse foi um conjunto de geoglifos pequeno. Na época, ninguém deu muita importância por sua simplicidade, afinal, as linhas de Nazca são bem maiores e todos queriam ouro e riquezas.

– Coisas que gravuras desenhadas no chão *geralmente* não trazem. – Eu ri.

Uma das coisas que sempre diferenciaram uma historiadora como a minha mãe do restante era sua busca por respostas. Muitos vão para esse ofício por dinheiro, outros porque acham que terão aventuras hollywoodianas, como Indiana Jones, e logo se decepcionam. Esses não conseguem enxergar as coisas simples.

– E o que esses desenhos realmente mostravam? – questionei.

– Era uma imagem de Inkarri, um herói da mitologia inca. De acordo com a história, depois que fundou Cuzco, Inkarri recuou para a selva de Pantiacolla, para viver o resto de seus dias na sua cidade de refúgio de Paititi, uma cidade lendária. Era um refúgio inca na zona fronteiriça entre a Bolívia e o Brasil. Tive que estudar um pouco de história para interpretar essa parte.

– E Paititi tem alguma conexão com *El Dorado*?

– Paititi, Manoa, Akakor... o nome não importa, surgiram muitas cidades lendárias nesse período, mas elas se referem a uma só. É mais conhecida por *El Dorado*, porém isso é mais um equívoco comum.

– Equívoco?

– Você já vai entender. Continuei a me aprofundar nas linhas, foi por isso que demorei um pouco mais que o previsto. O desenho retratava mais do que a formação de Paititi. Em uma das figuras, havia duas chaves dispostas em lados opostos, uma linha as ligava no centro, onde havia uma cruz andina, já a outra se ligava a um homem.

– Um homem? Mas não deveria guiar até *El Dorado*? Espera! *El Dorado*. O Dorado. O "homem" Dourado!

– Muito bem, filha. O homem dourado, é por isso que recebeu esse nome.

– Não era porque eles tinham tanto ouro que o imperador da cidade se banhava nele?

– As lendas se tornam lendas quando aumentamos ou distorcemos as coisas, mas muitas delas têm um fundo de verdade. Não acredito nessa versão, mas, sim, que *El Dorado* fosse uma estátua feita de ouro.

– Uma estátua?! Então não se trata de um lugar, mas de um objeto escondido. Paititi, é lá que ela está!

– Não sei exatamente, muito da cultura inca foi perdido, mas não acredito que se trate de uma cidade, pelo menos não em grandes proporções.

– Mesmo assim, poderia haver muito ouro ali. Deixa eu adivinhar: você ficou interessada em recuperar uma estátua de sei lá quantos metros de altura com outras relíquias?

– Foi por isso que saí à procura das chaves.

– E onde elas estavam?

– Bom, as chaves traziam imagens de deuses diferentes, uma delas era Viracocha, adorado em Tiwanaku, então comecei a pesquisa por lá. Levamos semanas para encontrá-la naquele mesmo anexo.

– Bom, faz sentido deixar a "história" com o pingente, mas continuo sem entender por que fizeram duas chaves.

– As linhas datavam do fim do Império Inca, tempos depois da formação da suposta cidade. Isso o levou a pensar que talvez, inicialmente, fosse diferente, que houvesse apenas uma chave.

– Mesmo assim, não faria o menor sentido mudarem, faria?

– Na verdade, sim. Você estudou um pouco da história do Peru ou, pelo menos, viu algum dos meus trabalhos, certo?

Eu assenti.

– Bom, então sabe que o império foi dividido uma vez, não sabe?

– Entre os dois irmãos: Atahualpa e Huáscar.

– Muito bem. Huayna Capac dividiu o império entre seus dois filhos, acredito que tenha criado outra chave também, para não fazer distinção entre eles.

– Mãe, esta descoberta é fantástica! Nunca contou isso a ninguém?

– Eu não tinha muitos recursos para financiar a pesquisa. Fiquei com medo, sabe....

– De outro alguém descobrir e você não levar os créditos apropriados? – Não podia condená-la por isso, eu também era assim. – Acredite, qualquer arqueólogo entenderia.

Ela ficou meio sem graça, mas continuou a história, ignorando a última parte.

– Viajei a Machu Picchu diversas vezes à procura da outra chave, mas nunca encontrei nada além de vestígios dos geoglifos malconservados. A família de Cortés havia recuperado a chave antes, mas minha teoria sobre sua localização estava certa.

– Quanto ao "mapa"?

– Essa é outra história. Houve muitas expedições aqui nesse período, não apenas as de Hérman Cortés. Encontrei algumas cartas em um espanhol arcaico, datadas por volta de 1540, trocadas entres os exploradores. E, em algumas, falavam sobre o mapa, mas não sei se é bem isso.

– Como assim?

– Bem, mapa é uma palavra genérica, entende? Poderia ser qualquer coisa que nos mostraria o caminho, não necessariamente um pedaço de papel. Dentre suas descrições, era um "objeto forjado por espanhóis que guiaria até a cidade dourada". Mas como fazer um mapa sem nunca ter estado no local?

– Não faço ideia, mas olhando por esse lado não poderia ser exatamente um mapa. Mesmo assim, como eles fizeram isso?

– Não tenho certeza, mas uma das expedições se destacou mais do que as outras e, recentemente, descobri que manteve contato com os nativos locais.

– As expedições de Francisco Orellana e Francisco Pizarro.

– Exato. Percebi que havia um déficit na história, algo não mencionado, havia uma passagem de tempo muito grande não relatada. Fui atrás dos relatos do escriba que narrou suas aventuras, Frei Gaspar de Carvajal, em todos os conventos de Lima e depois em Cuzco. Então encontrei um diário de viagem perdido.
– E qual era o conteúdo desse diário?
– Parte dele era um tanto clichê, dizia como os exploradores conquistaram e mantiveram contato com os nativos. Citava lendas locais que os deixaram intrigados, fazendo que pesquisassem mais a fundo. Mas havia partes realmente interessantes, como a localização desse sítio, por exemplo, também pensaram que fosse uma lenda, por isso nunca procuram o mapa por aqui.
– E quanto ao mapa para *El Dorado*?
– Você entenderá por que desconfio que não se trate exatamente de um mapa. Carvajal nunca fez nenhuma referência a mapa, mas, sim, a um objeto um tanto curioso que "literalmente mostra a localização do *El Dorado*". Isso não foi o bastante para convencer os espanhóis, então eles forjaram uma bússola e obrigaram um sacerdote a enfeitiçá-la para que ela mostrasse o caminho.
– Isso é incrível, mas como essa bússola veio parar aqui?
– Havia muitos religiosos na expedição, e consideraram uma blasfêmia a existência de tal bússola, obra de "bruxaria", então eles a roubaram e a esconderam aqui, com o objeto inca, para que nunca fosse encontrada. Orellana e Pizarro continuaram à procura de *El Dorado* por mais alguns anos, mas não nunca o encontraram.
– Uau, essa história é fantástica! Se não encontrarmos *El Dorado*, podemos, pelo menos, escrever um *best-seller*. Mãe,

essa é uma das maiores descobertas da atualidade, sem falar na fortuna em ouro...

– Eve, não vale a pena. Nunca achei que fosse chegar a esse ponto, até então eu não entendia. Agora vejo o que está acontecendo a minha volta... Se eu soubesse que as coisas atingiriam tais proporções, jamais teria partido à procura de *El Dorado*. Eu não teria arriscado a minha vida por um segredo, muito menos a sua, *Hija*.

Ela afagou meus cabelos.

– Vejo que as cadelas americanas falam bem meu idioma, adoraria participar desta conversa.

Olhei para o lado, apareceu uma mulher por volta dos 30 anos; loira de cabelos anelados amarrados em um coque; usava um quepe, regata branca e calça militar; era muito alta, magra e pálida; seus olhos eram azuis-claros, seu nariz tão fino quanto a boca coberta por uma generosa camada de batom vermelho.

Ela se dirigiu ao homem que estava nos espiando e deu-lhe um tapa no rosto. Sua única reação foi abaixar a cabeça e encarar o chão.

– Sobre o que essas vagabundas conversavam?

Agora falava em inglês, mas seu sotaque ainda parecia muito germânico. O homem não respondeu.

– Não sabe, não é mesmo? Saia da minha frente agora e leve contigo essa bastardinha! Quero falar a sós com a mãe dela.

Pronto, explodi! Como assim essa ordinária me xinga desse jeito? Levantei e caminhei até ela.

Com um movimento rápido e magistral, ela desembainhou a espada e a esticou em minha direção. Com muita precisão, apenas encostou a ponta em meu pescoço, sem perfurá-lo.

Ficamos frente a frente, nos encarando, seu olhar era frio, mas no fundo tinha uma ponta de ódio.

– Eve, volta! – minha mãe me alertou.

– O que vai fazer, criança? Me bater? – ela desafiou.

– Estamos do mesmo lado – disse minha mãe. – Eve já estava de saída, não conversamos sobre nada que mãe e filha não falariam.

Ela precisou firmar mais a espada e sussurrou ao meu ouvido:

– Cortés pode até acreditar nessa sua mentira, mas eu, não. Fique sabendo, Vega, que, se aprontar alguma coisa, qualquer coisinha, terá uma morte lenta e dolorosa.

Deslizou a ponta pelo meu pescoço, sem um arranhão. Depois voltou a guardá-la.

O mercenário me pegou pelo braço e me soltei, comecei a caminhar, dando as costas para a loira.

Segui em frente. Quando já estava quase chegando a uma das tendas, perguntei ao homem:

– Quem era aquela loira?

– Novatos – reclamou. – Richter, Helga Richter. Se tem bom senso, garota, fique longe dela.

Richter? Não fazia ideia de quem fosse, mas sabia onde conseguir essa informação.

– Preciso ir ao banheiro.

Ele me conduziu para trás das tendas, não fiquei com medo, se ele tentasse alguma coisa, eu poderia nocauteá-lo rapidamente.

– Acho que já sou bem grandinha para ir ao banheiro sozinha.

– Acha que sou tolo, garota? O que me garante que não vai fugir?

– Acha que alguém que exterminou praticamente a metade de um exército de mercenários em um dia não teria te matado se te quisesse morto?

Ele não voltou a me questionar, apenas deu as costas. Eu segui mata adentro, precisava de um local discreto, pois, caso alguém visse, eu poderia esconder.

Parei atrás de uma árvore, estava muito escuro, abaixei-me e tirei as botas. Peguei o celular descartável que Ben me dera, coloquei a bateria, depois escalei para conseguir sinal e liguei para meu amigo.

– Ben, sou eu, está acordado?

– *Para você, 24 horas por dia, como estão todos? Aconteceu alguma coisa?*

– Estamos vivos, desculpa, mas não tenho muito tempo, não dá para conversar agora. Preciso que faça uma pesquisa: Richter, Helga Richter.

– *Helga Richter... Richter, tem várias coisas relacionadas a esse nome. É uma família de origem alemã muito envolvida em questões políticas na Argentina, mais especificamente no partido Nazista.*

– Não é à toa que aquela mulher parecia ter saído de um batalhão.

– *Isso não é tudo, não tem registro dessa família antes da década de cinquenta e eles já são os líderes dos Nazi. Tem um site conspiratório que afirma que, na verdade, o primeiro membro dessa família veio fugido da Alemanha, seus nomes são até bem parecidos...*

– Agora que você comentou, até que dá para perceber a semelhança. E quanto à mulher?

– *Bi-medalhista olímpica nas duas últimas edições, bronze e prata na esgrima. Estudou em colégio militar a vida inteira, graduou-se em História, mas atua efetivamente dentro do partido.*

– Obrigada, Ben. Tenho que ir.

– *Se cuida...*

Tornei a guardar o celular, escutei passos, levantei e saí de trás da árvore, esbarrando no sujeito.

– Sabia que ia me espionar! – fiz um teatro para disfarçar.

– Espionar? A senhorita estava demorando demais. Vamos!

Ele me conduziu até uma das tendas, era bem pequena, e me trancou ali dentro. Eu não enganaria Guilhermo assim tão fácil, mas aquela vaca loira eu não conseguiria de jeito nenhum.

Quando entrei, vi Matt em um dos sacos de dormir. Estava deitado de barriga para cima, devia estar muito desconfortável com o braço quebrado, mas seu rosto estava mais sereno. Eu me senti mal por isso, desde o início ele não queria ir.

Do outro lado estava Jason sobre Cat.

– O que está...

Antes que eu terminasse a pergunta, ele se virou e levou seu indicador à boca, silêncio. Tornou a olhá-la e se levantou, caminhando até mim. Levou a mão na lateral do corpo, onde estava ferido.

– Estão dormindo – ele disse –, tente não fazer muito barulho. Vem, você precisa comer alguma coisa.

Ele apontou para a mesa e eu o segui. O clima estava meio estranho, na verdade, eu estava constrangida por ele ter levado uma facada e não ter sequer descontado sua raiva em mim. Muito pelo contrário, sua voz, apesar de não revelar nenhum sentimento, era, ao mesmo tempo, misteriosa e compreensiva.

Ele me serviu um sanduíche enquanto se explicava.

– Ajudei a cuidar deles, vão ficar bem. A menina estava assustada, só verificando seus batimentos, ela estava muito agitada até você chegar. Chamava você...

– Ela fala dormindo – comentei. – Obrigada por cuidar deles.

– Eles me ajudaram quando Ian me feriu, além disso, é meu dever socorrer os feridos.

Sentei-me ao seu lado. Foi a primeira vez que olhei de verdade dentro dos seus olhos. Eram tristes, sofridos e... bondosos. Apesar do jeito meio *badboy*, jeans e couro, um cabelo bacana, cara de mau e barba por fazer, parecia ser amável e gentil.

– Desculpe-me, eu te julguei mal.

– Tudo bem, Eve.

– Não, por minha culpa você foi ferido...

– Eu coloquei uma faca no peito do namorado da sua mãe, não te culpo por me julgar mal.

– Mesmo assim, peço que me perdoe.

– Está tudo bem.

A voz dele era rouca e incrivelmente sexy, falava pausadamente, como se pensasse em cada palavra, e aqueles olhos castanhos pareciam encarar a minha alma.

Ficamos um tempo em silêncio, terminei de comer meu sanduíche, mas não fui dormir.

– Matt me falou do seu braço, importa-se se eu der uma olhada?

Ele retirou a faixa cuidadosamente e analisou meu ferimento, já estava bom. Matt estava pior.

– O rapaz fez um bom trabalho – ele comentou. – Será um bom médico.

– Estudou Medicina?

– Graduei-me e atendi durante uns anos, mas larguei esse ofício depois...

Ele travou, ficou pensativo e triste.

– Não precisa me contar se não...

– Não, está bem. Saí com a minha esposa no aniversário dela uma vez, nos renderam na saída de um teatro e eu reagi.

Um dos homens atirou na minha direção e ela entrou na frente, a bala acertou seu peito. Fiz tudo o que pude para salvá-la, mas, quando cheguei ao hospital, era tarde demais, ela morreu, tal como o bebê que esperava.

Ele deixou uma lágrima cair, eu não sabia o que fazer, então o abracei. Ele continuou:

– Depois disso, larguei a profissão, pensei: mal pude salvar minha família, que médico eu sou? Então resolvi viajar o mundo, foi quando conheci esta equipe. Nunca mais fui o mesmo desde então, me fechei demais.

– Não precisa ser assim, vamos sair daqui, você pode voltar a salvar vidas, Jason.

– Sabe, minha esposa parecia um anjo, nunca conheci ninguém como ela até hoje. Sua amiga é uma pessoa muito especial.

– É, sim – disse, olhando em sua direção. Ela tem... luz.

– É, ela tem luz.

Ele encostou na parede, pegou uma garrafa de cachaça e começou a virar.

Aproximei-me de Cat, ela dormia em um sono profundo.

– Eu sinto muito – sussurrei em seu ouvido. – Sei que não pode me ouvir agora, mas minhas atitudes de hoje te feriram, espero que possa me perdoar.

Uma lágrima caiu dos meus olhos quando beijei sua bochecha. Deitei-me ao seu lado e caí no sono.

Capítulo 10

A luz ilumina o "mapa"?
Odiava enigmas!

– ACORDEM! DE PÉ, TODOS VOCÊS. JÁ!
Nada melhor que acordar cedo... Bem que Cortés me avisou que a rotina do acampamento não tardava a começar.
Assim como eu, todos na tenda ainda dormiam, até um dos bandidos com sotaque esquisito entrar aos berros.
Cat se levantou ao meu lado, olhou para os lados com os olhos semiabertos, parecia confusa, até se dar conta do que vinha acontecendo. Matt não estava muito melhor, aproximou-se de nós.
– Bom dia – disse Cat.
– Dia – respondemos simultaneamente.
– Então...
– Bom, estamos vivos – respondi. – Machucados, perdidos, reféns sob a ameaça de morte iminente, mas vivos.
– Isso é uma boa notícia – disse Cat.
– Excelente. – Pela primeira vez, Matt não estava sendo irônico.
Que conversa de bêbado, por falar em bêbado...

– Uau, que dor de cabeça.

Jason apareceu em nosso campo de visão com a mão na cabeça reclamando de dor, é isso que acontece quando se bebe uma garrafa de tequila sozinho. Sua aparência estava pior que as nossas.

– Como estão meus pacientes?

– Meu braço está melhor, eu acho – respondi.

– Parece que não aconteceu nada com meu dedo. Matt?

– Meu braço está um pouco dolorido e inchado, mas vai ficar bom.

– Sinto muito por isso.

– Não sinta, *Sweetie* – disse Catherine.

– Cat está certa. Você não nos obrigou a isso, viemos por conta própria, então não se culpe.

A atitude de Matt era surpreendente, pois, por mais que sua voz estivesse um pouco seca, ele não estava me condenando. Confesso que, depois do que houve com seu braço ou como eu falhei, pensei que ele fosse me culpar, gritar comigo, mas não. Achei isso até um pouco mais maduro. Antes, ele queria me tirar dessa de qualquer forma, mas, quando percebeu que não tinha jeito, desistiu, parou de brigar e deixou que eu fizesse isso da minha maneira.

– Andem! Para fora, para fora!

Outro adentrou o recinto para nos expulsar.

Lá fora, o Sol mal havia nascido, mas já estavam todos de pé, a maioria ainda tentava salvar coisas do incêndio. Richter estava no centro, gritava com todos, gesticulava e ameaçava. Devia ter imaginado que ela havia transformado isso em uma espécie de acampamento militar.

Como eu destruíra boa parte dos suplementos, o café da manhã não foi muito apetitoso, biscoitos de sal e água.

– Grande dia, grande dia, Bombom!

Putz, na moral, como Cortés conseguia ficar animado àquela hora da manhã?

– Bombom?

– É, loirinha, olhe essas maçãzinhas. – Ele pegou minhas bochechas, falando de forma infantilizada. – Não parecem bombons?

– Não mesmo! – Cat respondeu. – Ah, antes que eu me esqueça: eu quero a minha câmera de volta, tenho um documentário a filmar.

– Cat!

Cortés a olhou com desdém, não tinha por ela o mesmo apreço que tinha por mim, afinal ela não seria tão útil. Desafiá-lo não era algo muito inteligente a se fazer.

– Realmente um ótimo dia, Gui, não é mesmo? Mal posso esperar para começar. – Melhor cortar o assunto antes que ele mandasse matar a minha amiga. – Então...

– Ah, sim. Maria já está lá dentro. Por que não me acompanha?

– Claro, por que não?!

Catherine agarrou no meu braço com vontade.

– Vamos!

Saiu me puxando para a frente. Quando passamos em frente ao Matt, ele me zoou:

– Eve Bombom.

– Cala a boca, Matt.

Pude escutar seu sorriso depois de tanto tempo. Catherine é que não estava muito feliz, pareceu se importar mais com o apelido que Cortés me dera do que eu mesma.

Ela se aproximou ainda mais, apoiando a cabeça no meu ombro, e sussurrou:

– O que foi isso? Vocês estão trabalhando juntos? Por que ele está te chamando de Bombom? Pensei que só eu te chamasse por um nome doce!

– Só você chama, não precisa fazer drama. Longa história, depois eu te explico – murmurei discretamente para que Cortés, que vinha um pouco atrás, não ouvisse.

– Tem um plano?

– Por enquanto, sobreviver, e isso fica mais fácil se você não provocá-lo. Cortés precisa de mim, por isso ainda estamos vivos.

Subimos a grande escadaria. Logo atrás, vinha Cortés acompanhado por um grandão e Matt um pouco mais à frente de Jason.

Quando chegamos ao topo, Ian estava parado à nossa espera. Não disse nada, apenas nos conduziu à entrada. Não havia nada de mais ali, era apenas uma sala escura e alta, com algumas ornamentações no fundo. Minha mãe estava lá dentro, parecia muito preocupada.

– *Hija*!

– Mãe.

Minha mãe me viu do outro lado e veio correndo em minha direção. Dessa vez, se vestia um pouco melhor, sem as roupas surradas.

– Meu bebê está bem, graças a deus – disse, me esmagando em seu abraço.

– Mãe, já chega.

– Ai, vocês com essa história de que mãe é mico até no Peru. Não posso ficar feliz por ver meu bebezinho vivo.

– Eu tenho dezessete.

– Mesmo assim, é minha filha.

O idiota do Matt ficou rindo da situação, pelo menos ele não tinha uma câmera. Depois da longa sessão drama-ao-re-encontrar-meu-bebezinho, continuamos.

Ela falou com Catherine e os rapazes, depois cumprimentou Cortés cordialmente, mantendo as aparências.

– Qual a nossa situação?

– Temos que encontrar o mapa a qualquer custo, Cortés está pressionado. Estou aqui há semanas, sinto que esse lugar esconde alguma coisa.

– Uma passagem secreta ou coisa assim?

– Provavelmente. Não consigo imaginar esse mapa em outro lugar.

Pouco tempo depois, Helga entrou no salão acompanhada por uns dez homens. Deixou dois plantados na porta e a fechou, o resto se espalhou.

Deixei meu olhar viajar pelo recinto, pude perceber, mesmo de longe, que Cat ficou tensa quando viu Helga, sua expressão endureceu instantaneamente.

Ela se aproximou da minha amiga, não pude escutar o que falou, mas entendi o que queria. De forma relutante, Cat entregou a ela a adaga que tanto resistiu em pegar.

Helga saiu reclamando com todos por uma "falha" de segurança, como se Cat fosse fazer alguma coisa com a adaga.

Minha mãe voltou a chamar a minha atenção.

– Eve, não temos muito tempo, se não a acharmos logo, Cortés vai nos matar.

– E se acharmos também.

Ainda havia uma preocupação com uma eventual fuga, o que seria muito mais difícil por causa do nosso estado físico e as ferramentas que tínhamos disponíveis.

Catherine agora estava sentada no canto, ao lado de Matt. Jason estava em pé muito atento, como se pudesse proteger os dois, caso houvesse uma tentativa de assassinato.

Alguém entrou e caminhou até Cortés, entregando-lhe algo.

– Hey, loirinha!

Gelei quando ele chamou Cat. Estabeleci contato visual com a minha amiga, era como se ela dissesse: sério, desta vez eu não fiz nada.

– Faça bom uso dela.

Cat assentiu enquanto Cortés, não sei por qual motivo, devolveu-lhe a filmadora. Isso me deixou ainda mais desconfiada, principalmente depois que Cat começou a filmar tudo e ele não falou nada.

– Por que ele me devolveu a filmadora?

– Basicamente porque é um sádico que gosta de deixar a vítima mais à vontade antes de abater ou simplesmente ficou assustado com a sua ameaça.

Ela riu do último comentário e continuou a filmar tudo o que estava a nossa volta.

Circulei o perímetro, observando o local. As paredes eram construídas com pedras irregulares que se encaixavam e, no fundo, pregadas a elas, havia duas estátuas muito estranhas coladas à parede. Resolvi verificar.

Na verdade, eram rostos mal desenhados com características esquisitas, esculpidos em blocos de pedra quadrados muito grandes, que saíam da parede.

– Inti – minha mãe comentou –, o deus sol. E também Viracocha, o criador. Um templo dedicado aos dois maiores deuses incas. Curioso, não?

– Desculpe, mas o que é curioso?

– Um templo perdido, próximo a Cuzco, dedicado a dois deuses, geralmente é dedicado apenas a um.

– Construíram Machu Picchu para adoração do deus sol e Tiwanaku para Viracocha.

– Exatamente. Sabe por quanto tempo as encarei à procura de resposta?

Muito. Minha mãe procurava esse mapa havia semanas e nada, já eu precisava achá-lo em um dia. Olhei tudo em volta delas à procura de uma abertura, alavanca ou mesmo a chave. Nada.

Parei na frente da direita, tal como a outra, havia um pedaço de ferro nas laterais, seria uma alça? De repente, percebi que havia algo diferente naquela parede. As outras seguiam aquele padrão de pedras irregulares, mas nesta havia uma linha contínua perfeitamente reta.

Segurei a alça e puxei: nada.

– O que está fazendo, Eve?

– Vem, me ajuda!

Minha mãe segurou a outra ponta e puxamos, então ela se deslocou alguns centímetros para a frente. Um dos bandidos veio nos ajudar, conseguimos trazer um pouco mais para a frente, e mais um pouco, até que...

– Extraordinário! Estou surpreso, Bombom.

Como não ficar? Quando puxamos até o fim, começou a jorrar areia da abertura.

– Temos que fazer o mesmo na outra, vamos!

– O que pensa que está fazendo? Este exército é meu, eu dou as ordens! – Helga, que estava calada até então, manifestou-se só para contrariar algo óbvio.

– Deixe disso, Helga – disse Cortés, apoiando o braço sobre o ombro dela. – Estamos todos do mesmo lado, e a menina Raleigh fez uma grande descoberta.

– Muito bem. Homens, continuem!

Eles fizeram a mesma coisa com a outra estátua. Conforme a areia foi sendo despejada, a parede começou a descer.

Na verdade, era uma parede falsa elevada sobre a areia para cobrir uma abertura no meio da parede, uma passagem secreta.

– Estou orgulhosa de você, *Hija* – disse minha mãe emocionada.

– Alguém tem uma lanterna?

Cortés estabeleceu contato visual com um dos homens, e ele me entregou a lanterna.

O buraco era até espaçoso, por volta de dois metros quadrados. Como não ficava muito longe do chão, subi sem o menor esforço, apenas estendi os dois braços e me ergui com um pequeno impulso de algum dos meliantes.

– Fiquem aqui! – disse aos meus amigos.

– Não mesmo, *Sweetie*, deve ter muita coisa para se ver aí dentro – Cat protestou.

Fui a primeira a entrar na abertura e, assim que o fiz, estendi a mão para Catherine. O túnel era muito escuro e malcheiroso, então acendi a lanterna e engatinhei para concluir a travessia. Algumas pessoas vinham logo atrás de nós, mas não as reconheci por causa da iluminação precária.

– Respire – Cat sussurrou.

Talvez você ache irônico que uma garota que escala cachoeiras, bate em bandidos e incendeia sua casa não suporte elevadores, mas não ria, isso é sério. Nunca me senti confortável em lugares fechados, até entro, porém evito, se possível.

O túnel, a princípio, era reto e muito regular, não se estreitou em nenhum momento. Depois chegou a um ponto em que começou a descer, ficou meio escorregadio, porém ninguém se acidentou.

Chegando ao fim, o túnel nos levou a uma câmara subterrânea. Era ampla, porém muito escura. Não pude perceber direito por causa da má iluminação, mas não parecia ser muito diferente da outra, mesma arquitetura simples.

Conforme as pessoas foram chegando, acendemos luminárias e improvisamos tochas. Nem todos se aventuraram a entrar no túnel, minha mãe veio logo em seguida, depois Helga, acompanhada por Cortés e uns cinco homens.

Cortés levou a mão ao pescoço algumas vezes, talvez sentindo o metal esquentar demais. Eu já havia sentido isso antes, era algo muito bizarro, como se as chaves tivessem alguma ligação mágica, o que tornaria mais plausível a teoria de que as três juntas indicassem o caminho.

– Desconfortável, não?

– Eu sou quente, Bombom. O calor não me incomoda em nada. – Ele exibiu um largo sorriso confiante.

– Mesmo com dois pingentes circulares que parecem ter acabado de sair da forja?

– Não está propondo aliviá-lo desse desconforto, está? – Helga surgiu do nada.

– Não, apenas averiguando se estamos no lugar certo.

– Para o bem da sua cabeça, espero que sim.

Ela deu meia-volta e marchou.

Circulamos o perímetro em busca de algo. Conforme iluminamos o local, ele foi revelando alguns segredos.

Havia uma pequena descida e, em frente, num nível nitidamente mais elevado, um altar de sacrifício com uma pintura gigantesca na parede. Do lado direito, havia mais daquelas cabeças bizarras de deuses esquisitos.

– Então estamos à procura de um mapa? – questionou Cat.

– Na verdade, eu estava esperando uma bússola.

– Sério? – Ela me olhou com curiosidade.

– Conversei com minha mãe e ela me contou uma história que havia dois objetos que levariam ao *El Dorado*, uma bússola espanhola e algo incaico. Ambos estão supostamente escondidos aqui.

– Talvez ela saiba de algo.

Segui o olhar de Cat até a minha mãe, que estava parada, analisando o altar.

– Vale a tentativa. – Resolvi me aproximar.

O altar tinha aquelas barras de ferro, tentei manusear algumas, porém, mesmo as encaixando, nada aconteceu. Respirei fundo para controlar a frustração, o caminho para *El Dorado* estava naquela sala, só precisávamos seguir as pistas...

Fitei a pintura na parede atrás do altar, algo não muito característico, visto que incas costumavam fazer suas pinturas em tecidos. No centro, havia um círculo colorido com cores fortes, agora desbotadas com o tempo, que lembrava o Sol. Foi quando percebi que essa não era uma pintura qualquer, era um tipo de instrução para achar a chave.

– Não parece uma pintura para esse tipo de ritual.

– Não é – minha mãe confirmou, mas ainda fitava a gravura.

Então nossos olhos se focaram no mesmo ponto. Em cima do altar, supostamente usado para sacrifício, tinha um punhal cerimonial. Era uma liga de bronze fina com o deus da medicina inca, *Tumi,* com uma lâmina semicircular.

Minha mãe pegou a peça com muito cuidado.

– Talvez até houvesse sacrifícios nesse salão, mas não é isso que essa imagem representa. A luz ilumina a chave...

A princípio, sua reflexão parecia estranha, mas depois entendi o que ela quis dizer: o suposto sol emanava raios, estes vinham da lateral...

– Precisamos de mais luz – comentei.

– Não de qualquer luz, mas raios solares – concordou ela.

Olhei para os lados em direção às estatuas, diferente das outras, estavam no alto, não no chão.

– Ei – gritei. – Alguém sabe precisamente quantos metros estamos abaixo da superfície?

– Uns seis, talvez! – gritou um.

– Perfeito! – Virei-me para minha mãe. – Se estamos seis metros abaixo da superfície, é exatamente a altura deste salão. Veja aquilo! – Apontei para as estátuas.

– Encontrou algo, Bombom?

– Talvez. Mande a sua sargento ordenar a esses homens que removam aquelas estátuas.

– Acredite, também as detestei, mas mudar a decoração é uma tarefa um pouco perigosa.

– Perigosa e de essencial importância! – retruquei.

– Está bem. Helga!

Ela se aproximou e eu comecei a passar as instruções. Helga me olhava com aquele cara de vaca como se não fosse fazer nada, já Cortés estava curioso.

– Eu não recebo ordens dessazinha!

– Mas recebe as minhas, queridíssima, faça!

A princípio, ela não gostou muito, na verdade detestou – até porque foi ideia minha e foi genial –, mas comandou toda a remoção.

O processo foi demorado, tiveram de fazer um por um. Como a parede era toda ornamentada com cordas e brechas, facilitou a escalada, a remoção em si é que demorou mais e causou alguns acidentes.

Como uma especialista em escaladas – ou quase isso –, me senti bem à vontade para dar umas dicas, apontar alguns caminhos, essas coisas. Eles ficaram meio receosos em me ouvir, mas alguns até seguiram os meus conselhos. Isso deixou Cortés aparentemente satisfeito e fez com que Helga gritasse mais alto.

– Por que estamos escutando essa garota, afinal de contas?!
– Porque eu sou a pessoa mais experiente com escaladas por aqui.
– É mesmo?
– Eu escalei *Diving Board* no ano passado.

Ok, isso não era tanta experiência, mas fez Cortés rir da Helga mesmo assim.

Quando terminou, já devia ser umas dez da manhã. Os raios solares incidiram sobre o chão, revelando algo fantástico que fez Cortés arrancar as duas chaves por não suportar mais a ardência.

No solo estavam implantadas algumas pedras com um pó dourado que só refletia sobre a luz solar. Então surgiu uma imagem redonda similar à do altar, o resto foi comigo.

Aproximei-me dele, era decorado com alto-relevo, como as portas que encontramos no caminho. Manuseei algumas barras, copiando as imagens no chão, revelando a imagem de uma cruz andina. A princípio, nada aconteceu, porém, poucos minutos depois, ouvi um *crack* e o altar começou a rachar. Emanou uma luz dourada e começou a se despedaçar. Seus fragmentos caíam pelas laterais, deixando exposto sobre um suporte o suposto mapa.

Não era um mapa como esperávamos, reluzia a ouro. Era uma base circular mediana, por volta de meio metro de diâmetro. Sobre esse alicerce, estendia-se uma cruz andina, chamada *chacana*. Sua superfície era desenhada em alto-relevo, provavelmente tinha relação com seu significado.

Mas o que realmente chamou a minha atenção foi o centro. Havia um círculo central e, dentro dele, uma agulha magnética que se mexia descompassada, ora apontava para uma direção, ora para a outra. Lá estava a bússola!

Hesitei ao pegar o curioso objeto, pois poderia estar abrasado, mas depois envolvi as mãos em sua lateral e segurei com cuidado. Era pesado, estava um pouco quente, depois se tornou mais morno. Esse era um pequeno passo para uma grande descoberta, e também para mais confusões e conflitos.

Foi então que meu momento de alegria e realização foi interrompido. Senti apenas uma forte pancada nas costas enquanto admirava minha descoberta. Caí sobre os escombros e, com o susto, joguei a cruz longe. Quando ia pegá-la novamente, Helga pisou com força na minha mão, que estava esticada, abaixou-se e recolheu o objeto.

Ficou olhando para o objeto e sorrindo como uma psicopata.

– É, bastarda, Guilhermo fez bem em não me deixar te matar, mas agora que temos a chave, quem liga? Matem-nas!

– Não! – Cortés interveio em minha defesa.

Eu sabia que tinha conquistado a confiança dele. Pelo menos foi o que achei até terminar de escutar o que ele quis dizer:

– Não aqui, vamos fazer isso de uma forma mais tradicional.

Capítulo 11

Um pai preocupado contrata um cão de caça e um *hacker*

Ben estava concentrado em seu trabalho.

A mesa parecia mais uma lixeira, cheia de copos de café, latinhas de Coca-Cola e embalagens de sanduíches e macarrão instantâneo; dois laptops ligados rastreando tudo, não houve nenhuma mudança.

Contudo, o sinal estava estranho. Perdera-se totalmente na manhã mais cedo, ficando horas apagado. Naquele momento, estava com interferência, oscilando entre ficar parado e sumir.

A última vez que tivera contato com seus amigos foi na noite passada, quando Evelyn ligou. Aquilo o deixou preocupado, apesar de saber que todos estavam vivos, também sabia que estavam sob ameaças e talvez com ferimentos.

Além disso, agora também sabia da presença de Helga. Procurou na internet algo que a ligasse a Cortés, encontrou imagens deles juntos em reuniões diplomáticas na Argentina e descobriu que a corporação Cortés patrocinou a candidatura de alguns candidatos apoiados por Helga.

Pensou que isso não fosse muito relevante, afinal, já sabia dessa aliança. Após duas horas, supondo que Evelyn não entraria em contato novamente, aproveitou para descansar.

Benjamin dormira muito pouco nos últimos dias, talvez até menos do que quem estava em missão. Quando dormia, era coisa rápida, um cochilo de duas ou três horas, deixava para fazer isso na parte da tarde, quando as chances de fuga eram menores.

Agora já passava das três da tarde, acabara de almoçar – na verdade, de comer mais alguma coisa instantânea ou congelada – e estava com sono novamente. Resolveu tomar um banho antes que fosse tomado por ele.

O hotel pouco luxuoso só oferecia água morna, mas, como o clima estava agradável e ele precisava despertar, isso não o incomodou, então tomou uma ducha fria. Seu banho, dessa vez, foi mais demorado, precisava esfriar a cabeça, refletir em como poderia ajudar.

Vestiu seu velho jeans surrado e largo, converse desgastado e camisa manga três quartos vermelha escrita "bazinga!". Caminhou em direção à sala, colocou seus óculos e viu o homem caucasiano que estava sentado no sofá à sua frente.

Estava de pernas cruzadas, era magro, alto e tinha um porte elegante. Vestia um terno preto com a gravata frouxa e botões abertos. Tinha cabelos castanhos, com algumas mechas grisalhas na lateral, compridos, bem cortados, penteados para trás e um cavanhaque bem-feito.

Havia se servido com um copo de um bom uísque, tinha um ar misterioso.

– Benjamin Weiss? – perguntou o homem, mexendo em seu notebook. – Esperava que você fosse diferente, quantos anos tem, quinze?

Ben hesitou por um momento, deveria confirmar sua identidade e dizer a verdade ou não?

– Vou fazer dezessete.

– E continua usando isso. – Apontou para a camisa de Ben. – Olha, rapaz, deveria aprender a se vestir melhor...

O homem estava desarmado. Poderia correr? Talvez, mas não teria chances de pegar seu laptop e deixaria Eve sem suporte.

– Francamente – disse o homem ao lado, até então Ben não havia percebido sua presença –, para um bom hacker, você deixou muitos furos, jovenzinho.

Este era mais velho, aparentava ter mais de 60 anos. Estatura mediana e magra, cabelos completamente grisalhos, curtos, barba feita. Seus olhos eram castanhos, tinha expressão carrancuda e uma arma na mão.

– Abaixa isso, Scofield – disse o homem elegante com um típico sotaque inglês.

Scofield o obedeceu ao bebericar sua cerveja, esse era americano.

– Scofield? Como o cara do *Prison Break*?

Logan o encarou com raiva e desabafou com ferocidade:

– Como o cara do *Prison Break*? Francamente, um agente da CIA como eu sendo comparado a um personagem? Faça-me o favor! Vocês se acham engraçados, não? Deixe-me te contar uma história...

– Logan, não se exalte. O garoto vai colaborar, não precisa contar suas "histórias" para colocar terror.

– Não se exalte? Sabe como é escutar essa piada idiota toda vez que me apresento?

– Desculpa interromper, mas quem são vocês e o que querem? – A voz dele era trêmula, tinha medo, não sabia o que fazer.

– Não se assuste, rapaz – respondeu o inglês. – Logo vai se acostumar com o jeito rabugento dele. Não quero fazer-lhe nenhum mal, mas quero que me diga onde está Evelyn Raleigh.

– Não lhe direi!

– Você não sabe quem eu sou, sabe?

Benjamin realmente não o conhecia, mesmo a fama desse homem era coberta por sua discrição. O que Ben não sabia era que ele estava disposto a fazer qualquer coisa para chegar até Eve e que, para isso, não haveria leis que o impedissem.

Aquela manhã não parecia uma manhã comum em Londres. O sol reinava fraco quebrando as nuvens, o tempo estava ameno, uma grande ironia para a notícia que aquele homem viria a receber.

Richard Raleigh, sentado no banco de trás do seu Aston Martin, revia a lista de convidados para seu oitavo casamento dali a um mês. A maioria já havia confirmado presença, exceto a rainha britânica e a sua própria filha, Evelyn.

Voltaria para casa após a última prova do fraque – a menos que ganhasse uns quilinhos. Sua manhã foi desconfortável, expedida em um ateliê sendo espetado por alfinetes e torturado por uma terrível música dos anos 1980. Mal deu atenção ao estilista que tagarelava sem parar sobre uma novela ou coisa do tipo.

Rick só queria ir para casa relaxar um pouco, mas, ao avistar a entrada de seu prédio, percebeu que não seria possível. Havia um pequeno aglomerado de repórteres que correram em direção ao carro assim que o avistaram.

– Dê a volta, Joel – disse com sua voz séria e enigmática. Ainda lhe restava alguma paciência.

– Impossível, lorde Raleigh. Sinto muito – disse o motorista.

– Detesto paparazzi. Aposto que querem me atormentar com perguntas sobre meu casamento. O que tem de tão interessante nisso?

– Milorde, se me permite responder, esse é o oitavo casamento de um respeitável arqueólogo que também é uma figura pública, conhecida por sua adolescência festeira, com uma modelo brasileira em ascensão pouco mais velha que sua filha.

– A Emma deveria estar aqui para responder isso, afinal, ela é a minha assessora e secretária. Tudo bem, pare ali adiante, Joel, vou dar uma palavrinha com eles.

O motorista estacionou o carro alguns metros à frente. Richard mal saiu do veículo e os flashes já reluziam em seu rosto.

Não era comum fazer isso, não gostava de câmeras, fato que trazia um certo ar misterioso e enigmático ao homem.

Ele estava com as desculpas prontas para fugir do assunto do casamento, mas isso ficou em segundo plano.

– Richard Raleigh, o que tem a declarar sobre o comportamento da sua filha? – perguntou um repórter local.

– Tem ideia do paradeiro da sua filha, Evelyn Raleigh? – indagou uma americana.

As perguntas o deixaram confuso. *O que houve com Eve?*

Ele sempre soube que sua filha aprontava umas de vez em quando, brigas de escolas, em geral, discussões. No entanto, isso não saía em jornais.

As perguntas não cessaram.

– Há quanto tempo vem negligenciando a dependência química de sua própria filha?

– O quê?! Evelyn Raleigh não é drogada! – rebateu. – Ela não fez nada.

– O que o senhor tem a declarar sobre o acidente com o carro roubado e o incêndio de sua casa?

– Ela o quê?! Como assim? Eu não...

Antes que pudesse responder, foi agarrado pelo braço por uma mulher de meia-idade loira. Outros dois seguranças se colocaram entre ele e os repórteres.

– Venha, lorde Raleigh – disse a mulher. – Aconteceu algo que precisa saber.

Ele foi conduzido até seu carro. Joel pisou fundo no acelerador, disparando com o Aston Martin por Londres.

– Senhorita Baker, o que está acontecendo?

Emma Baker, sua assistente de imprensa, contou a ele tudo o que soubera até então. O acidente de carro, o incêndio em sua casa e o corpo encontrado. Explicou que sua filha estava desaparecida desde a última noite.

Mesmo sabendo do histórico de mau comportamento da filha, ele não queria acreditar nisso, devia haver alguma explicação. Eve não podia estar morta.

A primeira coisa que fez foi ligar para seu celular, obviamente desligado. Tentou entrar em contato também com Maria, sem resposta.

Ele abaixou a cabeça, estava preocupado, desesperado.

Emma afagou seus cabelos.

– Vamos achá-la, lorde Raleigh.

– Emma – ele deixou a formalidade de lado, seu olhar agora era do homem em chamas –, cancele todos os meus compromissos, diga à imprensa que não direi uma só palavra sobre o assunto. Estou embarcando para os Estados Unidos agora mesmo, ligue para o piloto preparar meu jato. Joel, mudança de planos, para o aeroporto!

– Vou providenciar para alguém trazer seus documentos. Devo fazer as reservas no Mr. C Beverly Hills?

– Não, reserve o Plaza, em Nova York.

– Nova York?! – Emma ficou surpresa.

– Sim, preciso de um cão de caça.

A viagem foi rápida e seguiu tranquila. Emma, como sempre, havia feito um bom trabalho ao despistar a imprensa. Lorde Raleigh, agora um pouco mais aliviado ao saber que o corpo encontrado não era de sua filha, estava de frente a Logan Scofield, ex-agente da CIA aposentado, um bom amigo do seu pai.

Vestia-se como sempre, calça social, camisa de botões e paletó *Tweed* por cima, não tão elegante quanto Richard, mas relativamente bem arrumado. Logan envelhecera, estava mais chato, presunçoso e rabugento. Reclamara da comida, dos jovens e do beisebol, mas suas habilidades eram as mesmas. Se alguém podia encontrar respostas, esse alguém era ele.

– Então, Logan? O que me diz?

– Que eu sempre soube que sua filhinha se meteria em encrenca, vê se pode, esses jovens...

Richard começava a questionar sua própria opinião.

– Não foi isso que eu quis dizer.

– Quer mesmo saber? Sua filha é astuta e tem um gancho de direita perfeito, ela deve estar escondida. Algum amigo deve estar ajudando-a nisso.

– Catherine! Como não pensei nisso?

– Porque você lê Shakespeare ao invés de jornal e assiste a comédias românticas em vez de CSI.

Americanos, pensou Richard.

– Isso é sério, Scofield! A vida da minha filha está em jogo.

– Eu sei, vou achar essa garota. Tenho alguns contatos com a polícia da Califórnia, podem me fornecer detalhes não divulgados e uma autorização para averiguar a movimentação financeira dela. Interrogaremos todas as pessoas que a conheciam.

– Obrigada, Logan, muito obrigado.

Ele não respondeu, como sempre. Logan tinha aquele jeito meio fechado, mas, no fundo – bem lá no fundo mesmo – era uma boa pessoa, além de um homem muito inteligente.

Eles não tardaram a embarcar para Los Angeles, mas as investigações foram mais complexas e demoradas do que o imaginado.

As únicas pistas que Scofield tinha recolhido eram uma alta transação de cinco mil dólares que Evelyn efetuara para uma conta anônima, que mais tarde descobririam pertencer a Benjamin Weiss, e um depoimento de um rapaz chamado Michael Brown.

Não era muito, mas o suficiente para que encontrassem o hacker.

Ben estava sentado de frente para eles. Richard se apresentou formalmente e prometeu não fazer nenhum mal a ele, caso respondesse a suas perguntas.

– Então, você é o pai da Eve?

Ele confirmou.

– Sério que, com um pai milionário, ela continua com aquele carro?

– Pois é, ela recusou meu presente. Mulheres! Se eu as entendesse, escreveria um *best-seller* em vez de me casar pela oitava vez.

– Como me encontraram? – perguntou.

– Você é bem idiota para um hacker, não é, garoto? – questionou Logan. – Qual foi a parte de "eu tenho contatos" que você não entendeu?

– A parte que eles te mandaram para o Peru.

– Ninguém nos mandou para cá, senhor Weiss – replicou Rick Raleigh. – Procuramos todos os que tiveram contato com minha filha recentemente e, como não achamos Catherine, Matthew ou o senhor, resolvemos procurá-los.

– E...

– Fitas de aeroporto, retardado – respondeu Scofield. – Monitoramos as transações da senhorita Stacy também. Ela fez uma retirada grande, supus que para uma viagem. Foi fácil achar seu destino.

– Eu sabia! Isso prova que a teoria da conspiração é verdadeira. Sempre soube que éramos espionados, logo estaremos todos com chips pelo corpo, não é mesmo? Uau, eu tenho que divulgar isso!

– Não, o senhor não vai divulgar nada – rebateu Logan. – Voltemos ao ponto. Daí começamos a suspeitar do envolvimento de Maria Vega também – completou.

– Lima não é muito grande, mesmo assim me acharam bem rápido.

– Alguém precisou fazer compras, trocou dinheiro alto no banco central, isso não acontece todos os dias. Então esse alguém resolveu comprar algumas coisinhas em uma loja não muito típica. As notas tinham sequência, que completava com as que alguém usava em um hotel. Coincidência, não?

– Você conseguiu monitorar minhas notas?

– Rapaz, aqui é o Peru, com dinheiro na mão eles dizem qualquer coisa.

– Agora é a minha vez de perguntar.

Richard Raleigh encarou Ben com seus olhos em chamas.

– Onde está a minha filha?

– Bom... quanto a isso, sabe... é meio... complicado.

– Desembucha, moleque – disse Logan.

Benjamim explicou seu serviço nos últimos dias, como a monitorava e como fez com que eles chegassem até ali.

Checou seu notebook, então que percebeu que eles estavam se deslocando.

Notando que os dois homens ficaram confusos com a história, Ben contou tudo desde o início.

A expressão de Richard agora era feroz.

– Esse ordinário vai pagar!

Raleigh atirou o copo no chão.

– Benjamin, quero que entre em contato com ele.

– O quê?! Com o Cortés? Não, isso é impossível.

– Não para você. Eu quero falar com a minha filha, quero que esse homem saiba que estou atrás dele.

– Não seja criança, Rick – disse Scofield. – Ela é refém deles, você tem que esperar a negociação.

– Como vou negociar com um homem que está atrás de uma história juvenil de mais de quinhentos anos?

Ele não respondeu.

– Você é que sabe, isso é problema seu. – Ele deu meia-volta. – Eu achei seu hacker, não posso fazer muita coisa por aqui, mas vou ficar em Lima, caso precise de ajuda – disse ao sair.

Richard olhou para Ben, que estava recuado em seu canto.

– Faça!

Benjamin pôde notar algumas semelhanças entre ele e Evelyn: não tanto quanto Eve, mas Richard até tinha certa ironia, e ambos eram igualmente teimosos.

Ben revirou suas coisas e entregou um rádio ao lorde.

– Eve pegou esse com um dos capangas de Cortés, pensei que ainda pudesse ser útil. O número deve estar na última ligação.

– Fez bem, garoto.

Ben estava certo. O último contato que aquele rádio havia estabelecido fora com Cortés.

– *Alô?*

– Cortés. – Sua voz era fria. – Solte a minha filha.
– *Raleigh?*
– Solte-a agora!
– *Ei, Bombom, olha quem está na linha: papai!*
– *Meu pai? Não, isso é impossível.*
– Sou eu, Eve!
– *Adoro reunião de família, pena que essa não seja a melhor hora, queridão.*
– Espera, eu quero falar com ela.
– *Pois bem, tem um minuto.*
– Evelyn, eu sei que tenho estado um pouco ausente, mas isso não significa que não me importo com você, e farei de tudo para te resgatar. Não se aflija por uma sombra e não se sinta menor por um nome. Você nasceu destinada à grandeza e, mesmo assim, a teme, acredite em si! Eve, tem bons instintos, precisa confiar neles. Afinal, você também é uma Raleigh, mesmo que ainda não saiba disso, Evelyn Raleigh. Agora, pega eles, querida.
– *Pai...*
– *Belo discurso, fiquei até comovido, queridão.*
– Ah, mais uma coisa: eu vou te pegar, Cortés, farei você pagar por cada crime que cometeu, não só contra a minha filha. Juro que não descansarei até resgatar Eve e os outros reféns.
– *Mesmo? Engraçado, disseram-me isso recentemente.*
– Quem disse isso? Um Raleigh?
– *Talvez.*
– Então se cuide, uma coisa que você deveria saber sobre nossa família: nós sempre cumprimos nossas promessas.

Richard desligou o telefone.

Ben assistiu toda a cena e continuou mudo.

– Venha, rapaz. Preciso de sua ajuda. Pegue suas coisas e vista uma camisa lisa. Temos muito o que fazer.

Capítulo 12

Droga! Quebrei a bússola, ou não...

Que ótimo! Amarrados de novo.

Desta vez com uma agravante: fomos para o paredão, literalmente.

Minha ingenuidade, lá embaixo, me fez pensar que Cortés não fosse tão sádico quanto Richter, mas estava totalmente errada. Por mais que aquela sádica sentisse prazer em mandar, Cortés não só gostava de torturar, mas também de se exibir.

Ou seja, a única razão de ainda estarmos vivos era porque ele queria fazer isso na frente de todos.

Estávamos enfileirados, atados de cabeça baixa em frente a nossos possíveis carrascos. Os assassinos de Cortés riam, exibiam suas armas e pareciam discutir qual deles nos mataria.

Isso é que era tortura psicológica.

Não falamos nada uns com os outros, apesar de estarmos lado a lado. O que poderíamos dizer numa hora dessas? "Então, foi legal te conhecer e até o pós-vida?" Não.

Eu travava um monólogo interno, talvez todos estivessem fazendo o mesmo. Tentava ficar tranquila, fingindo que tinha a situação sob controle, quando não tinha.

Olhava para os lados e pensava em mil maneiras de escapar, mas nenhuma eficiente. Quanto mais os segundos iam passando, mais certeza eu tinha sobre uma iminente e rápida morte.

Então Cortés surgiu.

Havia se trocado, mas nunca o tinha visto tão irritado. Mexia-se muito, verificava o relógio de cinco em cinco minutos e afrouxou a echarpe – eu realmente esperava que ele se enforcasse com ela.

Helga também entrou no meu campo de visão. Seu coque estava desarrumado e seu rosto era o retrato da frustração. Ainda segurava o objeto desconhecido – qualquer hora, pensaria em um nome para ele.

Como eu imaginava, ela ainda não havia conseguido decifrá-lo. Nem eu pensara muito sobre isso, só queria escapar.

Cortés entrou em uma das tendas improvisadas e saiu com um rifle semiautomático. Caminhou em nossa direção e, antes de destravar a arma, disse:

– Últimas palavras? Bombom?

Não tinha o que falar. As palavras do meu pai continuavam a ressoar na minha mente: *Eve, tem bons instintos, precisa confiar neles*. Naquele momento, meus instintos não diziam nada, então me calei. Não sei se isso era confiar nos instintos, mas meu silêncio deu lugar à voz da nossa salvadora.

– Alguém? – repetiu ele.

– Você é um idiota – respondeu Cat, com uma naturalidade não condizente com a nossa situação atual.

– É mesmo, loirinha? – debochou ele.

– É.

– Não sou eu quem está desperdiçando minhas últimas palavras com algo tão infantil e tosco.

– E não sou eu quem está prestes a disparar um tiro contra a única pessoa capaz de encontrar *El Dorado* – rebateu.

Cortés a olhou intrigado. Talvez esperasse ter essa discussão comigo, e não com Cat.

– Mesmo, é? Acha que eu não posso contratar gente melhor que sua amiga ou mesmo que a inútil da Helga?

– Inútil?!

– Calada!

Cortés não engrossou a voz, mesmo assim amedrontou Helga com apenas uma palavra. Ela sabia o que aquele homem era capaz de fazer, talvez coisas que eu nem imaginasse até então.

– Mais alguma coisa a declarar? Pois acho que será a primeira. Você é muito irritante, loirinha.

– Não. Vá em frente. Mate-me, e Eve jamais te ajudará!

– Qual foi a parte de eu não precisar dela que você não entendeu?

– Não entendo como você não precisa da pessoa que encontrou essa coisa bizarra e está disposta a tudo para encontrar o tesouro.

A psicologia inversa de Cat estava dando certo. Cortés ficou pensativo por um tempo, considerando realmente a hipótese de que eu ainda era útil.

Fitei as pessoas que estavam ao meu lado. Antes cabisbaixos, agora estavam esperançosos de que Cat conseguiria convencer Guilhermo a poupar nossas vidas.

– Cortés, você sabe que ela é a única pessoa que pode encontrar a cidade do ouro!

A segurança com que ela disse isso até me convenceu de que eu realmente fosse a única capaz de realizar esse feito. Cortés teve a mesma sensação.

– Vocês mantinham contato com outras pessoas, lembra?

– Não fomos nós que ligamos, o senhor Raleigh nem sequer sabe onde estamos. Já você, nos encurralou primeiro.

– Loirinha, vamos supor que eu soltasse a Bombom, coisa que não penso em fazer, o que me garante que eu não seria traído?

– Além de quatro reféns? Bom, se Eve matou um terço do seu exército em uma invasão, acha mesmo que conseguiria mantê-la trancada em uma tenda a noite toda se ela não quisesse?

– Então por que ela não escapou?

– Porque todos nós estamos no mesmo time.

– Mate-a, Guilhermo, não confie nelas!

– Chega, Helga! Saia da minha frente, A-GO-RA!

Antes que ela saísse, Cortés voltou a chamá-la.

– Aonde pensa que vai com isso?

Ela deu meia-volta e entregou minha descoberta a Cortés.

– Alguém os desamarre e dê a eles o que comer. Você tem uma hora para descobrir como isso funciona, Bombom. Se eu fosse você, não demoraria muito.

– O diário! – eu disse.

Todos me olharam como se eu fosse louca, sem entender o que eu queria dizer.

– Eve, você pode até encontrar coisas bem comprometedoras no diário do Cortés, mas não vai conseguir chantageá-lo com isso se não sairmos vivos daqui – argumentou Cat.

– Não me refiro ao diário dele, mas ao que a minha mãe encontrou. Lembra? Você disse que achou um diário que citava o "mapa".

– Sim, mas como isso vai nos ajudar?

– Parece louco, mas, para decifrá-lo, precisamos entendê-lo. Aposto que nele estão contidas muitas informações sobre aquela bússola.

– Infelizmente, não, Eve. Passei noites acordada lendo aquele diário, mas ele nem sequer falava que isso era mesmo uma bússola.

– Mesmo assim, podemos averiguar – apoiou Cat. – O que temos a perder?

– Tempo? – O idiota do Matt não perdia mesmo a oportunidade de ficar calado.

Tive de fuzilá-lo com os olhos.

– Poderíamos até investigá-lo, mas ele estava na minha mochila, e ela desapareceu desde a invasão de Cortés.

– Então deve estar com ele – sugeriu Matt.

– Não, não está.

Todos os olhos se voltaram para Jason.

– Bom, no meio da invasão, eu meio que... – Ele estava sem graça. – Olha, Maria, isso não foi um roubo. Eu pretendia devolver, juro.

– Tudo bem, Jason.

– Então você tem o diário? – perguntei.

– Tecnicamente, sim.

– O que você quer dizer com tecnicamente? – perguntou Cat.

– Eu estou com o diário, ele só não está comigo exatamente agora, entende?

– Jason – disse eu –, por favor, por favor mesmo, diz que sabe onde o colocou.

– Eu sei onde o coloquei.

– Que bom – suspirou Cat.

– Dentro da mochila e atirei no meio da floresta.

– Você o quê?! – Não acreditava.

– Sabe como é, meu espanhol é horrível, aquele diário era arcaico, eu não entendi nada, nem mesmo as gravuras, então joguei fora.

– Jason, está me dizendo que jogou parte da minha pesquisa no lixo porque não entendeu?

Minha mãe deve ter usado toda a sua sabedoria e paciência adquiridos nos seus anos de ioga para controlar o tom de voz.

– Podemos procurá-lo – sugeriu Cat.

– Sabe quais as chances de encontrá-lo? – perguntou Matt.

– Tem ideia melhor, sabidinho?

– Vamos procurar a droga do diário. – Matt sempre gostava de dar a última palavra.

Cortés definitivamente não confiava na gente. Quando contamos sobre o diário, ficou ainda mais suspeitoso, não aprovou o fato de minha mãe omiti-lo. Sendo assim, organizou sua própria equipe de busca, guiada por Jason, enquanto Helga e mais uns dez homens ficaram no acampamento supervisionando tudo.

Fiquei analisando melhor a bússola enquanto a equipe procurava pelo objeto. Minha mãe havia desistido da tarefa após um longo tempo, já estava com dor de cabeça. A equipe de busca estava demorando, já tinha saído havia uma hora. Talvez o diário estivesse destruído ou, na melhor das hipóteses, Jason estava tão bêbado quando se livrou dele que nem se lembra de onde fez isso.

A minha teoria número dois se confirmou quando a equipe retornou poucos minutos depois. Jason na frente, apoiado em Ian, de tão bêbado que estava. Cat, ao ver a cena, foi ao encontro deles e arrancou a garrafa térmica da mão de Jason.

– Qual foi, Cat? Dê-me isso.

– Não! Chega dessa droga de agora em diante.

Ela caminhou na minha direção a duros passos, não esperava que tivesse tanta atitude. Contudo, o que mais me impressionou foi a reação de Jason, que não fez nada. Não ousou questionar a "ordem" de Cat.

– Ele fica um idiota quando bebe – comentei.

– Idiota é elogio, *Sweetie*, eles pareciam duas hienas histéricas.

Cat abriu a garrafa.

– Você não deveria dar o exemplo?

– Não quando preciso de um pouco de álcool.

Ela levou a garrafa aos lábios e seu rosto foi tomado por uma estranha sensação de surpresa.

– O que foi? Vodca? Tequila?

– Não, prove. É água!

– Quê?!

Eu mesma peguei a garrafa e averiguei. Era mesmo água!

– Desta vez o Jason não está bêbado.

Eu assenti.

– Estranho, por que ele está fingindo dessa maneira?

Cat e eu trocamos olhares à espera de que alguém respondesse à pergunta.

O grupo já estava praticamente se dissipando pelo acampamento quando Cortés entrou com o diário na mão. Aproximei-me dele, mas, antes que eu pudesse pegar o diário, Helga me deu um empurrão com o ombro.

– Eu fico com isso!

Cortés lhe entregou de bom grado e ignorou a minha presença.

– Quando não conseguir decifrá-lo, sabe que eu farei, não sabe?

Ela não respondeu, apenas me fuzilou com o olhar.

– Ela tem um ego forte, Bombom.

– Jura? Sabe que eu nem percebi.

– Bombom, eu também te acho mais competente do que ela, sua hora vai chegar. Por que não brinca com seu brinquedinho enquanto isso? – sugeriu, referindo-se à bússola, deu meia-volta e saiu.

Voltei a analisar o objeto mais detalhadamente. A agulha continuava a se mexer sem direção, parecia totalmente cercada por um polo magnético, como se o objeto que a envolvesse não fosse para protegê-la, mas para confundir.

Foi quando encontrei algo. Na parte inferior, havia duas cavidades redondas e irregulares. Já vira aqueles encaixes antes...

– Achei uma coisa!

Todos correram para onde eu estava.

– Olha só, nem precisou do diário para descobrir como essa coisa funciona. E então, Bombom?

– Não tenho certeza ainda. Preciso das chaves.

– Isso foi uma piada? Helga está certa, Bombom. Acha que vou entregá-las a você?

– Deveria! Eve foi a única pessoa que desvendou tudo até agora.

– Mesmo, loirinha? E como posso confiar nela?

– Tirando o fato de que ela não é como você ou sua corja? Quer mesmo que eu repita todo o meu discurso de hoje cedo?

– Calada!

– Vamos ver quem vai se calar no final.

– Está me desafiando?

– Não! Ela não está – interveio Matt. – Não é mesmo, Cat?

– Vamos, Cortés, não leve isso em conta. – Agora foi a vez de Jason. – Estresse, a pobrezinha está há muito tempo nesta floresta, precisa de uma água, não é, Cat? Vamos!

E Jason saiu arrastando-a.

– Cortés, vejo em minha filha uma genialidade que nunca vi em ninguém mais. Eve é esperta, tem boa percepção e ótimos instintos. Pode parecer estranho que ela peça as chaves, mas, por certo, tem um bom motivo para isso, estou certa, Eve?

– Cortés, acho que sei como fazer a bússola funcionar. Se me entregar as chaves, posso te provar isso.

– Muito bem, Bombom. Mostre-me!

Ele tirou os dois colares do pescoço e os colocou em minhas mãos. Virei o objeto e encaixei ambas as chaves, uma em cada cavidade. Depois girei-as em sentido oposto.

Crack.

Ao escutarem esse barulho discreto, todos ficaram à espreita, esperando para ver o que aconteceria.

Assim como eu, eles esperavam que a bússola fosse funcionar, e não se desprender da cruz andina. Agora o centro da cruz estava oco como uma cuia, e a bússola que eu segurava, parada.

Ian segurou-me pelo braço com força e fitou o objeto. Ao perceber seu estado, esbofeteou meu rosto.

– Não toque nela!

Matt partiu em minha defesa, segurando Ian pela gola e socando-lhe o nariz. Ian tombou para trás e foi escorado por seus capangas, enquanto meu protetor foi arremessado ao solo.

Então os dois o ergueram e o seguraram pelo braço brutalmente. Ian, com o nariz todo ensanguentado, aplicou-lhe socos na barriga. Meu amigo resistiu a princípio, contraindo o abdômen, mas depois cedeu.

Levantei-me do chão, mas também me seguraram antes que eu me atrevesse a ajudá-lo.

Matt cerrava os dentes, evitando gritar de dor, e procurava os olhos de Ian para encará-los com igual ferocidade. Nunca esperei essa reação tão valente do meu amigo.

– Não! Pare!

– Chega! O que está havendo?

– Ela quebrou a bússola!

Cortés recolheu os objetos. Ao pegar a bússola, sua raiva começou a transparecer.

– Prendam todos!

– Não, Cortés. Você viu o que houve. Eve descobriu parte do enigma, não pode puni-la por isso! Por favor, dê-me uma chance, posso fazê-lo funcionar.

– Muito bem, Maria. Pegue o diário e prove que não perdi tempo te sequestrando. O resto eu quero preso, separados e nada de comida ou água. Andem, seus palermas!

Sério mesmo. Aquele Cortés era completamente louco e paranoico!

Deram-me uma pancada na cabeça antes de me amarrar de novo e, ainda por cima, estava cheia de sede.

– Eve?

Minha mãe estava me chamando?

Olhei para o lado e a vi.

– O quê? Como? O que está fazendo aqui? E os outros?

– Cat está com o Matt, ele não se machucou. Jason está cuidando do nariz daquele traste. – Sua voz tinha certo tom de amargura quando se referia a Ian, preferia termos como "traste", em vez do seu nome.

– Ele vai ficar bem melhor depois dessa "plástica". – Consegui arrancar-lhe um sorriso.

– *Hija*, escuta, não tenho muito tempo, você é a prioridade do Cortés, os guardas não demorarão a trocar de turno. Preciso entender o que houve, Eve.

– Bom, a princípio, a agulha girava como se não houvesse campo magnético, ou melhor, deve ser por isso que ela parou! Pensa, havia duas entradas para as chaves embaixo da cruz, a bússola tinha que se desprender dela. Aparentemente, a cruz andina é que tinha o magnetismo que atraía a agulha.

– Claro, tudo para dificultar um pouco mais. E por que a bússola não funciona?

– Você não é especialista em povos ameríndios?

– Sou professora de Artes, mas não é hora para a ironia, Eve.

– *Tá*, tudo bem. Não acho que esteja quebrada, mas desmagnetizada.

– Uma bússola desmagnetizada?! Eve, eu sei que você é inteligente, mas lembra do que conversamos sobre se dedicar mais a Física?

– Não se trata das leis da Física! Depois do que vi, isso não me surpreende mais. É estranho, eu sei, mas todo esse lugar é meio mítico, sabe?

– Parece estar no limite entre o real e o imaginário.

– Exatamente. Há algo aqui que ainda não entendemos. A única coisa que sei é que precisamos fazer isso funcionar. O que o diário diz?

– Eve, eu li esse diário mil vezes...

– Impossível, tem que ter alguma pista nele. Pensa, mãe, algum detalhe pequeno para o qual não deu importância...

Ela ficou séria e desesperada. Então sua face pareceu se iluminar e, em um suspiro, ela falou:

– Tem uma coisa...

– E o que é?

– Claro, como fui tola, Eve! O diário diz que o mapa é uma criação tanto espanhola quanto inca.

– Tecnologia espanhola e magia incaica.

– Exatamente, um sacerdote inca enfeitiçou o "mapa" no berço do seu povo e foi banhado na "fonte da juventude".

– Fonte da juventude?!

– Não como você está pensando. Segundo a história e a lenda, o berço da civilização inca está na *Isla del Sol*, localizada no Lago Titicaca, que até hoje é um lugar sagrado para eles. Existe uma fonte com três dos princípios incas lá, a "fonte da juventude".

– Quer dizer que, se eu beber a água...

– Não se empolgue. É só de nome mesmo, é um lugar turístico, onde milhares de pessoas beberam dela, após filtrada, e posso garantir que morreram mesmo assim, talvez até mais rápido. Mas...

– Mas acha que pode haver propriedades mágicas para ativar a bússola?

– É uma teoria. Se tivesse lido esse diário, teria pensado a mesma coisa, mas provavelmente sozinha e mais rápido.

– É, talvez. – Dei os ombros.

– Ouço vozes, alguém vem vindo. Tenho que ir ou vão achar que isso é uma fuga.

– Com certeza, vão. Cortés é muito paranoico. E boa sorte, mas precisa de muita para convencer Cortés a ir até a Bolívia para testar uma teoria maluca de uma historiadora que caiu em seu conceito. Se bem que ele ainda leva em conta a opinião da inútil da Richter... Vai lá.

Pois é, minha mãe veio tão decidida a resolver esse enigma que fiquei sem água. Ela simplesmente saiu segundos antes de a vigia chegar.

Agora o jeito era esperar...

Capítulo 13

Decidimos cruzar o Lago Titicaca em busca da "fonte da juventude"

JURO QUE PENSEI TER ACABADO COM A METADE DE UM PEQUENO exército, então percebi que aquele "pequeno" exército não passava de um grupinho.

Partimos de manhã bem cedo. Quando acordamos, parte do grupo havia se dissipado pela madrugada, restando apenas uns poucos encarregados da segurança. Descemos o morro pelo outro lado, nos organizamos no *Jeep J8*, *Land Rover Defender* e no *J8 Cargo Carrier*, uma espécie de *Jeep* ambulância.

Então chegamos ao covil do inimigo e eu voltei a me surpreender.

A corja de Cortés havia se multiplicado da noite para o dia. Do nada, surgiram pelo menos mais uns vinte homens para completar seu exército. Aparentemente, Cortés não precisou da equipe toda para invadir o acampamento, deixou metade fazendo guarda.

Até então, eu não tinha percebido que o J8 era do modelo BPV, desses com uma metralhadora embutida, e ainda havia outro no local. Além daqueles dois jipes, do *Land Rover*

Defender e do *J8 Carrier*, Cortés ainda possuía um *Uro-TT Vamtac MS-3* e dois caminhões militares *Agrale Marruá*.

Os homens se mexiam, corriam de um lado para o outro com caixas, estavam desfazendo a base. Então fitei uma destas que ainda não estava lacrada.

– Ferrou – soltei, sem querer, para um riso de Guilhermo.

– Surpreendente, não é mesmo, Bombom? Todos itens de colecionador. – Sorriu ao mostrar uma daquelas.

– Hobbie interessante...

Digamos que a "coleção" de Cortés era tão incomum quanto a sua própria figura. Quero dizer, meu pai até tinha um belo arsenal de colecionador em sua mansão, mas ficava em casa. Além disso, não tínhamos modelos repetidos, e nossas armas mais modernas eram da Segunda Guerra Mundial.

Mas aquele arsenal não era assim. Havia dezenas de pistolas, fuzis, metralhadoras, meia dúzia de bazucas e caixas de granadas e de munições. Todos de última geração.

Fiquei atônita, olhando para aquilo enquanto Helga comandava a retirada aos berros:

– Vamos, sua cambada de lerdos! Mais rápido! Não tenho a manhã toda!

Mas, pela primeira vez, ela havia feito algo útil, mesmo sem querer. Bom, na verdade, por incrível que pareça, ela foi a responsável por Cortés concordar com essa viagem mais longa.

Vamos esclarecer a história:

Minha mãe contou a ele sobre sua teoria, e ele não deu a mínima. De acordo com Cortés, ele "poderia contratar um bom físico, se o problema da bússola fosse magnetismo. Além disso, se o problema se resolvia com água, por que não molhar ela? Água-benta não servia? Ou talvez vodca?". Santa ignorância!

A questão é que Helga encontrou, no fundo da bússola, a inscrição de uma palavra: Gênesis – Helga pensou que fosse latim.

Como as pessoas sempre buscam a Bíblia em momentos de desespero, dessa vez não foi diferente. Depois que essa palavra foi encontrada, Helga – acredito que pela primeira vez – e minha mãe resolveram ler todo o primeiro livro do Primeiro Testamento e, obviamente, nada foi encontrado.

Vamos combinar: por mais que a minha mãe fosse genial, ainda era uma professora de Artes curiosa que encontrara um diário, e Helga, apesar da formação em História, não entendia nada de assuntos anteriores ao século XX.

Não vou nem comentar o fato que, além da minha mãe, havia apenas duas pessoas do grupo de arqueólogos: Jason, o médico alcoólatra, e Ian, que sempre se dedicou à força física porque sua cabeça, cuja inteligência nunca foi seu forte, era dura demais para processar alguma coisa.

Por essas razões, concluíram que eu – mesmo sem um diploma – era a pessoa mais apta e a que mais se aproximava de uma arqueóloga e historiadora, então minha opinião foi consultada.

Defendi que Gênesis não era uma referência à Bíblia, mas que deveria significar a palavra em si. Gênesis é uma palavra grega que designa "origem", "nascimento" e "criação" – e eu que pensava que aquelas aulinhas de grego forçadas tinham sido em vão.

Dado o exposto, convencemos Cortés de que deveríamos retornar ao berço da civilização inca em busca das respostas.

Então aqui estamos nós, cruzando o Peru. O ritmo de viagem era acelerado, pois, depois de dois dias de excursão, já não se via mais a mata fechada, e sim o deserto seco à nossa frente.

A água se tornara mais escassa, o nosso suplemento nunca foi muito e era difícil de reabastecer durante o caminho. Por isso, tivemos de racionar.

– Está fazendo de novo – disse Cat ao meu lado no caminhão distraidamente.

Ela tinha sua câmera de volta, mas os dias que se seguiram foram tão monótonos que ela estava desligada. De vez em quando, ela se lamentava por não ter filmado o momento em que separei a bússola da cruz andina.

– Eu? Fazendo o quê?

– Sua cara de blefe, você é especialista nisso. Deveria jogar cartas.

Olhei para ela confusa, realmente não tinha assimilado a analogia. Tadinha, essa loucura deve tê-la surtado de vez.

– Sabe, você parece calma, tranquila, porém sua expressão é totalmente enigmática. Pode estar se concentrando na elaboração de mil planos de fuga ou simplesmente estar distraída com a paisagem, não tem como saber o que você está pensando, a não ser que abra a boca. Você é totalmente indecifrável!

– Bom, a maioria das pessoas costuma dizer que eu tenho cara de encrenqueira mesmo – disse, dando os ombros.

Dei um leve sorriso e ela retribuiu.

– É exatamente isso que estou dizendo, você anda tão séria, ultimamente, que não pensei que fosse fazer uma piada, mesmo esta sendo muito ruim. E olha que eu te conheço há anos. Não é à toa que todos se sintam ameaçados ou que não confiem em você.

– Ameaçados? Cat, não sou exatamente uma *badass*, nem estou armada e, para completar, agora sou refém. O que tem de ameaçador nisso?

– Sua *poker face*. Já se viu em ação alguma vez? Você está em péssimas condições, do nada, ergue a cabeça, juro que por um segundo seus olhos parecem mais verdes, você dá um sorriso de lado, então reage inesperadamente fazendo coisas extraordinárias!

Tive de rir com um comentário desses. Sério, às vezes, Cat me descrevia como se eu fosse uma super-heroína de quadrinhos sem as roupas excêntricas. Meus olhos focaram no caminho que vínhamos atravessando, fugir era quase impossível.

– Hoje, não – respondi, aconcheguei-me mais na parede do caminhão e relaxei o corpo.

– Tá vendo? Eu disse, você está armando algo.

– Cat, o Sol está cozinhando seu cérebro – disse Matt, inesperadamente, no meio de um bocejo.

– Ela vai nos tirar dessa, você vai ver!

– Por enquanto, a única coisa que vocês estão fazendo é me tirando o sono – replicou Matt.

– Como consegue dormir às três da tarde?

– Como vocês conseguem discutir numa hora dessas? – desta vez fui eu que falei.

Bom, então esses últimos dias se seguiram dessa forma: quentes, demorados, tranquilos, e não discutimos nada senão essas conversas de bêbado que ninguém entende. A falsa calmaria abrandava um pouco os ânimos, mas por dentro não pensávamos em nada senão a escapatória.

A região por onde andávamos não era muito povoada, mas, de vez em quando, passamos próximo a cidadezinhas. Os veículos realmente chamavam a atenção.

Já passava da manhã quando chegamos à Bolívia. Paramos em um porto local onde Cortés fretara o transporte. Como estava sendo cauteloso, Cortés escolheu um porto desativado, apesar de isso tornar a travessia mais distante, evitaria que passássemos por algum local público.

Quando descemos do caminhão, Matt quase perdeu o equilíbrio, sorte que eu o segurei. Visualizei seu rosto, seu olho estava roxo.

– Sua namorada te mataria se te visse assim, principalmente, depois de você embarcar para a América do Sul sem avisar.

– Quem disse que não avisei?

– Avisou?

– Não exatamente, não conversamos muito, eu estava estressado por causa da nossa briga e....

– E...

– Decidimos dar um tempo.

– Então você não está mais namorando? – falei um pouco empolgada demais.

– Sinceramente, depois das atrocidades que ela falou, nunca mais quero vê-la.

– E o que ela disse?

Ele hesitou por um momento, então falou.

– Ela não passa de criança esnobe e ignorante, falou um bando de besteira sobre você por ser meio latina, mas jamais será metade da mulher que você é. Você não devia ter dado um soco nela, mas, sim, metido a porrada.

– Eu queria, mas você não deixou – lembrei.

Ele sorriu com o meu comentário, talvez se soubesse os meus motivos, ainda a teria segurado para eu bater, mesmo que isso não fosse necessário. Na ocasião da nossa briga – em que, além ter sido a única a parar na secretaria, ainda quase fui expulsa –, Rachel fez comentários ofensivos e preconceituosos sobre os latinos, dirigindo-os especialmente para mim. Perdi a cabeça completamente e a soquei, infelizmente fui logo detida.

Matt e eu caminhamos em direção aos barcos, que, por sinal, não inspiravam muita confiança.

Eram barcos de Totora, as embarcações mais esquisitas que eu já vira. Eram tipo balsas, grandes, de madeira, sem motor, se locomoviam com remos compridos. Fomos divididos em dois grupos e nos organizamos dentro deles.

Como ainda estávamos na condição de "convidados", pelo menos não tivemos de remar, deixando o trabalho duro para os capachos do Cortés. Nem todos embarcaram, apenas uns dez.

Jason novamente não ficou ao nosso lado, ele estava distante, mas próximo de Ian e Cortés. Nem sequer conversamos nos últimos dias, mesmo assim eu precisava confiar nele.

Meia hora depois, desembarcamos na parte norte da ilha Challapampa, que era a menos explorada turisticamente. Fomos conduzidos por um guia, a caminhada foi longa, pois descemos em um ponto ainda distante.

No fim da tarde, chegamos ao nosso destino, Yumani, a parte sul, e também onde se encontravam as fontes, as quais ficavam logo no início da ilha, então não foi difícil de encontrá-las.

Conseguimos passar por turistas comuns, apesar de a ilha estar quase vazia a esse horário. Parte disso se devia ao fato de os mercenários não estarem carregando os rifles, apenas as pistolas bem escondidas, e também por Cortés ter obrigado Catherine a fingir fazer suas filmagens, apesar de ela realmente ter feito alguns *tapes*.

Esperamos os turistas retornarem para executar a tarefa.

– Está brincando? – perguntou Cortés. – Depois de andar o dia inteiro, ainda vamos subir isso?

Para chegarmos às fontes, teríamos de subir uma enorme e íngreme escadaria pré-colombiana. Em cada lado dela havia uma estátua de nativos incaicas; na esquerda, um homem, e na direita, uma mulher.

Começamos a subir e o guia não parava de falar.

– Cala a boca! – interrompeu Helga, estressada após um dia de caminhada.

– O que ele estava dizendo, Eve? – perguntou Cat.

– Estava contando uma lenda sobre a origem dos incas. Veja – disse, apontando para as estátuas –, aquele é Manco Capac e a outra é a sua irmã e esposa, Mama Ocllo.

– Ele se casou com a irmã? – Matt se virou inesperadamente.

– Por que a surpresa? – perguntei.

– Porque o cara se casou com a irmã.

– Matt, isso é mitologia. Essas coisas eram normais, sabe, Zeus e Hera ou Osíris e Isis.

– Édipo transou com a mãe – falou Cat.

– É, isso também.

Como sempre, o puritano do Matt sendo puritano, acho que só não começou a discutir os problemas genéticos que isso acarretaria porque estava muito cansado para falar.

– Então, o que aconteceu? – perguntou Cat, retornando ao assunto.

– Ah, sim. Existem várias versões dessa história, mas basicamente eles eram filhos de Inti, o deus Sol, e foram enviados à Terra, emergindo de uma caverna ou lago, sei lá. Inti entregou uma lança de ouro ao seu filho, como aquela da estátua, e disse que ele deveria fincá-la em um chão fértil, onde daria início à civilização.

– As bastardas aí de trás podem andar mais rápido?! – gritou a psicopata da Helga para nós.

– Odeio essa mulher – resmunguei e continuei a andar.

Quando chegamos ao fim da escada, conseguimos avistar a fonte. Para a fonte da juventude, eu não esperava que tivesse tanto musgo. Era um paredão de pedras com três buracos, um ao lado do outro, por onde jorrava uma fina corrente de água.

Catherine devia estar morrendo de sede, porque aquela maluca simplesmente disparou igual a um foguete e ultrapassou todos os que estavam na nossa frente em direção à fonte.

– Não!

Os homens ficaram surpresos, depois se encaravam como se perguntassem se deveriam sacar suas armas ou não, mas, por sorte, não o fizeram.

– Espere! Eu sei que sou belo, mas também quero um pouco da juventude.

Cortés correu atrás dela e também começou a beber daquela água. Então eles começaram a implicar um com o outro de novo, ele a empurrando.

– Meu senhor, essa água não confere juventude, é só mito.

– Cat – disse Matt –, tira a boca daí logo, essa água não é potável! Bebendo isso, só vai encurtar sua vida.

Cat e Cortés se afastaram no ato, cuspindo a água. Estava explicado por que chamavam de fonte da juventude.

– Agora que você avisa, Matt?

Todos estavam espalhados pelo local. Matt cuidava de Cat, que ficou nauseada após beber daquela água. Cortés não ficou tão mal, estava de pé conversando com Ian e Helga.

Aproximei-me da fonte. Não havia nada de especial nela. Será que aquelas águas realmente poderiam magnetizar a bússola?

– *Ama K'ella. Ama Llulla. Ama Sua.*

– Quê? – minha mãe soltou essa, me trazendo de volta à realidade.

– Três máximas incas: não seja preguiçoso, não seja mentiroso e não seja ladrão.

– Três jorros, um para cada uma.

– Muito bem.

– Acha mesmo que isso vai funcionar? Sabe... magnetizar a agulha?

– Tem que funcionar, Eve. Você retirou a bússola e descobriu que a agulha estava desmagnetizada, a palavra "origem" surgiu dentro da cruz, não pode ser coincidência.

– Eu sei, tudo comprova a nossa teoria, mas é que isso é tão surreal e, ao mesmo tempo, tão verossímil que a ficha ainda não caiu.

– Escuta – ela pôs a mão em meu ombro –, trabalho com isso há anos e nunca encontrei algo tão místico quanto o que achamos nessas últimas semanas. Pode parecer loucura, mas não deixa de ser real. Pode achar que seus instintos são sua fraqueza, mas eles são fortes. Precisa confiar neles.

– Chega de conversa! Não estamos aqui para isso.

Olhamos para Ian simultaneamente, ele me dava nojo.

– Ele está certo, Bombom. – Cortés caminhou na minha direção com a bússola na mão e um sorriso maléfico. – Faça-a funcionar.

Quando minhas mãos envolveram a bússola, senti um arrepio com um choque de insegurança. Mesmo assim, virei-me para a fonte. Refleti por segundos sobre as três máximas, havia quebrado pelo menos duas delas.

Todos me olhavam quietos e apreensivos. Estendi a mão, pondo a bússola embaixo do primeiro jorro, e senti uma vibração estranha. Essa era a regra que eu não havia quebrado, mas as outras... Eu não tinha escolha a não ser repetir o processo.

Olhei para a agulha, ela se mexia devagar em um vai e volta, como um pêndulo. No segundo jorro, senti a mesma vibração, e o mostrador ficou mais rápido. Hora da verdade.

Quando chegou ao terceiro, a vibração foi igualmente intensa, porém seguida de um brilho dourado discreto iluminando a bússola por alguns segundos.

Quando olhei a agulha, respirei mais aliviada, ela estava funcionando.

– Muito bem, Bombom. Surpreendente.

Quando Cortés pegou a bússola da minha mão, já estava pensando em gritar "corram", esperava que ele estendesse a mão e mandasse seus homens nos alvejar. No entanto, o que ele fez me surpreendeu ainda mais.

– O quê?

– Faça-o funcionar também – disse ainda estendendo a cruz no ar.

– Sinto muito, isso é impossível.

– Impossível? Bombom, para você, algo impossível é só algo que não queira.

– Já tem a bússola, o que mais você quer?!

– Não seja hipócrita, Eve – disse Ian. – Você sabe que isso não foi colocado aí à toa.

– Sei bem, vocês todos viram! Era isso que provocava a "confusão" na agulha da bússola!

– Mentirosa! Essa bastardinha está escondendo algo, Cortés! – berrou Helga.

– Não, ela não está! Temos a bússola, podemos ir! – disse Cat.

– Fica quieta!

Cortés sacou uma arma na direção de Cat. Ela ficou acuada, mesmo minha mãe ficou sem reação. Quando Matt tentou correr para seu lado, Jason o segurou pela camisa.

– Você não quer que sua amiguinha morra, quer, Bombom?

Agi automaticamente e recolhi a cruz. Repeti todo o processo que eu fizera com a bússola sem obter resultado algum. No fundo, eu sabia que não era assim que funcionava. Escutei histórias daquela ilha por meio daquele guia o dia inteiro, sabia muito bem que aquela fonte não era a única coisa "mística" por ali.

– Não funcionou.

– Que pena, Bombom. Eu esperava mais de você...

Ele destravou a arma.

– Por favor, não!

Cortés olhou para mim, havia um sorriso vitorioso em seus lábios ao ver meu desespero.

– Implorando pela vida dela, interessante... – ele disse jocosamente, mas, por fim, abaixou a arma. – Tudo bem, não vou atirar na sua amiga, pelo menos não hoje.

Ele se virou e caminhou dois passos para trás. Quando respirei mais aliviada, ele se virou e disparou. Sua face exibia um sorriso maléfico, mostrando que a vida de qualquer um de nós era algo banal.

– O que você fez?! – gritei e lágrimas brotaram dos meus olhos.

Eu queria partir para cima dele, queria matá-lo agora mais do que nunca. Eu nunca, jamais, em hipótese alguma, teria misericórdia daquele boçal depois do que ele fizera.

– Eu disse que não mataria sua amiga, mas não prometi que pouparia sua mãe, Bombom.

Tive de lutar contra a minha raiva para não colocar mais coisas a perder. Cortés sabia de três fraquezas minhas ali e mostrou que não hesitaria em usá-las em seu favor.

– Mãe!!!

Corri em direção ao corpo da minha mãe, agora caído ao chão. Inclinei-me ao lado dela, segurando a cabeça.

– Eve... – disse ela com lágrimas nos olhos.

Trazia na face uma mistura de surpresa e espanto, e sua respiração ficou ofegante. Peguei sua mão que jazia sobre seu peito, e estava coberta de sangue.

Capítulo 14

O ritual de sacrifício mostrou mais do que deveria

Cat costumava me arrastar para umas baladas, de vez em quando. Geralmente, na segunda dose, ela já ficava completamente bêbada, mesmo assim nunca tive de bancar sua enfermeira até aquela noite.

— Isso, põe para fora.

— Eve, você não precisa ver isso. Argh!

Ela abaixou de novo, aquela água a deixou realmente enjoada. Eu a estava segurando pelo braço e a puxei para cima. Um dos capangas de Cortés nos vigiava, como se fosse possível fugir com a minha amiga colocando seu estômago para fora e largar minha mãe baleada ali.

— Levanta a cabeça.

— Nunca mais bebo água coberta de musgo...

— Aprovo totalmente essa ideia.

Joguei seu braço sobre meu ombro e a conduzi para o caminho de volta lentamente. Cortés recebeu uma "encomenda" e arrumou o acampamento embaixo, pouco mais afastado da escadaria, de forma que partíssemos de manhã cedo sem chamarmos a atenção.

Olhei para o lado e meus olhos se perderam na vastidão do Titicaca. Veio-me apenas um pensamento: fugir, salvar a todos nós. Observei melhor a praia, estava totalmente deserta, exceto por um barco pequeno movido por um motor.

Conforme nos aproximávamos, o grandão foi se afastando. Ao chegar à tenda improvisada, Cat sentou-se no chão mesmo enquanto eu corri para ver como estava minha progenitora. Estava desacordada e com a respiração ofegante, precisou de uma máscara de ar. Sua camisa estava manchada de sangue, tal como as várias gazes espalhadas próximo a ela. Jason, que havia prestado os primeiros socorros, não estava mais ali.

– Matt, como ela está?

– Eve...

– Por favor, Matt, seja sincero. Eu preciso saber o estado dela.

Ele puxou para que eu visse o ferimento.

– Desculpe, acho que preciso... – Cat saiu correndo.

– A bala está alojada em seu seio direito, acertou o pulmão. Sua mãe já estava muito fraca, talvez anêmica, agora que perdeu sangue, seu estado piorou... E ainda está com hemorragia interna, a cada segundo fica mais difícil de respirar. Eve, ela precisa de um hospital urgente.

Era difícil demais vê-la daquele jeito, lágrimas voltaram a correr pelas minhas bochechas. Olhei para Matt, que as enxugou, o tom de pesar era desesperançoso.

– Eu sinto muito – disse ele.

Matt se largou na cadeira, claramente estressado. Eu me aproximei e comecei a acariciar seus cabelos. Sua postura foi relaxando, sua respiração era mais leve, mas tive a impressão de que sua pulsação ficou mais forte, além de os pelos do braço ficarem arrepiados.

– Matt, preciso que me prometa algo – disse.

– Chegando assim, toda meiga, é porque está querendo alguma coisa. – Sua voz mudou no mesmo instante.

Ele se levantou, ajeitando o corpo na cadeira, e seu rosto ficou sério.

– O que você quer?

– Que tire a minha mãe daqui em segurança.

– E-ve-lyn...

– Matt, se não a tirarmos daqui, ela vai morrer!

– Nós vamos morrer se tentarmos fugir! Isso é uma ilha e estamos cercados por homens armados! – depois desse desabafo, ele conseguiu retornar à voz normal, apesar de um pouco severa. – Eu sinto muito por ela, sinto mesmo, mas não há nada que possamos fazer.

– Apenas me escute, está bem? Eu tenho um plano, é complicado...

– Sabe o que é complicado, Evelyn? Você!

Ele se levantou abruptamente e eu o segurei pelo ombro.

– Matt, por favor.

Ele se virou para mim e segurou o meu braço, como se fosse me afastar, ao invés disso, deu um passo em minha direção. Agora estávamos a centímetros um do outro com nossos olhares nivelados. Seu olhar era penetrante, não dissemos uma palavra um ao outro....

– Estou ferrada. Cortés vai me matar! – Cat chegou.

Ela parou subitamente quando presenciou aquela cena.

– Hã... Desculpa, se vocês quiserem um pouco de privacidade, eu posso, sabe...

– Não, Cat! Matt e eu só estávamos conversando, nos desentendemos e...

– Já nos acertamos – ele completou.

– É, deu para perceber – disse Cat ironicamente.

Matt me soltou logo depois desse comentário, ambos estávamos vermelhos.

– Então, o que houve, Cat? Por que o Cortés vai te matar?

– Bom, pensei que ele fosse. É que não consegui achar um matinho a tempo e vomitei naqueles sapatos horrorosos dele.

– Você fez um favor a ele, então – repliquei.

Inconsequentemente, minha amiga havia me feito um favor.

– Tudo bem, Eve. Vou tirá-la daqui, mas tenho uma condição – disse Matt.

– Muito bem, eu tenho um plano de fuga: há um barco estacionado na praia, vou distrair todos enquanto vocês o roubam.

– Ficou louca, Evelyn? Isso é suicídio! Além disso, você nem sabe se esse barco funciona.

– Tem que funcionar.

– Eve, você não vai fazer isso...

– Cat, por favor....

– Não! Você não vai fazer isso *sozinha*. Eu vou te ajudar – disse ela.

– Agora vocês duas ficaram loucas, que ótimo! – Matt levantou as mãos em sinal de desistência e me deu as costas.

Eu o ignorei completamente.

– Cat, não quero arriscar sua vida.

– E eu não quero te abandonar!

Droga! Perdi mais uma discussão.

– Tudo bem, nós os distraímos enquanto Matt rouba o barco. Depois você e eu corremos para o norte e os despistamos.

– Eve, é impossível. Sinto muito, mas não tem como eu carregar a sua mãe sozinho com o braço desse jeito.

– Droga! Tinha me esquecido disso.

– Jason pode carregá-la – sugeriu Cat.

– O quê?

– Jason, ele consegue carregá-la enquanto os distraímos.

– Não sei se é uma boa ideia envolvê-lo nisso. Jason tem estado muito distante ultimamente. O que você acha, Matt?

– Não sei se confio nele, mas ele salvou a vida da sua mãe hoje.

– Eve, o Jason é solitário, isso não quer dizer nada. Ele nunca deu nenhum motivo para desconfiarmos dele.

– Ian também não.

– Eve, nem todos os caras são cafajestes como Ian ou mesmo Sean. Jason se parece muito mais com uma versão alcoólica e depressiva do Matt sem o lado chato dele.

– Catherine, isso foi um elogio? – questionou Matt.

– Sei lá. O que estou querendo dizer é que, se não podemos confiar nos amigos, em quem confiaremos? Nós precisamos dele, Eve, o que temos a perder?

Pensei um pouco sobre isso. Jason realmente nunca me deu motivos para desconfiar dele. Na verdade, estava tentando me ajudar até então, cuidando de mim e dos meus amigos, salvando a vida da minha mãe e tentando me alertar sobre o Cortés.

Na verdade, eu estava um pouco magoada por ele estar próximo de Ian e afastado de mim nos últimos dias. Será que estava esperando muito dele?

– Está certo, precisamos falar com ele.

Alguns minutos depois, Jason entrou na tenda para verificar a minha mãe. Contei a ele sobre o plano, e ele estava de acordo.

– Acho que sei como poderemos transportá-los discretamente até o barco.

– Como? – quis saber Jason.

– Cat vai fingir ter uma convulsão no meio do pátio. Jason, você vai resgatá-la e simular uma recuperação, mas Cat não resistirá. Enquanto isso, Matt e eu colocamos minha mãe na última carroça e a cobrimos.

– Eve, desculpa, mas ainda não entendi como esse plano vai funcionar.

– É, ele está cheio de falhas – disse Matt.

– Não está, não, escutem: Jason vai inventar uma história qualquer para Cortés e dirá que a vida dele também está em perigo.

– É, ele me viu passar mal. Pode ser que acredite mesmo nisso.

– Que tipo de história? – perguntou o médico.

– Basicamente, você deve convencê-lo a mandar um grupo de busca procurar alguma erva nativa que fique do outro lado.

– Vou usar a maneira mais científica possível, isso deve confundi-lo.

– E como eu e sua mãe seremos transportados pela carroça?

– Jason, qual é recomendação mais simples quando alguém é envenenado ou está doente?

– Repouso e água.

– Ele vai mandar alguém buscar o segundo.

– Evelyn, seu plano continua com uma falha: o que você três vão fazer depois?

– Eu cuido delas, rapaz. Ah, Eve, pega isso.

Jason tirou um revólver da cintura e o colocou na minha mão.

– Como conseguiu isso?

– Por que acha que estou passando um tempo com aquela corja? Não temos tempo, vou avisar para buscarem mais água. Cat, essa é a sua deixa, vai! Vocês dois, se apressem e vistam isso.

– Cat, só toma cuidado, tudo bem?
– Não se preocupe, Eve, eu vou ficar bem.
– Vai lá, então!

Jason tirou do "kit médico" dois casacos como os que os capangas usavam e bonés. Matt e eu os vestimos por cima da roupa enquanto Cat saía.

– Posso ficar com isso? – Mostrei o binóculo e o bloco de papel e a caneta que ele havia retirado da mochila.

– Claro.

Segurei-o pelo braço antes que ele deixasse a tenda.

– Jason, sei que é pedir muito confiar em mim, mas temos que nos encontrar um pouco mais à frente que o previsto.

– O que você quer dizer?

– Eu tenho um plano, precisa confiar em mim.

Ele assentiu e deixou a tenda.

Peguei o bloco de papel.

– O que está fazendo, Eve?

– Deixando um recadinho para Cortés.

Agimos quando ouvimos a movimentação do lado de fora, enrolamos minha mãe nos lençóis e deixamos a tenda. Estava escuro e ninguém pareceu notar a nossa presença.

Desocupamos a carroça e colocamos minha mãe ali dentro, seguindo o plano. Era pequena, mas cabia os dois. Matt já ia subindo quando o puxei de volta.

– Pegue.

Tirei dos bolsos o revólver e o celular de Ben.

– Não, Eve. Você vai precisar do revólver mais do que eu. E como vai manter contato com a base?

– Bom, se meu plano der certo, não vou precisar da arma, já você tem que eliminar pelo menos um esta noite. Além disso, sem o celular, você vai ficar perdido na Bolívia.

– Evelyn, o que está aprontando?

– Vai por mim, não vai querer saber.

Aquela ideia não o agradava em nada, mas ele pegou os objetos ainda que relutantemente.

– Matt, você prometeu sair daqui em segurança, mas não me disse seus termos.

– É simples: não deixe nada de mal acontecer a você ou a Cat.

Aquilo foi a coisa mais fofa que ele havia me dito até então. Não estava sendo possessivo, mas, sim, preocupado com a nossa segurança. Contudo, o que mais me surpreendeu foi o que ele fez em seguida.

Matt segurou meu braço, aproximou-se, ficando a centímetros do meu rosto. Fiquei sem reação, ele inclinou a cabeça, tocando os lábios delicadamente nos meus. Retribuí o beijo, então sua outra mão foi para minha cintura e as minhas em seus ombros.

Foi um beijo curto, porém terno e doce.

Afastamo-nos e nossos olhares se encontraram. Matt me implorou com seus olhos marejados:

– Por favor, volta para mim.

Eu ainda estava um pouco constrangida com a situação. Era o Matt, eu havia acabado de beijar meu melhor amigo. Nunca pensei que ele tivesse esses sentimentos por mim, eu nem gostava dele dessa maneira, aliás, nem sei por que o beijei! Deve ter sido a emoção do momento.

Olhei para o lado e vi que havia uma espectadora.

– Anda, Eve. Vem vindo dois caras! – disse Catherine.

Ajudei Matt a subir e o cobri. Estávamos com tanta pressa que eles nem se despediram, apesar de todos nós esperarmos que fosse uma despedida temporária.

– Que bom que deu tudo certo contigo, estava preocupada.

– Também fiquei com medo, mas consegui simular direitinho. Helga mandou um cara se livrar do meu corpo, ele me largou no chão, eu bati na cabeça dele com uma pedra, quando ele deu as costas, e consegui pegar isso.

Cat me mostrou uma pistola, um pente de munição e um canivete suíço.

– Muito bem, Catherine, estou surpresa. Ah, isso é seu. – Entreguei-lhe sua mochila com a filmadora dentro.

– Valeu. Para onde estávamos indo, Eve?

– Preciso verificar algo.

Trouxe Cat para o lado da ilha de onde avistei o barco da primeira vez. Espiei pelo binóculo e vi Matt ainda dentro da carroça acertar dois tiros na cabeça daqueles infelizes e pôr minha mãe no barco. Eles deixaram a ilha minutos depois.

– Eles conseguiram. – Fiquei mais aliviada.

– Graças a Deus! O que fazemos agora? E o Jason?

– Combinei que o encontraria mais tarde, vamos seguir viagem.

– Não podemos deixar a ilha sem ele.

– E não vamos, tem mais uma coisinha que tenho que verificar... É melhor nos apressarmos, Cortés logo verá meu recado. Por falar nisso, ali está a nossa carona.

Apontei para uma moto caindo aos pedaços que estava na nossa frente.

– Como achou isso?

– Fiquei atenta durante todo o percurso e percebi que alguém tinha largado essa lata velha ali.

– Isso funciona?

– Descobriremos agora.

Verifiquei o tanque, não havia muita gasolina, mas a ilha também não era muito grande. Subimos na moto e eu usei o canivete suíço para fazer a ligação direta.

– Como fez isso?

– Tenho muitas habilidades. – Dei os ombros.

– E professores sinistros também.

– Os melhores professores são autodidatas. Quer uma carona? – Estendi a mão.

– Você tem licença? – ela estava sendo irônica.

– Claro, está com os capacetes. Agora suba na moto.

Chegamos à parte norte da ilha algumas horas depois e ainda conseguimos nos hospedar em uma pousada simples.

Usamos o dinheiro que Cat pegou na carteira daquele homem para cobrir nossas despesas, não era muito, mas deu para passar a noite, tomar um banho, fazer uma ligação e comer aquele café da manhã caprichado, como há muito tempo não fazíamos.

Deixamos o local logo cedo e seguimos com o meu plano. Não contei muitos detalhes à Catherine.

– Eve, por que acha que o Cortés virá atrás de você? Não que você não seja genial, é só que ele, em tese, já tem tudo o que precisa.

– Nem tudo.

– Você sabe de algo?

– Não tenho certeza, mas acho que consigo fazer aquela cruz andina funcionar.

– Sério?! E como?

– Bom, aí vem a parte complicada...

– O que quer dizer? Sabia que ela não ia funcionar com a água?

– Nunca disse que iria e jamais pensei que fosse. Essa cruz parece um objeto cerimonial, já vi antes...
– Onde?
– Gravuras representativas... Só um instante.

Aproximei-me de uma das barracas da feira que ainda nem estava completamente armada e comprei duas galinhas com o restante do dinheiro.

– Eve, acabamos de tomar café; além disso, acho que podíamos ter comprado macarrão instantâneo em vez disso.
– E quem disse que esse é o nosso almoço?
– Então o que é isso?!
– Cat, lembra que eu disse que tinha visto a cruz em uma gravura? E que ela era um objeto cerimonial? Não era uma prática muito popular entre os incas, mas eles também realizavam sacrifícios.
– Sacrifícios?!
– Não grite. É, sacrifícios. Geralmente, os incas faziam isso para saber se a colheita ia ser boa ou algo assim, mas espero encontrar algo diferente nesse.
– O que você quer dizer?
– Lembra que há dois objetos que levam ao *El Dorado*? – ela assentiu. – Um deles é a bússola, o outro é a cruz andina. Na descrição de Carvajal, ele fala que a cruz "literalmente mostra o caminho", acho que é preciso realizar um sacrifício para ver.
– Por que acha isso?
– Pensa, Cat: achamos uma faca cerimonial bem em cima do altar e temos uma cuia própria para isso. Só pode ser um sinal.
– Então vamos sacrificar duas galinhas e os supostos deuses nos darão a visão do caminho?

– Essa é a intenção.

Ela não fez mais perguntas. Eu deveria estar mesmo desesperada para vir com esse plano.

– Pode parecer louco, mas não têm acontecido muitas coisas normais ultimamente. Só espero que as galinhas bastem – disse.

– Como assim?

– Incas utilizavam tanto sacrifício animal quanto humano, principalmente de crianças, mas não quero matar ninguém para tentar provar uma teoria.

– Que horrível! Nem eu gostaria que você o fizesse... E onde vamos sacrificar as galinhas?

– Aí vem a outra parte da história: tem um lugar aqui perto para fazer isso e, por sinal, já estamos atrasadas. Vamos!

Ainda não tinha amanhecido quando Cat e eu chegamos à entrada do labirinto. Estava totalmente deserto em razão do horário, o próprio Cortés só chegaria uma hora mais tarde.

– Sério mesmo que marcou com ele em um labirinto?

– É, por que não?

– Porque é mais difícil de escapar e você odeia lugares fechados.

– Engano seu, não é completamente fechado, não tem teto e tenho certeza de que posso me orientar em um labirinto melhor do que ele. Além disso, sacrifícios não são feitos em qualquer lugar, certo?

– O que quer dizer com isso?

– Tem uma espécie de altar pronto no final, precisamos fazer isso antes do nascer do Sol. Não sei se precisaríamos mesmo de um altar ou de um específico, mas acho que esse serve.

O ponto de encontro que escrevi na carta era a pedra do sacrifício. Uma mesa de pedra que ficava na parte norte da ilha, com o Lago Titicaca no fundo. Para chegar até ela, tivemos de passar por um magnífico labirinto inca muito bem conservado.

Refiz o caminho à procura de algo, enquanto Cat observava a movimentação com o binóculo. Os mercenários foram chegando e guardando as saídas. Vi Jason em uma delas, mas, como não estava sozinho, não me aproximei.

Voltei até Cat, marcando as saídas com a lã. Ao me ouvir aproximar, ela olhou para trás. Quando percebeu que era eu, sua expressão se aliviou e retribuiu meu sorriso.

– Consegue ver alguma coisa, Cat? – perguntei ao me aproximar.

– Cortés já chegou, está com Ian, Helga e o cara lá que eu acertei.

– Reconhece o rosto dele?

– Não, mas reconheci o hematoma que fiz atrás da cabeça dele.

Tive de rir com o comentário. Cat voltou os olhos no binóculo e continuou.

– Tem algumas coisa sobre a pedra – respondeu, tirando os olhos do binóculo. – E as galinhas não param de piar. Como está o local?

– Deve ter uns sete espalhados, ele não pediu reforços. Quase todas as saídas estão cercadas, o próprio Jason está guardando uma delas.

– Ele está te subestimando, quero dizer, você destruiu aquele acampamento praticamente sozinha, Matt e eu só demos um apoio.

– Só espero que Cortés não tenha nenhuma "carta na manga".

Cortés podia me subestimar, mas eu ainda esperava o pior dele.

– E como vai abordá-lo? – quis saber Cat.

– Eu não vou, você vai!

– Eu?! Como assim? Ficou louca, Eve?

– Não. Escuta, ele não vai atirar em mim, pelo menos não enquanto eu não disser o que ele precisa. Você vai ter uma chance, tem que chegar por trás, entendeu?

– Acho que sim.

– Boa garota! Pega, vai precisar disso.

– O que faço com isso, Eve?

– Coloca na cabeça do Cortés, mas não atira. Se fizer isso, Ian e Helga não terão nada que os impeça de nos matar.

Despi o casaco camuflado que estava usando e entreguei a Cat. Se, quando ela se aproximasse, fosse vista de relance, talvez passasse despercebida.

Cat deu a volta enquanto eu apenas desci o declive. Bem que Cat me avisou sobre as galinhas, elas logo deduraram que eu estava me aproximando.

Assim que me viram, Helga e Ian sacaram as pistolas e miraram em mim. Estendi uma das mãos mostrando que estava desarmada e a outra segurando uma gaiola com duas galinhas.

– Evelyn – o ex-namorado da minha mãe me chamou.

– Para que tanta agressividade? Mande-os abaixar a arma, Guilhermo.

– E por que eu faria isso, Bombom? Você armou aquela fuga em massa. Cadê seus amigos?

De longe, vi Cat se aproximando sorrateiramente. Eu pensava: *Por favor, não faça nada de errado, não tropece, não dispare, não faça barulho. Por favor, só desta vez...*

– Bem longe de você – respondi.

– Não se preocupe, assim que acabarmos com isso, eles se juntarão a você!

– Ai! Que é isso no meu pescocinho?

– Não se mexa, Guilhermo, senão eu atiro!

Cat conseguiu! Colocou a arma na cabeça de Cortés. Ela o segurava pela gola da camisa.

– Solta isso, menininha – disse Helga sem expressão, mirando na direção deles.

– Não mira isso em mim, sua louca. Já é ruim o bastante a loirinha irritante colocar uma arma contra a minha cabeça.

– Fiquem quietos ou eu atiro!

Cat fez um movimento rápido, sorte que não estava mais apontando para a cabeça de Cortés. Nessa última ameaça, ela, sem querer, puxou o gatilho e fez a proeza de acertar a barriga do cara que apedrejara a cabeça.

– Essa garota não *tá* blefando! – falou Ian.

– Foi um acidente, não viu a cara dela quando atirou, seu idiota? – disse Helga, irritada.

– Não estou mesmo! – Cat disparou de novo.

– Cat, põe a arma na cabeça do Cortés, por favor.

– Não, na cabeça, não, por favor.

– Ela não quer te matar, meu senhor, se quisesse, já teria feito.

Helga esticou o braço e mirou o revólver contra mim. Desta vez, eu fiquei com medo. Ela atiraria? Com uma arma na cabeça, Cortés não hesitaria em me matar.

– Abaixa a arma, loirinha!

Eu já estava imaginando Cat abaixando a arma, desistindo da nossa única defesa, quando a última pessoa que eu imaginaria me defendendo intercedeu por mim.

– Não! Você abaixa a sua arma, Helga!

– E por que eu faria isso...?

A expressão de Helga era igualmente surpresa, como a minha, quando viu Ian mirando nela.

– O que está fazendo, seu idiota?!

– Cuidando do que é meu! Cortés me prometeu a garota e, até eu comê-la, você não toca nela!

Apesar de ameaçar Helga para me salvar, a atitude dele me deixou enjoada. Como assim? Eu era posse dele? Ele teria me negociado com Cortés porque tinha uma queda secreta por mim quando namorava a minha mãe?!

Helga obedeceu e abaixou a arma.

– Coloquem as armas no chão, vocês dois! Vamos fazer as coisas do meu jeito. Por enquanto, fiquem quietos e escutem!

A princípio, eles obedeceram e jogaram as armas longe. Aproximei-me de Cat, com certeza eu deveria tê-la ensinado a usar uma arma, pelo menos ela não fez nenhum outro disparo.

Por falar nisso, o cara em que ela atirou estava inconsciente, mas acho que não estava morto.

Contei a todos os detalhes sobre o ritual de sacrifício.

– Vamos fazer assim: eu trouxe duas galinhas, eu vejo primeiro, você vê depois. Entendeu, Guilhermo?

Ele assentiu ainda com a pistola de Cat em sua cabeça. Eu peguei as chaves e a bússola.

O Sol já estava quase nascendo quando iniciei. Eu nunca tinha feito nada assim antes, era incrivelmente bizarro. Confesso que, de início, nem sabia ao certo o que fazer, então arrisquei.

Cortei a cabeça do animal e despejei seu sangue sobre a cuia. Então segurei a cruz andina com as duas mãos e tive a estranha visão.

A sensação era como se meu espírito tivesse se desprendido do meu corpo e atravessado todo o Peru à procura de *El Dorado*. Vi exatamente todo o trajeto em uns cinco segundos, talvez.

Quando voltei a mim, estava meio zonza, mas decidida a não deixar que ninguém mais visse o que vi, então afundei a faca na cuia, partindo-a ao meio.

– Não!

Cortés percebeu o que eu estava fazendo, que era algo importante, mas, quando correu em minha direção, Cat acertou a parte de trás da sua cabeça com a arma.

Eu ainda estava zonza e tombei para a frente com a mão na cabeça. Minha amiga ficou assustada e foi descuidada ao correr na minha direção e soltar a arma sobre o altar.

– Eve, você está bem?

– Ela soltou a arma. Agora! – gritou Ian.

Ian e Helga correram para trás, onde supostamente teriam se livrado de suas armas. O que eu não havia percebido era que mais um havia aparecido.

– Cat, atrás de você!

O cara que ela quase matara já estava atrás dela. Cat, por instinto, pegou a faca cerimonial que estava sobre o altar de pedra e desferiu um golpe no ombro dele.

Seu urro de dor me despertou e, enquanto Cat puxou a arma de volta, eu alcancei a arma e atirei na cabeça dele, espirrando sangue na minha amiga. O homem caiu sobre a mesa de pedra e, quando seu sangue tocou o chão, foi a vez de a minha amiga entrar em transe.

Ela tinha o olhar fixo naquela lâmina ensanguentada. Sua única reação foi a expressão de medo, como se estivesse vendo imagens através da arma cerimonial.

Olhei para a frente e vi Helga e Ian já voltando com suas armas. Segurei o revólver com mais força, agora quase completamente acordada, e puxei Cat para baixo.

– Cat! Você está bem? Cat, acorda!

Eu a sacudi pelos ombros e ela voltou a si, soltando a faca. Estava assustada como se tivesse visto alguma coisa.

– Hã? Ah, estou bem...

– O que houve? O que você viu?

– Eu... – Ela estava assustada e confusa, levou a mão ao rosto como se fosse pensar no que ia dizer. Então olhou para o corpo sobre o altar e depois para a sua mão. – Eve, o que eu fiz? Acho que matei alguém.

– Na verdade, fui eu quem fez, mas não temos tempo para isso. Temos que sair daqui!

Levantei e disparei contra eles. Saí arrastando Cat até o labirinto. Assim que passamos pela entrada, as balas pararam de ricochetear logo atrás, o que me deixou um pouco mais aliviada.

Cat já estava mais ativa e podia correr. A essa altura, Ian e Helga já teriam passado um rádio avisando para que todos ficassem atentos, não podia sair para qualquer lugar.

Como eu imaginara, não demorou muito para surgir um na minha frente, mas o acertei com facilidade. A arma descarregou e eu troquei a munição ainda na corrida.

Ainda me lembrava mais ou menos do caminho que nos levaria ao Jason e consegui alcançá-lo. Quando já estávamos nos aproximando da saída, atirei em mais dois, até que avistei Jason.

– Eve? Cat? O que estão fazendo?

– Meu plano de fuga, lembra?

– Eu sinto muito.

– Sente, mas pelo q...

– Jay!

– Fiquem quietas!

Foi a vez de Jason me dar um soco e roubar a minha arma. Mas, ao invés de ameaçar a mim ou a Cat, ele estendeu a arma enquanto Ian, Helga e mais uns cinco mercenários surgiram.

– Matem todos! – gritou Helga.

– Não, eu as detive. Não são uma ameaça agora!

– Está me dando ordens?

– Já chega! – interveio Ian. – Evelyn é minha, mas a loirinha, faça o que quiser com ela. Você tem uma quedinha por ela, não tem, Jason?

– Não pode estar falando sério que as manterá vivas? Eu dou as ordens por aqui!

– Não, Helga. Cortés é quem manda aqui, caso tenha se esquecido.

– E ele as quer vivas – disse Ian. – É, Catherine é um bom prêmio.

Meu olhar e o de Cat se encontraram. Como Jason poderia ter sido tão baixo e sujo a esse ponto?

Capítulo 15

Guerreiros de tanguinhas coloridas e mulheres maníacas fazendo uma chuva de flecha

MAIS UMA TENTATIVA DE FUGA FRUSTRADA...

Estávamos refazendo praticamente todo o caminho de volta, já havíamos rodado o deserto inteiro e entrávamos na parte amazônica, de onde partimos, porém agora mais adentro do que nunca.

Quando saí à procura de *El Dorado*, imaginei que fosse ser encontrado naquela região de Cuzco, mas, aparentemente, eu estava enganada. A bússola funcionava perfeitamente bem, indicava o caminho como outra qualquer, indicava o Norte.

Cat e eu estávamos amarradas, com as mãos para trás, jogadas no fundo do caminhão, o que era bem desconfortável. Mesmo assim, minha amiga queria quebrar aquele clima pesado.

– Então, não vai me falar nada?
– Deveria?
– Claro, sou sua melhor amiga!
– Refere-se a algum fato específico? – *Não fala Matt, por favor, não fala Matt.*

– Ah, *Sweetie*, nada de mais, sabe? Você... Matt...

Droga! E eu imaginando que fosse fugir do assunto, santa ingenuidade...

– Olha, Cat, não foi minha intenção. Ele me beijou e....

– Você correspondeu!

– Sim, mas eu não queria. Não estou apaixonada por ele.

– Não?! Nem agora?

– Até você? Não, ele é meu amigo e não o quero de outra forma.

– Então por que retribuiu o beijo?

– Sei lá, emoções do momento, eu acho. Não pensei direito, só espero que Matt também não.

– Como assim?

– É estranho, eu sei, mas, quando ele me beijou, parecia que estava apaixonado por mim.

– *Sweetie*, isso é porque ele está.

– Você sabia disso?

– Ai, Eve, sempre distraída, né? Não consegue mesmo ver quando uma pessoa está louca por você!

– Mas eu não sou a única, não é mesmo?

– *Sweetie*, se isso foi uma indireta, presta atenção. Eu sei quando alguém está a fim de mim e, infelizmente, quando não está também. Simplesmente ignoro, sabe? Mas você, não, por mais que alguém dê todos os sinais ou indiretas, não percebe, a menos que esse alguém diga algo do tipo: "gata, eu estou muito na sua".

– Isso tão ruim assim?

– Não, faz muita gente surtar!

– Muita gente? Sou tão atraente assim?

Nosso assunto foi finalizado quando o caminhão parou abruptamente e fomos arremessadas para a frente. Cat ainda fez o favor de cair em cima de mim. Rastejei até a ponta para ver o que acontecera.

Do lado de fora, os carros que faziam a escolta estavam parados, então presenciei a cena mais bizarra do dia.

Sério, se você achava que um índio aparecer seminu, com uma tanguinha colorida, segurando um pedaço de madeira na mão e gritando fosse um clichê de desenho animado, acredite, essas coisas também acontecem na vida real sem que precise contratar um *gogo boy*.

Juro, esse sujeito, que aparentava ser menor de idade, surgiu com mais dois indiozinhos. E o mais louco é que não ficaram intimidados com a presença de armas potentes, partiram para o ataque mesmo assim.

Eles avançaram nos carros e depredaram o vidro todo. Como partiram para o ataque corpo a corpo, Cortés não foi covarde o bastante para mandar fuzilá-los. Mas Helga assumiu o comando e capturou os três.

Estávamos estacionados quando tive de presenciar aquela covardia. Os dois mais novos aparentavam ter, em média, 12 anos, mas isso não impediu que eles apanhassem brutalmente antes de ser amarrados.

O mais velho, que parecia ter 16, apanhou mais que os outros. Um grupo de homens fechou uma rodinha e o colocou no meio, onde ele era empurrado de um lado para o outro. Caía no chão e se erguia no mesmo instante, até avançar contra um deles. Erro fatal.

Dois o seguraram, cada um agarrou um braço, enquanto o que foi agredido o socava incisivamente. Outros dois também se juntaram a ele, chutando o índio. Esse foi o meu limite.

— Ei, vocês, soltem eles!

Consegui chamar a atenção de todos.

– Eve?
– Desculpa, mas não posso aceitar essa covardia, Cat.
– Sempre bancando a heroína.
– Não finja que não ama isso em mim.

Dei um sorriso encorajador, ela retribuiu titubeante. Do outro lado, aquele bando de ordinários parou de agredi-lo.

– Bando de covardes! São tão fracos que precisam formar uma rodinha para agredir crianças?

Eles já demonstravam que ficaram ofendidos com a minha provocação. Um deles reagiu.

– Só diz isso porque o chefe disse para não te matar, sua bastarda!

– Então por que não me desamarra e encara alguém do seu tamanho?

– Evelyn, fica quieta – Jason surgiu. – Eles podem te machucar.

– Não finja que se preocupa comigo.
– Eu me preocupo, não estou mentindo!
– Então por que me traiu?
– Por que você não pode simplesmente confiar em mim? – sussurrou.

– Ei, vocês! O que estão esperando? Ninguém é homem o bastante para me encarar, não? – gritei.

Agora eles vieram na minha direção.

– É, Eve, você chamou a atenção deles. E agora?
– Eu ainda não tinha pensando nisso.
– Ninguém vai brigar! São as ordens do chefe – alertou Jason.
– Está protegendo *essazinha*?
– Não! Estou seguindo ordens e sugiro que façam o mesmo. Amarrem os invasores, eu cuido delas. Dispersar!

Os homens seguiram suas ordens.

– Obrigada, Jay.

Ele assentiu e se virou para mim.

– Você não teria conseguido.

Ele deu as costas e seguiu em frente.

– O Jay salvou o dia.

– Acho que ele salvou mais que isso.

– Acha que não teria conseguido?

– Sinceramente? Não sei. Eu poderia ter morrido, mas a atitude dele também só não nos matou porque agora somos reféns.

– Acho que ele está tentando ajudar, se não, por que estaria em cima do muro?

– Eu não sei, mas... Algo me diz que posso confiar nele, por mais que a razão diga que não.

Viajar mata adentro com carros de grande porte tem um problema: muitas vezes, temos de parar para serrar árvores antes de continuar.

Todos tentavam explorar o máximo dessa parada obrigatória, pois ficar sentado no banco de um carro – não dos mais confortáveis – o dia inteiro poderia se tornar cansativo. Então eles aproveitavam esse intervalo para esticar as pernas, lavar o rosto ou simplesmente fumar cigarros.

Mas eu tinha outras finalidades para essas ocasiões.

– Temos que ir! Cat, consegue nos soltar?

– Como?

– Com o canivete, o que mais você poderia usar?

– *Sweetie*, está no meu bolso da frente, eu não consigo alcançar.

– Encoxe-me, vai.

– Quê?

– Não pergunte, vem.

Catherine chegou em mim por trás. Por mais que nossos corpos estivessem colados, eu ainda não tinha conseguido alcançar seu bolso.

– Vem por cima.

– OK.

Eu me coloquei de joelhos. Catherine se pôs de pé atrás de mim, ainda próxima. Minhas mãos deslizaram sobre o seu short e encontraram um bolso.

– No outro.

Vasculhei o outro bolso de Cat à procura do canivete suíço.

– Eve – ela sussurrou. – Para!

– Peguei!

– Hã, Eve...

– Que foi? Ah.

Cortés estava bem na nossa frente, nos olhando com aquele olhar desconfiado e cenho franzido, mas não disse nada.

Afastamo-nos automaticamente, à medida que Cortés dava as costas.

– Essa foi por pouco.

Eu assenti.

O canivete ainda estava escondido dentro da minha mão. Tentei manuseá-lo e quase me cortei, não era tão simples quanto eu imaginava.

Pensei que esse fosse o maior acontecimento daquele dia, até que uma flecha quase arrancou a minha orelha. Na verdade, foi tão rápido que só percebi que era uma flecha quando esta ficou cravada do outro lado do veículo.

– Cat, abaixe-se!

– Quê? Ah!

Eu joguei meu corpo sobre o dela e uma flecha passou por onde estaria sua cabeça.

– O que vocês duas estão armando? Argh!

Um dos capangas do Cortés, que estava nos vigiando, caiu no chão com uma flecha nas costas.

– O que está acontecendo, Eve? De onde veio isso?

– Não faço ideia. Fique abaixada, Cat!

Então as flechas começaram a voar partindo de todos os lugares possíveis, iniciando uma grande movimentação à nossa volta. Eis que surgem as donas do seu disparo: mulheres indígenas seminuas com o rosto pintado.

– Vocês, para os jipes e metam bala nas árvores! – gritava Helga. – O que o restante está esperando? Armem-se!

– Precisamos de cobertura para alcançar o caminhão, Helga! – gritou Ian.

– Pelotão B, cobertura! Repetindo: cobertura!

Os disparos ficaram mais intensos de ambos os lados. As mulheres não estavam apenas sobre as árvores, mas também entre elas. Elas saíam aos montes.

– Richter, o que eu faço? Vamos morrer! – Cortés se desesperou.

– Vocês dois! Escoltem-no até o *Land Rover*, já!

Por mais que o ataque fosse relativamente ruim, nos daria a oportunidade de fuga. Pela primeira vez, eu não era a "convidada VIP" sob vigilância máxima.

Cat e eu descemos do veículo. Vi um homem armado próximo ao jipe, ele pareceu notar o que pretendíamos fazer.

Eu investi contra o homem, jogando-o contra o jipe. Ele soltou a pistola, levantei minha cabeça violentamente contra o seu nariz, quebrando-o.

Ele me jogou no chão e eu caí de bruços. Virei meio de lado e chutei sua canela. Ele me segurou e, então, consegui soltar meu pé e golpeei seu rosto. Nos últimos instantes, cortei a corda que prendia as minhas mãos.

Procurei a arma que ele havia deixado cair. Assim que a peguei, ele se jogou para cima de mim e segurou meu punho. Ficamos naquela briga, um tentando mirar na cabeça do outro, mas eram os meus dedos que estavam no gatilho, que apertei no momento em que consegui mirar contra o meu opressor.

O tiro foi em sua cabeça, o que espirrou bastante sangue e me sujou completamente. Logo em seguida, outro surgiu, mas atirei primeiro. Cat se aproximou.

– Está ferida?
– Não. Estou bem, deixa eu te ajudar com isso.
– Ah, claro. Valeu.

Cortei as cordas da Cat e nos abrigamos atrás do jipe, onde ficamos temporariamente fora do alcance das flechadas e dos tiros. Eu já estava pronta para dar cobertura para Cat e seguir até a mata fora da clareira.

– Não podemos deixá-los, Eve! – disse, apontando para os índios amarrados no caminhão.
– Cat, não temos tempo. – Tentei puxá-la pelo braço.
– Se não os tirarmos de lá, eles morrerão!
– Não, se não sairmos daqui agora, nós morreremos!
– Então, quando chamou a atenção daqueles idiotas para deixá-los em paz, só estava tentando arrumar mais uma briga? Você quase apanhou por eles hoje mais cedo.
– Isso é diferente...
– Por quê?
– Porque tenho que escolher entre tentar salvar a nossa vida ou morrer tentando salvar a deles.
– Pois eu escolho salvar a de todos!
– Tudo bem, vamos fazer assim: você vai até lá desamarrá-los e eu te dou cobertura.
– Por que você ficou com a parte menos perigosa?

– Além do fato de você não saber atirar? Porque a ideia foi sua. Não discute, vai!

Ela correu em campo aberto, e meu coração pareceu fazer polichinelos. Cada passada dela sem levar um tiro era mais um suspiro aliviado que eu dava.

Flechas zumbiram atrás dela, mas as arqueiras que fizeram isso foram abatidas. Infelizmente, seus matadores, não, e tive uma rápida troca de tiros com um deles, acrescentando mais uma morte à minha lista.

Cat chegou até eles e os desamarrou. Os pivetes, ao invés de ajudar, não! Correram para longe, nem parecia que até cinco minutos atrás choravam apavorados.

Um cara muito gordo apareceu e agarrou Catherine pelos cabelos, quando ela ia desamarrar o último. Esse índio não foi tão filho da mãe quanto os outros, tentou chutar aquela baleia para libertar a minha amiga.

Dessa vez, fui eu quem correu em campo aberto, as balas ricochetearam perto de mim. Estiquei a mão para o lado e abati mais um. Guardei apenas uma bala para aquele gordo filho da mãe que tentou violentar a minha amiga.

– Você está bem?

– Melhor agora, Eve!

A única coisa que senti foi um tranco no pescoço e meu corpo arremessado contra o chão. Então fui golpeada nas costas violentamente com um pedaço de madeira.

– Deixa ela! – gritou Cat, que tentou me ajudar e foi atingida no rosto pelo arco de uma amazona.

Levantei-me rápido e investi contra a mulher. Nós duas caímos e rolamos. Suas flechas se espalharam pelo chão, mas seu arco, não. Ela ficou por cima de mim e tentou colocar o arco contra o meu pescoço.

Eu segurei da melhor maneira que pude, era como fazer supino. Ela tinha muita força física, quase não aguentei, mas, por fim, consegui afastá-la de mim o suficiente para encaixar o pé em seu estômago e colocá-la de lado.

Antes que ela pudesse reagir, minha mão encontrou uma flecha sobre o chão e eu a cravei em seu pescoço com força. Ela gemeu e ficou sem ar, puxei-a de volta espirrando seu sangue.

Quando me virei, Cat estava atrás de mim assustada e com um hematoma na bochecha. O índio não estava mais preso ao caminhão, mas, na tentativa de me ajudar, Cat não o havia libertado completamente, deixando suas mãos amarradas uma na outra.

Bem na nossa frente, a batalha se arrastava com tiros e flechas. As armas de Cortés eram claramente mais potentes, porém as tribais estavam em um número bem maior, de forma que as armas pesadas deixavam tudo mais ou menos equilibrado.

– Temos que ir – eu disse, pegando na mão de Cat e arrastando o indígena ainda amarrado pelo braço.

Recolhi o arco e corremos em direção à floresta, nos afastando da clareira. Eu estava na frente, com o meu novo arco na mão, mas não tive tempo para reagir quando o vi na minha frente.

Trombei com Jason, ele olhou em nossa direção e levou a mão à cintura. Eu conhecia aquele movimento.

– Fique parada!

Levei a mão à procura da minha única flecha, mas ele já tinha a pistola apontada em minha direção, enquanto eu ainda armava o arco. Foi quando ele disparou.

A bala não me atingiu, mas passou perto, pouco acima da minha cabeça. Ele errou nessa distância? Impossível! Virei para trás, meu primeiro pensamento foi Catherine, que estava logo atrás de mim junto com o indígena.

No entanto, no chão, com a cabeça sobre uma poça de sangue, estava caída mais uma daquelas índias psicopatas. Estava segurando um arco armado, aparentemente mirando em nós. Mais uma vez, Jason me salvara, embora eu pensasse que ele estivesse tentando me matar.

– Estive procurando vocês durante a batalha, que bom que estão bem. Vamos, temos que sair daqui!

– Jay nos salvando de novo!

Jay? Eu a salvei de novo! Tudo bem que, em parte, ela estava ali por minha causa, mas mesmo assim!

Assenti para ele, mas voltei para trás.

– *Sweetie*, o que está fazendo?

Passei direto por Cat e recolhi a aljava de flechas que aquela amazona carregava. Nesse meio-tempo, surgiu mais uma gritando, porém tive tempo de acertá-la.

– Recolhendo um brinquedinho – respondi.

Levantei-me e segurei Cat pelo braço.

– Vamos!

– Por aqui! – chamou Jason. – Vamos! Vamos!

Tomamos a frente e ele ficou com a retaguarda.

Eu havia tomado a ponta. Cat vinha logo atrás de mim com Jason, que trazia o índio ainda com as mãos amarradas. Corríamos para longe da batalha sem direção por entre as árvores.

Eu ainda estava segurando o arco que roubara quando apareceu mais uma amazona na minha frente. Ela saltou de uma árvore, dando seu tradicional grito de guerra. Armei meu arco e disparei contra seu peito, ela tombou para trás, escorando-se na árvore, mas não mostrou outra reação, a não ser gemer de dor.

Foi quando aconteceu.

Outra, entre gritos de revolta, saiu de trás de uma árvore também desfechando contra o nosso grupo. Desta vez, Jason foi mais rápido, atirando na sua barriga e depois na cabeça.

– Meu Deus! Eve!

Olhei para Cat ainda sem entender o motivo do seu desespero. Depois vi que não era só ela. Jason também tinha aquela expressão de assustado.

– Eve! Jason, ajude-a, por favor. Salva a Eve, salva a Eve – Cat implorava, puxando a sua camisa.

– Fica calma, Cat. Ela vai ficar bem.

Eu vou ficar bem? Como assim? Eu me sentia bem, pelo menos até perceber o motivo de tanto espanto.

Senti uma leve ardência na barriga, mais precisamente um pouco abaixo da costela esquerda. Então passei a mão e, quando olhei para ela, estava molhada de sangue.

Meu olhar automaticamente se voltou para baixo. Havia uma flecha fincada bem ali, cravada pouco abaixo da minha costela. Aquilo também me assustou um pouco, começou a latejar e eu tombei para trás.

Cat correu para cima de mim, chorava demais. Fiquei tão atônica com a situação, que nem entendi muito bem o que ela dizia. Quando percebi, Jason a estava afastando e rasgando a minha blusa.

– A flecha não atravessou... – Sua voz era distante.

– Que bom, graças a Deus!

– Não, ruim isso. – O índio falou meu idioma.

Eles nem perceberam esse fato.

– Ele está certo, isso não é bom. Preciso fazer isso atravessar.

– O quê?! Não pode fazer isso com ela.

– Cat, é o único jeito, infelizmente, isso não é o pior...

Jason me pegou pelos ombros e me arrastou para trás, deixando-me amparada pela árvore.

Ele empurrou a flecha ainda mais fundo contra mim, fazendo-a rasgar minha carne. Foi realmente doloroso, gritei de dor e gemi. Depois, Jason quebrou a ponta e retirou o eixo, pude senti-lo puxar.

Colocou um pano por cima do ferimento para estancar.

– Preciso de fogo!

Cat deslizou os dedos para o bolso lateral da minha calça e pegou meu isqueiro.

– Isso vai ser útil. Segura aqui.

Cat segurou o lenço contra o meu ferimento enquanto Jason pegou uma das minhas flechas e aqueceu a ponta. A seta metálica tomava uma coloração avermelhada conforme ia sendo aquecida.

– Eve, eu sinto muito, mas não tem outro jeito. Isso vai ser doloroso, entendeu?

Eu assenti.

– Aaaaaaaaaaaaaahhhhhhhhhhh!

Ele afundou a flecha no meu ferimento e retirou rapidamente. Foi realmente doloroso, mais do que eu imaginara, nunca havia experimentado dor igual.

Minha respiração se tornou ofegante e eu ainda mantinha os olhos abertos. Pude ver Cat chorando por mim.

De repente, comecei a perder os sentidos, lutava para me manter acordada, mas me faltava ar e meu corpo começou a queimar. A sensação de ardência inicial começava a se espalhar por todo o meu corpo.

Não entendia o que estava acontecendo.

– *Sweetie*, você está bem? Ela está ficando pálida, Jason!

Consegui focalizar o rosto de Jason, mas este estava confuso, em tese, a flechada não deveria fazer isso comigo.

– Veneno – murmurou o índio, erguendo a ponta da seta.

– Não... – disse Cat.

Jason não sabia o que fazer. Em um hospital ele me aplicaria um soro, mas ali, no meio do nada, não havia muito o que fazer.

Mesmo perdendo os sentidos, pude escutar uma gritaria perto de nós. Como havíamos parado, alguém se aproximava.

– Droga, vem vindo alguém – murmurou Jason. – Temos que sair daqui.

– E Eve, Jason? Temos que fazer alguma coisa.

– Eu sei, mas ela precisa de um hospital. Precisamos tirá-la daqui.

Antes que ele pudesse me levantar, vi Jason se erguendo e sacando a arma. Ouvi um barulho.

– Droga, eles nos alcançaram... Cat, consegue carregá-la por alguns metros?

– O que você pretende, Jason?

– Vou distraí-los para que você possa tirá-la daqui, entendeu? Eve precisa de um remédio o mais rápido possível. É caso de vida ou morte.

Eu queria protestar contra aquilo, mas não tinha forças para falar. Não estava certo o Jason ficar para me salvar.

– Pegue isso – disse, entregando um rádio a ela. – Mantenha-o ligado, mas nem pense em fazer contato. Vou arrumar um jeito de nos comunicarmos.

– Mas e você?

– É Eve quem precisa de ajuda urgente, senão ela vai morrer! Ela não pode esperar mais. A vida dela está em suas mãos, você tem que salvá-la!

Pensei que Cat fosse protestar, mas não hesitou ao colocar meu braço sobre seu ombro.

– Posso ajudar. Tirar ela daqui.

Os dois voltaram seus olhares para o nativo.

– Como?

– Conheço esta terra, conheço remédio. Ela poupou minha vida, devo isso a ela.

A discussão continuou sem que eu escutasse alguma coisa. Então senti alguém me erguer, mas minha visão estava turva.

– Você vai ficar bem, *Sweetie*. Tem que ficar. – A voz de Cat estava embargada.

A última coisa da qual me lembro foi do vulto de Jason correndo para o outro lado. Então tudo ficou escuro.

Capítulo 16

Cat e eu ganhamos roupas novas

UMA COISA QUE APRENDI NAQUELAS ÚLTIMAS HORAS: REMÉDIO para envenenamento é tão ruim quanto uma flecha na sua costela. Ou, pelo menos, acho que é isso que aquela menina estava me dando.

Não me lembro de muitas coisas da última noite, foi meio confusa, tive dores fortes, sede descontrolada, febre alta e alucinações, mas a menina me dando uma sopa com gosto ruim foi bem real. Também tive a sensação de alguém mexer no meu ferimento – sensação popularmente conhecida como dor.

Não sei por quanto tempo fiquei desacordada, mas abri os olhos e a luz solar incidia por fendas na tenda. Tentei me levantar, senti uma fisgada na costela e hesitei.

Uma senhora gordinha, de trajes berrantes e um colar estranho, estava ao meu lado. Ela se aproximou e pôs um pano úmido em minha testa.

– Água... – pedi.

Ela me olhou de um jeito curioso, e eu disse de novo. Não entendia meu idioma, mas nem precisava, me trouxe a água em uma moringa. Eu me sentei no leito, ela murmurou alguma coisa. A água estava fresca e pura, me senti melhor ao bebê-la.

– Pachamama disse para não se esforçar muito – disse o índio, adentrando a tenda.

Quando ele se aproximou, pude ver melhor seu rosto, o guerreiro de quem eu poupara a vida. Agora estava mais normal, não tinha o rosto pintado e os cabelos compridos estavam penteados para trás, em vez de trançados, e tinha alguns hematomas. Não vestia nada, exceto uma calça jeans surrada.

Ele se aproximou, ficou de frente à minha maca e se apresentou.

– Eu, Khuno, Guerreiro. Pachamama curandeira, cuidou de você.

– Fala meu idioma? – isso saiu meio retardado na hora.

– Meu pai não é da tribo, da América, como Eve. Viveu aqui, morreu há muitos anos, mas ensinou a Khuno um pouco de sua língua.

Sua voz era grave, apesar da idade. Estava se esforçando para falar meu idioma, tinha um sotaque bem diferente. Gesticulava bastante. Errava uma concordância ou outra, mas dava para entender.

Pachamama murmurou mais alguma coisa e saiu, deixando-me sozinha com Khuno.

– O que houve? – perguntei.

– Você ferida, poupou Khuno e eu ajudei você. Trouxe para aldeia, Pachamama e curandeiras cuidaram de você. Não grave, veneno fraco, Eve boa, agora.

– E os outros?

– Homem bom ficou, quis salvar Eve.

E eu achando todo esse tempo que ele fosse um traidor... Julguei-o tantas vezes desde que nos conhecemos, e em todas estas ele me surpreendeu com gestos indescritivelmente nobres.

– Mas Papagaio bem.

Papagaio?! Olhei para o lado e vi Cat dormindo no canto da tenda com o rádio no colo, mas não havia papagaio. Agora vestia-se com roupas nativas, uma blusa de algodão cor-de-rosa com uma saia preta até o joelho.

– Tem bons amigos. Menina dedicada, ajudou a cuidar de você, Papagaio não saiu de perto quase a noite toda.

– Que Papagaio? Só vejo a Cat.

– As crianças chamam ela assim, sua amiga tem nome difícil. Papagaio é pássaro bonito, fala muito e tem cabeça amarela.

Essa foi, sem dúvida, a melhor analogia que já escutei sobre a Catherine.

– Espera um pouco, Catherine teve contato com as pessoas daqui? Não somos prisioneiros?

– Não, vocês amigos. Cat conversou com meu povo, meu tio não gostou muito, mas disse que eram amigos, quebramos flecha.

Santa Catherine, aquela garota era um prodígio para diplomacia. Conseguiu convencê-los a não nos matar e ainda a cuidar de mim.

– Seu tio?

– Sim, cacique da tribo, chefe e melhor guerreiro.

Eu sabia que Khuno estava espionando, mas não fazia ideia de que os dois mais novos eram os filhos do cacique. Para mim, eram apenas alvos colocados ali para morrer.

– E quem eram aquelas mulheres?

– Icamiabas. Inimigas dos Tawantinsuyu desde sempre. Boas guerreiras – refletiu ele.

– Tawantinsuyu?

– É, nosso povo. Em quíchua, nossa língua, é "As Quatro Partes do Mundo".

– Quíchua? As Quatro Partes do Mundo? Céus! Vocês são incas?! Uma tribo de incas em pleno século XXI?!

– Quase isso... Incas nossos antepassados diretos, nossos tatara tatara tataravós eram incas. Conta nossa lenda que antepassado foi um *sapa* inca, Huáscar. Gostamos manter a tradição.

– Aquelas mulheres, as amazonas ou sei lá como as chamam, não estavam atrás de vocês na noite passada – afirmei.

– Não, só caçam no acasalamento. Queriam vocês. Invadiram terras de Icamiabas, zangaram as guerreiras.

– Caçam no acasalamento?!

– Sim. Icamiabas são mulheres; para ter filhas Icamiabas caçam homens para procriar e depois matam todos os homens.

– E se nascerem meninos?

Khuno não respondeu, mas pelo seu gesto nem foi preciso. Fingiu que alguém cortava seu pescoço ou será que era outra coisa que elas cortavam...?

– Eve?

Cat acordou.

– Meu Deus, você está pálida.

– E você com olheiras. – Eu ri.

– Claro, acha que eu conseguiria dormir vendo você quase morrer?

– E o que estava fazendo minutos atrás?

– Sua boba, só você mesmo para fazer uma piada numa hora dessas – disse ao me dar um abraço com todo o cuidado para não me machucar ainda mais.

– Eve tem que comer, ceia breve, lá fora. Espero lá.

Assentimos e Khuno saiu.

– Consegue ficar de pé?

– Uhum.

Eu assenti e me levantei devagar com ajuda de Cat.

– Khuno disse que o veneno não era muito forte – comentei. – Na verdade, mal sinto seu efeito, apenas dói por causa da flechada, mas acho que não fraturou.

– Espero que não. Fiquei muito preocupada.

– É, o Khuno falou que você ficou ao meu lado quase o tempo todo.

Ela corou, ficou meio sem graça.

– Obrigada. Ele parece ser um bom rapaz – comentei.

– E é – confirmou Cat. – Ele nos trouxe para cá ontem à noite quando você apagou, veio te carregando. Ajudou-me a falar com a tribo como tradutor. E também garantiu que tivéssemos cuidados e comida.

– Por falar nisso, estou morrendo de fome.

Confesso que, com relação ao horário, estava mais perdida do que eu imaginava. Quando acordei, pensei que ainda estivéssemos na metade do dia, talvez início da tarde, mas o Sol já começava a se pôr no horizonte.

Antes de sair, troquei de roupa. Como as minhas também estavam em farrapos, pus uma camisa azul-turquesa com minha calça cargo mesmo – acredite, melhor minha calça surrada do que aquela saia.

A tribo à nossa volta não era muito grande. Algumas ocas pequenas e simples, a maioria de madeira e folhagens, ocupavam ambos os lados, formando uma clareira estreita e reta.

Cat era muito popular por ali, muitas crianças se aproximavam, sorrindo, e algumas até nos deram flores. A maioria pediu para tocar seu cabelo, por esse isolamento, ela deveria ser a primeira loira que viram na vida. As mulheres eram mais tímidas, ficavam apenas observando de longe com olhares desconfiados.

Ninguém, exceto Khuno, usava roupas "normais". Todos vestiam trajes típicos, vestes de algodão com cores berrantes. As crianças só usavam uma canguinha, exceto as meninas, que também usavam um top.

No final, esse caminho nos conduziria a uma oca diferente, redonda e grande, lembrava uma tartaruga. De longe, pudemos avistar poucos jovens carregando lenha e colocando-a em uma grande fogueira que estava sendo montada ali em frente.

Logo a nossa frente, Khuno nos recepcionou, nos conduziu a uma metade de tronco partido que usamos como banco. Ele também não parecia ser bem-visto por aquele lugar, muitas pessoas que começavam a se juntar à nossa volta o olhavam de forma hostil.

– Esta noite vamos honrar convidados – explicou ele –, contar nossa história.

– Interessante – Cat comentou.

Até então, ele sorria, mas aquele homem apareceu. Alto e corpulento, tinha um aspecto selvagem, com os cabelos mal cortados, curtos e escuros, e uma carranca no rosto. Veio trazendo mais meia dúzia de homens na maior algazarra. Mas, quando viu Khuno, fechou ainda mais a cara abruptamente, parecia nutrir pelo rapaz um ódio muito particular.

Sentou-se do outro lado, o mais afastado possível. Aos poucos, o restante foi chegando. Ninguém fez muita questão de sentar ao nosso lado, as únicas aproximações foram das crianças curiosas.

Khuno se sentou ao meu lado, seria o nosso tradutor. O homem do outro lado continuava nos encarando com o ardor do ódio em seus olhos. Tal como eu, Khuno também percebera.

– Punchau.

– Hum?

– O nome dele, meu tio – ele respondera tão baixo que só eu escutei.

– Nada como o amor fraterno.

Khuno me olhou com uma cara esquisita, acho que seu povo não conhecia sarcasmo.

– Ele me odeia – comentou, dando os ombros.

– Bom, ele não parece ser o homem mais afável. Mas confesso que não pude deixar de perceber um certo "carinho" especial por você.

– É por causa do meu pai, ele não era da tribo. Homem bom, veio cuidar do nosso povo em missão, Punchau não gostou. Meu pai gostava de minha mãe, viviam juntos, eu apareci. Punchau me acha estrangeiro também.

– É por isso que ele te odeia tanto? – Cat escutou a conversa.

– Mas vocês são uma família, e seu pai era um bom homem.

– Punchau não acha.

Khuno não parecia realmente se importar com isso, talvez já estivesse acostumado com todos os insultos que ouvira desde que era criança.

O local já estava cheio quando o Sol se punha no horizonte. Começaram a acender as lenhas, o que foi uma boa ideia, visto que começava a esfriar.

Mulheres vinham carregando cestos e distribuindo para as crianças primeiramente. Depois, uma delas, um pouco mais simpática, aproximou-se nos oferecendo.

Khuno aceitou sem pestanejar e murmurou algo que supus ser um agradecimento. Ela parou na minha frente e eu estendi a mão. Era um tipo de raiz ou caule de uma planta marrom, não parecia ser muito saboroso, mas eu estava com fome.

Khuno pegou sua pequena faca e começou a descascá-lo, por dentro era branco.

– Mandioca, prove, vai gostar.

Ele me passou a faca e eu fiz o mesmo. Descasquei, depois pus próximo ao forno para cozinhar. Khuno estava certo, era uma delícia.

Foram servidas algumas espécies de peixes, farinha e frutas. Comi com voracidade. Todos nos observavam, mesmo assim não fiquei tímida; nessas horas a fome fala mais alto que a etiqueta.

Após todos se servirem, um homem se dirigiu ao centro e começou a entoar um cântico bizarro. A música de fundo era produzida por uma flauta andina feita de bambu, chamada quena, e um instrumento de percussão semelhante ao tambor.

Alguns nativos acompanhavam a cantoria, cantarolando baixo, enquanto outros caminhavam até o meio e começavam a dançar. Esteticamente, a dança não era bonita, pulavam muito e davam gritos esporádicos.

Então, quando o homem que conduzira o espetáculo gesticulou, todos pararam e voltaram aos seus lugares. Uma anciã se levantou, devia ter uns 50 anos, que era relativamente velha em comparação às pessoas locais.

Ela circulou a roda, falando algo em seu idioma nativo – que eu obviamente não entendi nada –, enquanto gesticulava. Khuno me explicou que isso era uma espécie de bênção, já que essa sacerdotisa tivera uma visão mais cedo.

Quando parou na frente de Cat, falou mais alguma coisa. Ninguém percebeu, exceto eu e Khuno, que estávamos próximos a ela. Minha amiga pareceu assustada, como se a velha soubesse de algum segredo seu. Desta vez, Khuno traduziu.

– "Só tem uma coisa que tenho certeza de que vai acontecer amanhã: o Sol vai nascer e vai morrer, e vai acontecer o mesmo depois e depois. Você viu demais... Mas a melhor maneira de prever o amanhã é criá-lo."

Catherine engoliu em seco. As palavras da anciã pareciam fazer sentido para ela, só não sei o porquê. Com certeza, perguntaria isso a ela em outra oportunidade.

Depois que a velha terminou, voltou ao seu lugar. O homem que conduzia a cerimônia voltou ao centro e tornou a falar – berrar.

– "Houve um dia, a águia e o condor dividiam o mesmo céu" – traduziu Khuno.

Ele foi explicando conforme o homem ia gritando.

– "Mas depois de separarem, a águia rumou para o norte e o condor para o sul. Nós, os condores, temos um fado, um segredo, legado por nossos, e os pais deles."

O homem gesticulava para cada um deles, como sendo os condores cujo segredo fora legado por seus antepassados.

– "Contam as histórias dos primeiros condores que um dia uma águia vai regressar" – continuou Khuno. – "No início, eles vão brigar, mas a águia vai quebrar a asa ao ajudar o condor. Então o condor trará a águia para seu ninho e cuidará dela."

Desta vez, o locutor se virou para mim.

– "Então o condor e a águia protegerão o segredo juntos, como o céu que um dia compartilharam."

Antes que as pessoas começassem a se retirar, Punchau se dirigiu ao centro. Até então, estava calado em seu canto, mas tinha no rosto aquela expressão séria, não parecia ter se divertido muito com esse conto para crianças.

Ele encarou o ancião com autoridade, como se ordenasse sua retirada. O velho, inicialmente, hesitou, mas depois recuou, tamanho era o medo que Punchau provocava.

Todos estavam mais calados que o normal, até as crianças. Ao meu lado, Khuno não desviava aquele olhar mortal do tio.

Punchau tinha a voz grave e potente e, ao falar, todos prestaram muita atenção. Eu não fazia ideia do que estava acontecendo, mas pude perceber quanto poder ele exercia sobre aquela gente. Falava de forma decisiva, com autoridade e paixão. Ao contrário do que eu pensava, as pessoas não sentiam medo dele, mas o respeitavam como um líder.

As crianças tinham olhos admirados enquanto os homens, de queixo erguido, o encaravam dispostos a seguir suas palavras. Punchau continuava a falar de forma autoritária, até que Khuno se levantou.

O índio se dirigiu na direção de Punchau e todos os olhares se voltaram para ele. A maioria das pessoas achou seu ato impertinente e não lhe deu ouvidos quando este falava.

Ao som de vaias e protestos, Khuno expunha seu ponto de vista, que claramente era divergente do de Punchau. Agora os dois discutiam em voz alta.

Punchau era mais forte que Khuno e também tinha todo o apoio da massa. Ambos partiram para o contato físico e a única intromissão dos nativos foi impedir que alguém parasse a luta.

Khuno levou a pior. Apesar de lutar bem, só acertou um soco em Punchau, e este, possuído por sua raiva, desferia diversos golpes no sobrinho, que fora parar no chão.

Punchau se abaixou e agarrou Khuno pelos cabelos. Do canto da sua boca escorria um pouco de sangue. Ele se apoiou de joelhos e se ergueu, continuou encarando Punchau com igual agressividade e ódio. Punchau, então, lhe deu um tapa estalado, não para feri-lo, mas para humilhá-lo. Disse mais alguma coisa que não entendi, mas soou como um xingamento.

Khuno deu as costas e caminhou para fora do círculo, nem nos cumprimentou ao passar, de tanta raiva que sentia. Aos poucos, as pessoas começaram a se dissipar e nós continuamos ali paradas.

Alguns dos anciões e crianças nos lançavam olhares simpáticos, entendendo que estávamos mais deslocadas ainda sem nosso guia. Cat e eu caminhamos até a tenda. Khuno retornou pouco tempo depois e, limpando a boca com um pedaço de pano úmido, adentrou o recinto ainda casmurro.

Talvez aquele não fosse o melhor momento, mas eu precisava saber o que acontecera. Khuno deve ter escutado muitas coisas de Punchau, então por que perdera a cabeça logo agora? Além disso, o cacique não pareceu se simpatizar conosco.

Aproximei-me dele, e sua expressão vacilante pareceu ceder. Ele sabia que a raiva que sentia não era de nós, mas, sim, do seu tio. Sentei-me ao seu lado, Cat também se aproximou e tomou o lenço de sua mão, depois o apoiou no canto da boca.

– Está doendo? – perguntou.

– Já tive feridas piores – respondeu um pouco seco, mas dando os ombros.

– Não se importe com o que ele disse – disse ela.

– Não me importar com meu tio mandando todos os homens da tribo para a morte?

– Quê?! – Cat e eu estávamos surpresas.

– Eu espião, lembra? Contei tudo para Punchau. Punchau acha perigoso eles encontrarem Paititi, então vai fazer guerra.

– Ele é louco? Cortés está fortemente armado, apesar de em menor número; além disso, eles terão de passar pelas terras das amazonas.

– Sem ofensa, mas elas parecem mais preparadas que vocês – comentou Cat.

– São – ele afirmou. – Usam arco e flecha, e seu povo armas que cospem fogo. Nossa tribo luta com machado, estilingue e bastão.

– Por que não disse isso a eles? – perguntei.

– Eu disse! Contei como foi o ataque, como suas armas são fortes, mas Punchau não escutou nem seus filhos.

– Espera, e essa gente aceitou isso? – questionou Cat. – Eles vão se matar por um capricho de Punchau.

– Punchau é bom guerreiro, confiam nele. Não viram o que eu vi e não confiam em mim.

– Mas eles vão morrer.

– Morrer com honra.

– Com honra?! O que há de honrado em morrer por essa estupidez?

– Papagaio não entende! Guardamos esse segredo desde sempre, não podemos entregar a vocês.

– Você tem que pará-los – Cat afirmou.

Khuno a fitou, acho que os olhos de Cat o acalmaram, ela exercia esse poder nas pessoas. Ele agora não estava tão nervoso, apenas pensativo.

– Minha culpa... – ele murmurava. – Minha culpa...

– Isso não é sua culpa, Khuno – disse Cat.

– É minha culpa! Não devia ter falado tudo a Punchau.

– Se você não fizesse, certamente seus primos fariam – eu disse. – Talvez Catherine e eu possamos falar com eles.

– Impossível, eles não me ouvem.

– Quem sabe não achem o caminho? – disse Cat esperançosa. – Sabe, eles podem não achar a equipe de Cortés.

– Papagaio, eles conhecem bem a mata, é só seguir os rastros.

– Que rastros?

– Os que deixamos – respondeu Khuno a Cat.

– E se os apagarmos? – Agora os dois se voltaram para mim. – Podemos ocultar as pistas.

Khuno ficou pensativo por um tempo.

– É perigoso, vamos entrar nas terras das amazonas. Podemos nos esconder, sair esta noite. Vamos para o rio e paramos Cortés.

Perfeito! Finalmente alguém que tinha as mesmas ideias que eu.

– Ótima ideia – elogiei. – Cat, isso vai ser muito perigoso, você não precisa vir, se não quiser.

– E deixar você sozinha? Estamos juntas nessa, eu disse que não ia te abandonar e não vou!

– Bom. Achei que só a águia viesse, mas papagaio é bom também.

– Águia?!

– Lembra da história? A profecia? Você, águia, que se feriu e vai ajudar condor a proteger o segredo.

– Proteger o segredo? Bom, uma coisa de cada vez, né? Primeiro vamos salvar esse povo, depois passar pelas amazonas, aí chegamos na equipe de Cortés, resgatamos o Jason – e também a bússola e as chaves. Podemos deixar essas fábulas infantis para depois.

– De qualquer modo, Cortés queria saquear o ouro daquele lugar, eu só queria expô-lo, não tomar posse dele. Nesse caso, expor um segredo não vai protegê-lo também?

– Muito bem, o que faremos agora? – perguntei.

– Reunir em uma hora, na frente do arsenal – respondeu Khuno.

– Em frente ao arsenal? Humm...

Acho que soltei um sorriso indulgente, pois Khuno me olhou de um jeito estranho. Catherine já me conhecia havia anos, então sabia quando eu tinha ideias maliciosas.

– Pelos céus, Eve! O que está pensando uma hora dessas?

– Nada de mais, só em uma maneira de atrasá-los – respondi. – Precisamos ganhar tempo.

– Ela me assusta – disse Khuno.

– Khuno, acredite, você *realmente* ainda não viu o lado assustador dela.

É, não posso dizer que Cat está de todo exagerada...

Capítulo 17

Bem-vindo à selva! Guia Raleigh de sobrevivência básica contra amazonas

Aviso! Não importa o que aconteça, siga o meu conselho: nunca faça o que eu faço!

Sério, se você tem algum amor por sua vida e integridade, não procure problemas ou maneiras de morrer rápido e dolorosamente. Apenas mais uma observação, não se esqueça da regra mais básica da sobrevivência: se puder correr, corra!

A primeira parte do plano correu perfeitamente bem. Cat e eu saímos poucos minutos depois para encontrar com Khuno.

As pessoas começaram a se recolher para suas ocas. Diferentemente de antes, não havia nenhuma criança fascinada pelos cabelos de Cat, e as mulheres, agora, mesmo não parecendo cativadas por nossa presença, já nos ignoravam, entrando nas cabanas.

Nem os homens estavam circulando. Ao que parecia, Punchau convocou-os para uma reunião de emergência, junto aos anciãos, para discutir um plano de ação contra os invasores.

– Todos se recolheram, a sorte está em nosso favor.

– Cat, estou com a sensação de que o universo está conspirando contra mim desde que recebi aquele telefonema do Jason às cinco da manhã.

– Esse é o seu ponto de vista.

– Você é sempre um poço de otimismo.

– Não, só acho que a situação não é tão ruim assim. Sua mãe e Matt escaparam, estão seguros agora. Estamos vivas. O único que está realmente encrencado é Jason, mas vamos resgatá-lo. Pode até ser que nada tenha saído do jeito que você esperava, porém não foi tão ruim assim. A única coisa que não conseguiu fazer foi achar *El Dorado*.

– Ainda. Mas não é por isso que estou indo atrás deles.

– Eu sei, não é *só* por isso. Quer salvar a todos e achar *El Dorado*. Eve, me escuta, você anda se cobrando demais.

– Não estou me cobrando nada do que eu não possa fazer.

– *Sweetie*, não duvido de que consiga, só estou dizendo isso porque tenho medo de que se machuque por achar que fracassou, se não conseguir.

Fiquei sem resposta.

– E também... – ela completou – porque tenho medo de que aconteça algo pior.

– Vai dar tudo certo, eu prometo.

Eu não estava pensando muito sobre o que poderia sair errado, havia apenas armado um plano de resgate, não só de Jason, mas também da bússola.

– Sabe, Eve, estive pensando em uma coisa...

– No quê?

– Todos nós temos coisas às quais nos apegamos, certo?

Assim que ela começou o discurso com aquele tom justificativo que eu conhecia muito bem, passou algo pela minha cabeça.

– Salvar Jason não é o seu único motivo para me acompanhar, é?

– Bom, é que aqueles bastardos estão com a minha câmera. Pensei que, depois de dar uma surra neles e resgatar Jason, podíamos recuperar minha câmera e pegar as suas coisas.

– Nessa ordem? – disse em um tom jocoso.

– Você tem as suas prioridades, e eu tenho as minhas, *Sweetie*.

Ela conseguiu me arrancar um sorriso.

Khuno já estava em frente ao arsenal quando chegamos.

– Eve, sua arma.

Ele esticou a mão e me entregou um arco bem trabalhado, o arco que eu roubara daquela amazona. Junto, deu-me a aljava de couro vazia.

– Eve tomou da rainha amazona, agora é de Eve, e a honra também.

– Muito honrado roubar a vossa majestade da selva.

– Eve engraçada.

– Pois é, sempre fazendo piada de coisas sérias e ainda sarcástica e arrogante. É, essa é a Eve.

– Esqueceu de mencionar que sou muito objetiva com meus compromissos. Vamos ao plano! Khuno?

– Destruir arsenal. Não podem ir atrás das amazonas. Depois fugir.

– Pode não dar tempo – argumentou Cat. – Quero dizer, eles nos matariam, sabe, seu tio não vai muito com a sua cara.

– Precisamos de uma distração... Já sei, usaremos fogo. Khuno se afasta e incendeia alguma coisa, os guerreiros vão conferir e destruímos o arsenal.

– E então corremos.

Assenti.

– E vamos destruí-lo...?
– Da minha maneira – eu disse confiante.
– Bom plano – comentou Khuno.
– Vamos entrar, então. Precisamos preparar tudo e talvez Khuno queira algumas armas.

Entramos no "arsenal". Coloquei entre aspas porque, francamente, aquilo para mim não era exatamente um arsenal, não era à toa que eles costumavam ser trucidados pelas amazonas.

Era muito modesto, nem sequer havia arco e flecha, apenas porretes, maças e coisas do gênero. Para dizer que não havia flecha, só havia umas duas aljavas roubadas de amazonas quaisquer. Pendurei a aljava de couro nas costas, completei com algumas flechas, totalizando mais de vinte.

Khuno se armou com um machado de pedra com cabo de madeira e uma maça, uma corda amarrada em uma pedra. Colocou, também, preso no jeans, um *huaraca*. Cat, que nunca gostou de armas, também não se interessou por nenhuma.

Enquanto eu me preparava, fiquei imaginando como sair dali sem que nos perseguissem. Então peguei meu arco e apenas simulei um movimento de disparo, como havia feito anteriormente, e eis que uma ideia me veio à mente.

– Khuno, como pretende dar o sinal?
– Madeira, esfregar uma na outra e tem faísca.
– Certo, mas por aqui vocês não usam nada inflamável, como óleo ou coisa do tipo?
– *Goma da terra*.
– Quê?! – dissemos eu e Cat simultaneamente.
– Vocês chamam isso de... batume, eu acho. Goma preta que vem da terra, nosso povo trata e tira parte boa.
– Isso é petróleo?! – quis saber Cat. – Os incas usavam petróleo?

– Acho que escutei alguma coisa sobre isso antes... Muitos povos da Antiguidade já destilavam petróleo, não o refinavam como agora, é claro, mas tinha muitas utilidades.

– Para mim, eles só tinham criado a goma de mascar.

– Um deles, mas isso não vem ao caso. Khuno, pode me arrumar um pouco?

– Posso, tem um pouco ali – disse, apontando para uns potes no canto.

– Ótimo, Cat e eu damos um jeitinho nisso aqui. Nos encontramos em frente ao rio, certo?

– Sim – ele assentiu. – Eve, tenta não destruir tudo.

– Oops. Contei a ele sobre suas atividades extracurriculares. – Cat me deu um sorriso sem graça.

Quando Khuno saiu, começamos o trabalho pesado. Recolhemos todas as armas e as colocamos no centro. Eu subi naquela pilha e consegui retirar duas madeiras do teto, aumentando o buraco que já existia. Espalhamos, também, um pouco de palha pelo chão.

Para finalizar, peguei as caixinhas com o batume – com todo o cuidado do mundo – e espalhei para todos os lados. Infelizmente, havia muito pouco, mas deu para separar uma caixa.

Acho que Khuno não aprovaria a nova decoração...

Cat e eu saímos em direção à mata. Só precisaria terminar isso depois que Khuno desse o sinal, mas, por mais que tivéssemos demorado, acender fogo com madeira não era exatamente rápido, então o tempo estava bem cronometrado.

– *Sweetie*, não deveríamos incendiar o arsenal?

– Sim, e vamos. Só quero garantir que estejamos longe quando fizermos isso.

Encontrei uma árvore não muito alta e comecei a escalada.

– E como vamos fazer isso?

– Bom, Cat – disse, chegando ao topo e me ajeitando em um galho. – Algumas pessoas não precisam chegar tão perto.

A visão de cima era muito boa. Tive vista parcial do acampamento, mas o binóculo ajudou a focalizar melhor. De longe, o sinal da fogueira já estava ardendo, mas ninguém parecia perceber.

Escolhi uma das flechas e peguei o isqueiro do meu bolso. Acendi a seta e saquei o arco. Armei, mirei e disparei. Segui com o olhar o rastro iluminado da minha flecha e, mal caindo, labaredas brotaram do chão.

Desci da árvore e Cat estava com o olhar abismado.

– Eve, como...?

– Vamos nessa, temos muito o que fazer ainda.

Durante a caminhada, Catherine mostrou que era possível, sim, ser mais descoordenada. Vamos combinar que ela já era desajeitada por natureza, mas, com uma saia que dificultava seus movimentos, ficou pior ainda.

– Eve, acha que essas botas combinam com a saia? Porque eu achei algo meio antiquado, sei lá.

– Cat, sabe o que penso desta saia?

Pus a mão sobre a saia e rasguei sua lateral até mais em cima, criando uma fenda bem generosa.

.– É, você realmente odiou a saia.

– Não odiei totalmente, ficou mais sexy com essa fenda – brinquei.

Minha amiga enrubesceu e mudou de assunto.

– *Sweetie*, como conseguiu usar aquele arco tão bem assim de primeira?

Agora foi a minha vez de corar.

– Na verdade, esta não é minha primeira experiência com arco e flecha, apesar de nunca ter usado um modelo assim antes. Eu pratico arquearia regularmente quando estou passando as férias de verão em Berkshire.

– E por que nunca me contou isso?

– Você nunca perguntou. Além disso, não achei que fosse relevante, sabe, não tem tanta adrenalina quanto escalada.

– Eu achei incrível! Você é ótima com um arco!

– Mesmo assim, não é tão ameaçador quanto um par de pistolas ou um rifle.

Continuamos andando e avistamos o rio. Khuno ainda não tinha chegado, ainda devia estar armando as pistas falsas.

Dez minutos mais tarde, Cat teve a brilhante ideia de aproveitar nosso tempo de inatividade para eu ensinar-lhe a autodefesa. Eu não era especialista, mas acho que estava me saindo bem ultimamente.

Eu tinha tomado Cat pelos punhos e lhe ensinara como dar a volta com as mãos para se soltar, mas ela ainda não conseguia fazê-lo muito bem. Quando, finalmente, escapou da minha mão, conseguiu apenas bagunçar meu cabelo – sim, era possível bagunçá-lo ainda mais. Eu a levei para o chão, prendendo-a lá com o meu peso.

– Como você vai sair dessa agora, baixinha? – questionei ao prender ambas as mãos sobre a cabeça.

– Eu não sei! *Sweetie*, sem ofensa, você é muito pesada e eu não consigo te bater porque estou com as mãos presas.

– Se acha que isso é pesado, imagina se fosse um homem querendo abusar de você.

Cat fez uma careta com o comentário.

– Isso é sério, Cat. Como vai sair dessa?

Ela me respondeu com um olhar desafiador e inclinou a cabeça para a frente, mordendo minha orelha de leve. Surpresa, dei uma guinada para longe dela e ela aproveitou a oportunidade para varrer as minhas pernas. Foi hilário!

Eu estava deitada no chão, meio sem fôlego e rindo do ridículo da situação. Ela veio e sentou-se em cima de mim.

– Agora *eu* estou por cima.

– Está?

Ela estava montando meus quadris, recostando-se nas minhas pernas dobradas. Mas não por muito tempo, é claro. Eu a peguei pela cintura e joguei para o lado com imensa facilidade.

– Ei, isso não é justo! – disse ela, rindo.

Dessa vez fui eu quem subiu e prendeu os punhos ao lado de sua cabeça. Ela fez algumas lutas superficiais, mas não uma real tentativa de fuga.

– Isso não é eficiente em uma luta de verdade.

– E isso é? – ela perguntou ao abraçar a minha cintura com suas pernas.

– Cat! Você deveria estar afastando-os de você, não convidando-os para você!

Ambas estávamos rindo.

– Agora é melhor levantarmos porque Khuno já está vindo – disse, inclinando a cabeça na direção da silhueta que se aproximava de longe.

– Se você fizer isso, sabe, achar *El Dorado*, Khuno será seu inimigo.

– Por enquanto é melhor focarmos em nossos interesses em comum.

Como havíamos combinado, Khuno se juntou a nós. Seu cabelo, agora sem tranças, estava bem bagunçado e ele ligeiramente suado. Havia corrido bastante.

– Eve é menina explosiva!

– Concordo totalmente, mas você ainda não viu nada.

– Não exagere, Cat, meu currículo como incendiária não é assim tão extenso. E então, te seguiram?

– Não, saí antes. Foram ver as chamas.

– Então os despistamos, que ótimo!

– Não ótimo, temos que passar pelas terras das "mulheres sem maridos".

– Homem está tão escasso por aqui que você está com medo de ser agarrado pelo caminho? – brincou Cat. – Não pensei que você fosse assim....

Khuno olhou para Cat sem entender, ao certo, o que ela quis dizer. Eu ri da situação.

– Não é isso, Cat.

– Icamiabas, tribo de mulheres guerreiras, é assim que meu povo chama elas.

– Amazonas, Cat – expliquei.

– Vamos encarar aquelas selvagens de novo? Agora entendi por que Khuno estava com medo.

– Espero que não precisemos disso, estamos em desvantagem, e elas, sedentas por vingança – disse.

– Icamiabas não tão ruins, ewaipanomas pior.

Agora Cat e eu olhamos para ele sem entender nada.

– Ewaipanomas, monstros sem cabeça, rosto no peito e come gente – explicou Khuno.

– Blêmias – deduzi. – Não vamos cruzar com eles, vai por mim.

– Conhece essa história, Eve?

– Infelizmente, sim. – Eu corei. – São seres mitológicos relatados por um ancestral meu muito distante.

– Ancestrais de Eve viram ewaipanomas?! – Khuno ficou surpreso.

– Acredito que não, mas ele perdeu a cabeça por contar mentiras – disse Cat.

– E por foder com a rainha – completei. – Espera, Cat, você estudou História?!

– Não, eu vi num filme.

Claro que a Cat não estudou. Voltei minha atenção para o nativo.

– Khuno, você pensou em um plano para chegarmos até lá, não pensou?

– Sim, ele está ali.

Ele apontou na direção de uma canoa que estava no rio.

– Uma canoa?! Esse é o seu plano? Esse rio é agitado, por que não vamos por terra? – Cat deu um faniquito.

– Porque terra é de Icamiabas, amazonas.

– E as águas, não?

– Sim, mas elas ficam entre as árvores e água não deixa marcas no chão.

– Khuno está certo, Cat. Não vamos deixar rastros para seguir e talvez elas nem percebam a nossa presença.

– Tudo bem, mas ainda assim não gostei dessa ideia. Vamos logo com isso, então – disse, caminhando em direção à embarcação.

A canoa não era muito grande, porém havia bastante espaço para acomodar nós três. Era feita com uma madeira de qualidade, que, além de resistente, boiava bem, porém estava bastante surrada.

Acomodamo-nos de forma que fiquei em uma extremidade e Khuno na outra, Cat ficou no meio. A água realmente estava agitada. A canoa era muito leve e estava a ponto de virar, se não fosse pela experiência de Khuno com canoagem.

Então chegamos a um ponto em que as águas se abrandaram um pouco. Olhei para a margem e vi duas meninas por volta dos seus 14 anos se banhando, o problema é que elas também nos viram. Levantaram-se instantaneamente, mesmo seminuas, e correram em direção à mata. Eu agi por instinto, mesmo sendo algo absurdamente covarde.

Joguei o remo para cima do barco e saquei o arco. Armei-o e disparei na garota de trás pelas costas e depois na da frente; esta teve mais sorte, não foi atingida e correu para a floresta.

– Eve? O que você fez?
– Elas iam avisar as outras, Cat. Eu não tive escolha.
– Eram só crianças, Eve.
– Crianças que nos matariam com igual frieza se estivessem armadas!
– Você não é uma assassina, Eve!
– Não, Cat. Sou uma sobrevivente.
– Então o que a difere delas?!
– Não há heróis nem vilões aqui, Cat. Não há leis, se quer justiça, tem que fazer. Se quer sobreviver, tem que matar. Eu mataria quantas pessoas fossem para proteger aqueles que eu amo, principalmente você!

Ela se calou.

– Vamos, Khuno, temos que correr!

Ele, até então calado, não criticou a minha atitude. Era um guerreiro, já devia ter matado sei lá quantos e, vivendo naquelas terras de ninguém, entendia o que eu dizia.

Remamos mais forte e, pouco tempo depois, o rio começou a se agitar mais. Ganhamos velocidade, mas não foi o bastante para fugir delas.

Flechas tornaram a voar, passando perto das nossas cabeças.

– Todos abaixados! – gritou Khuno.

Ninguém hesitou. Procurávamos espaços no chão da canoa pequena, eu mesma tive de me jogar por cima da Cat. Algumas das flechas atingiram o bote e estavam perto de nos acertar também.

Então o balançar da canoa me deu uma ideia.

– Cat, segure-se. Acredite, um dia você vai me perdoar.

– Eve? O que você... Ah!

Ela se assustou quando joguei o peso do meu corpo na direção de onde o barco virava.

– Vamos, Khuno! Temos que virar o barco!

– Virar canoa? Eve maluca! Ah!

Khuno mudou de ideia com relação a mim depois que uma flecha quase atingiu seu braço.

– Virar canoa bom plano!

Então começamos a fazer os movimentos simultâneos, conseguimos virar a canoa na segunda tentativa.

Mergulhamos de cara na água, mas conseguimos nos segurar na canoa. Fomos para debaixo dela, eu tive de puxar a Cat.

– Eve!

– Segure- se no bote, Cat.

Cat se segurou como pôde. Infelizmente, os anos que evitou a água fizeram dela uma péssima nadadora. Decidi que seria mais seguro se eu a ajudasse, apoiando-a em mim.

Éramos arrastados pela correnteza enquanto as flechas perfuravam o casco do barco.

– Khuno, qual a extensão desse rio?

– Bem grande. Amazonas desistem de nós antes do fim dele.

Ele estava certo. Alguns metros depois, as flechas cessaram. Provavelmente, as amazonas não conseguiram acompanhar o fluxo turbulento do rio.

Mesmo nós quase nos afogamos e éramos arrastados pela correnteza. Depois de toda a agitação, aproveitamos o momento da calmaria para sair, ainda tendo dificuldade.

Conseguimos encostar na margem oposta, decidimos que seria melhor continuar por terra mesmo. As amazonas destruíram o barco, porém me deixaram um presente: reforço para meu arsenal.

Capítulo 18

Lutamos contra um exército!

Como aquelas filhas da mãe quebraram o barco todo, tivemos de continuar a pé.

Já havia anoitecido e o caminho se tornou escuro e perigoso, então resolvemos parar. Decidimos que acender uma fogueira era uma ideia imprudente, visto que a fumaça atrairia tanto amazonas quanto a corja do Cortés.

— Acho melhor dormimos em turnos — Cat comentou.

— Nem passou pela minha cabeça discordar disso. Eu pego o primeiro, vocês podem dormir — me ofereci.

— Posso ficar com o primeiro.

— Não, Khuno. Acordei há pouco tempo, nem estou com tanto sono assim, você deve estar mais desgastado. Tente descansar um pouco.

E assim ele o fez.

— *QAP! Na escuta? Cat?*

A voz estava distorcida por conta da água, mas dava para entender um pouco. Cat pegou o rádio do bolso rapidamente e eu respondi no ato.

– Jason?! É você?

– Eve? Que bom que está viva, fiquei com medo de que o pior tivesse acontecido...

– Jason, você está bem? Onde está?

– Bem, estou bem, Cat. Acreditaram na minha versão da história, confiam em mim. Mas e vocês? O que houve?

– Conseguimos fugir. Khuno salvou Eve e cuidou de nós.

– Estamos indo resgatá-lo, Jason. Onde você está?

– Seguimos o curso do rio até o fim, acho que estamos perto de El Dorado. Cortés está com as chaves e a bússola, não consegui recuperá-las, sinto muito.

– Não sinta. Já estamos a caminho, vamos recuperar nossos pertences e fugir.

– Tem certeza de que você pode fazer isso?

– Absoluta. Não estamos muito longe, mas não podemos partir agora. Vamos continuar pela manhã.

– Ok. Vou atrasá-los ao máximo, é só o que posso fazer.

– Na verdade, não, precisa dar um jeito de falar conosco antes da invasão. Tenho que saber onde está o armamento e os objetos. Uma falha pode ser fatal.

– Boa ideia, Eve.

– Tudo bem, eles não estão na minha cola, posso averiguar a posição de tudo. Estou pensando em um jeito de atrasá-los também, e se... é, pode ser. Nos falamos amanhã, então.

– Hã, Jason, obrigada...

Ele não respondeu, mas escutou, pude ouvir sua respiração ao fundo.

– Vou descansar um pouco, o segundo turno é meu.

Ainda não havia amanhecido quando Jason apareceu. Ele emergiu das árvores sorrateiramente e Cat correu ao seu abraço jogando-se em cima dele.

– Jay!
– Vai com calma, baixinha. Evite fazer muito barulho, eles não estão exatamente longe.
– Devia tê-la amordaçado – eu disse, aproximando-me deles.
– Uau, Eve, olha para você! Nem parece que levou uma flechada envenenada há dois dias. Que bom que está viva, por um momento, achei que não fosse conseguir...
– É preciso mais do isso para derrubar a Eve! – disse Cat com uma voz tão convencida que devia soar como uma imitação muito ruim minha provocando alguém.
– Bom, pelo pouco que me lembro, você não pensou assim quando eu estava deitada no chão sangrando.
– É, mas não duvidei de que conseguiria sobreviver.
– Não sozinha. Ah, Jason, deixe-me te apresentar o rapaz que ajudou a me socorrer, Khuno.
Khuno e Jason deram um aperto de mão formal e não trocaram muitas palavras. Poucos minutos depois, estávamos discutindo a melhor maneira de atacar.
– Minha sentinela termina em uma hora, terei que voltar para que ninguém desconfie de nada. É quando eles continuarão a viagem.
– Então a maioria estará ocupada e dispersa, é a nossa melhor chance de atacar!
– Exato – ele concordou.
– Bom, mesmo assim, não podemos sair atacando, certo? – questionou Cat. – Quero dizer, não podemos dar conta de todos.
– E não precisaremos, só temos que recuperar as nossas coisas.
– Eu estou infiltrado, acho que consigo pegar as chaves. Cortés as mantém juntas em uma caixa dentro do *Land Rover*. Mas a bússola ele carrega no bolso.

– Droga, logo no *Defender*.

– Deixa essa parte comigo, Eve. Preocupe-se com o Cortés.

– Khuno e eu temos armas silenciosas, seremos discretos. Pelo menos até alcançarmos os explosivos.

– Estes estão no caminhão, com o restante do arsenal.

– E quanto a mim? – perguntou Cat.

– Jason, você ainda vai precisar disso? – Apontei para o rádio.

Ele deu de ombros e me entregou.

– Fica com isso também. – Ele me entregou uma pistola. – Pode ser útil.

Eu me virei para Cat e estendi o rádio.

– Cat, você nos dará as posições dos inimigos e dirá onde o caminho está mais livre. Entendeu?

Ela assentiu.

– Então é melhor irmos. – Jason foi o primeiro a se dissipar.

Minutos depois, Jason se afastou e tomamos as posições. Ficamos encostados na beira de um declive, onde tivemos uma visão ampla do acampamento sem sermos vistos.

– Então, Cat, o que acha?

Cat tirou os olhos do binóculo.

– Infelizmente, a minha visão está muito boa.

– Infelizmente? – questionou Khuno.

– É, infelizmente, consigo ver que tem gente demais, armamento demais...

– A gente dá um jeito nisso. – Isso soou mais otimista do que eu realmente estava. – Acho melhor nos apressarmos. E, Cat, mantenha isso perto!

Ela hesitou em pegar a pistola.

– *Sweetie*, você vai precisar disso mais do que eu.

– Não podemos fazer muito barulho, lembra? Além disso, não posso deixá-la desprotegida.

Ela assentiu e pegou a pistola.

Khuno e eu, a essa altura, já estávamos na parte baixa, a poucos metros do acampamento. Como Jason havia dito, não tinha nenhuma aglomeração ou, pelo menos, era isso o que aparentava.
– Alguém vindo – sussurrou Khuno.
Eu assenti e armei meu arco. Quando o homem entrou no meu campo de visão, acertei em cheio seu pescoço. Ele caiu, chamando a atenção de outro, que eu também acertei quando correu para socorrer o companheiro.
– Eve boa nisso!
– Só um pouco sem prática, mas é como andar de bicicleta, sabe, você nunca esquece.
– Bicicleta?
– Outra hora eu te explico.
Continuamos e nos recostamos atrás de uma pedra. Um homem se aproximou da nossa direção inconsequentemente.
– Sua vez.
Khuno assentiu e, quando o homem ficou bem atrás de nós, ele se levantou, agarrou o pescoço do mercenário e o estrangulou.
– Como está a nossa posição, Cat?
– *Bem, mas fiquem atentos, dois estão se aproximando... Khuno, consegue se deslocar até a outra pedra? Eve, o outro cara vem logo atrás dele.*
Cat não precisou dizer mais nada, eu sabia o que tinha de fazer. Khuno andou até a outra pedra e agarrou o pescoço do cara. Quando o outro mercenário percebeu o que estava acontecendo, eu já havia cravado uma flecha em seu olho.
Consegui roubar daqueles homens um rifle e um par de pistolas. Nos próximos movimentos, dificilmente conseguiríamos

nos espreitar e chegar como ninjas, então as armas eram bem-vindas.
– *Estou vendo a minha mochila!*
– Não é hora para isso, Cat! – respondi.
– *Eu sei, mas ela está no outro jeep, acho que consigo pegar sem que ninguém me veja.*
– Nem pense nisso!
– *Tudo bem...*
– Foco, Cat!
– *Cortés está com Ian e Helga. Jason está perto do Land Rover.*
– Espero que ele seja rápido, então!

Khuno e eu corremos e investimos contra uns mercenários que estavam em um jeep Carrier. Eu acertei um deles com a flecha, porém o outro disparou e, mesmo errando, chamou a atenção.

Abrigamo-nos atrás do jeep e eles abriram fogo.
– O que faremos? – perguntou Khuno.

Eu pensei em responder que não sabia, mas, em vez disso, entreguei o rifle a Khuno. Os mercenários apareciam pelos lados, também. Vi um vazamento e corremos na direção de outro veículo.

Atrás de nós surgiram aquelas labaredas, enquanto do alto do jeep com metralhadora acoplada as balas passavam perto de nós.

Khuno tomou a frente e ignorou o rifle, abatendo dois com o machadinho, enquanto eu atirei no terceiro. Abrigamo-nos atrás do outro *Uro-TT Vamtac MS-3*.
– Khuno ferido – ele murmurou.

Quando ele estendeu a mão que estava na lateral da costela, estava completamente ensanguentada.
– Aguenta firme, nós vamos sair dessa.

Khuno e eu continuamos defendendo da maneira que deu, até que jogaram um objeto oval no chão.

– Granada! Corre!

Khuno e eu corremos para o lado e a bomba explodiu. Achamos outra pedra para usar como barreira. Ele ficou mais atrás, seus ferimentos eram gravíssimos, estava quase perdendo a consciência.

– Khuno, reage, por favor. Temos que continuar!

– Khuno não pode, Eve tem que pará-los...

– Por favor, não...

– Tem que explodir arsenal. Eve menina explosiva, pode fazer isso...

Ele estendeu seu machadinho e eu pendurei no cinto. Ele não ia sobreviver.

– Eu te cubro.

– Obrigada.

Minha voz estava embargada em lágrimas, inclinei-me e beijei sua bochecha. Não mais olhei para trás, corri em campo aberto em direção aos caminhões que estavam do outro lado.

Saquei as pistolas e atirei em todos os que vi pela frente. Ninguém me acertou, cada segundo era decisivo. No meio do caminho, me ataquei com um deles e roubei seu cinto com quatro granadas.

– Isso mesmo! Corram, seus bastardos, estou chegando por todos vocês!

Logo puxei o pino da primeira granada com a boca e joguei no *J8*. Corri mais um pouco, me atirei atrás de um caixote e taquei mais uma em um aglomerado deles. As outras duas, joguei na direção do caminhão, onde havia a maior concentração de homens. Todas elas explodiram com sucesso!

Peguei uma das armas do homem que eu havia abatido, uma bazuca! Levantei e disparei na direção do caminhão, detonando todos os explosivos. O impacto foi tão grande que o chão tremeu e eu caí meio aturdida por alguns segundos.

– *Eve, me ajude, Eve!*

– Cat, o que houve?!

– *Estou atrás do outro jipe, eles me cercaram! Eve, estou muito assustada, vem me buscar!*

– Fique calma, eu vou te salvar!

Levantei a cabeça e procurei o outro jipe, estava longe. Mesmo assim, não pensei duas vezes antes de correr para salvar a minha amiga. Durante o trajeto, tive de atirar em mais alguns.

Ao alcançar o jipe, vi Cat. Ela estava do outro lado, com a pistola estendida, e havia três homens atirando contra o veículo. Corri até ela, que estava abaixada chorando, e a envolvi em meu abraço.

Ela recostou a cabeça em meu peito.

– Acalme-se, por favor, acalme-se.

Levantei e atirei contra eles. Matei os três, mas fiquei sem munição.

– Eu fiquei com tanto medo, Eve...

– Pronto, passou.

– Khuno?

Eu estava a ponto de chorar, essa foi a melhor resposta que encontrei. Atrás de nós ainda havia tiros. Conduzimo-nos para dentro do jipe.

– Jason recuperou isso!

– A bússola? Como?

– Bateu atrás da cabeça de Cortés e a roubou.

– Vamos pegar Jason e dar o fora daqui!

Um tiro atravessou o vidro dianteiro entre mim e Cat.

– Droga! Estou sem munição.
– Podemos usar aquilo.
– Você não sabe usar uma metralhadora!
– É, mas eles sabem.
– Tome cuidado.

Esperei até Cat passar para trás antes de colocar o veículo em movimento. Até que ela se saiu bem, eu joguei o carro em cima dos remanescentes, então ela só teve de segurar a metralhadora.

Circulei a área à procura do *Land Rover*. O carro estava mais afastado de todos, típico de Cortés. Ao nos aproximarmos, fomos recebidas por uma onda de tiros.

– Cat, fica abaixada.

Parei o carro assim que vi quem era o homem que Ian tinha colocado uma faca no pescoço: Jason.

– Renda-se, Bombom! – pediu Cortés com um alto-falante ridículo.

– O que faremos, Eve?

– Feche os olhos e não levante por nada, entendeu?

Engatei a marcha à ré e arranquei. Guiei-me pelo retrovisor até a beira do rio.

– Fique no carro.

Eu desci e os tiros passaram perto de mim. Estendi a mão, exibindo a bússola e eles cessaram.

– Acordo? – sugeri.

– Fuja, Eve! Tire a Cat daqui! Ah!

Deram com o rifle na boca do estômago de Jason.

– Acordo? Não está na posição de acordo, Bombom!

– Mesmo? E agora?

Reuni todas as forças e joguei a bússola o mais longe que consegui.

– Não!

Antes que eles voltassem a atirar, corri para dentro do carro, que foi fuzilado.

– Nos rendemos! Nos rendemos!

– Eve?

– Não saia do carro, Cat. Escutou? Não saia deste maldito carro!

Saí do carro com as mãos para o alto. Jason estava de joelhos no chão, ainda vivo.

– Pensei que todos tivessem se rendido! – disse Ian.

– O que a loira está armando?!

– Nada, como eu disse, nós nos entregamos com uma condição.

– E por que eu aceitaria seus termos, Bombom?

– Porque eu vi o caminho para *El Dorado* e você sabe que posso te levar até lá, contanto que não machuque mais ninguém.

– Tem a minha palavra.

– Então também te dou a minha palavra de que, se você ou qualquer um dos seus capangas machucarem Cat ou Jason, juro que nunca, jamais sequer verá *El Dorado*.

– Muito bem, Bombom. Não vou machucar os seus amigos.

Ele se dirigiu na minha direção e me deu um tapa na cara desses que fazem aquele estalo.

– Deixa eu adivinhar: eu não me incluí nos termos?

– Não abuse da sorte, Evelyn. Prendam os três!

Capítulo 19

Afogada em desespero

Eu havia elaborado um plano perfeito, estava tudo indo muito bem, até a execução falhar.

– Desculpe, Eve. Eu estraguei tudo. Sinto muito, muito mesmo. Perdoe-me! – Cat dizia entre lágrimas. – Não deveria ter ido atrás da minha câmera...

– Cat, por favor, acalme-se! – Sério, nem havia nada pelo que se desculpar, mas, se ela continuasse falando, eu ia me irritar. – Vamos dar um jeito nisso, eu prometo. Ok?

– Ok – ela assentiu.

Resumindo: agora estávamos todos amarrados em posições desconfortáveis de novo, sob ameaça de morte iminente. Para completar, Cat choramingava como um bebê.

Eu estava quase pedindo para Cortés, que carregava a mochila da Cat, devolver a câmera dela para ver se ela se acalmava um pouco. Mas, considerando que ele já não tinha tanto apreço por mim, achei melhor ficar quieta.

A única razão para continuarmos vivas era que Cortés acreditava que talvez eu ainda pudesse ser útil – não posso discordar do seu pensamento nesse ponto, afinal, eu era a única pessoa no mundo inteiro que poderia encontrar *El Dorado*, a única que tinha desvendado a "bússola" e sabia para onde ela levaria.

Contudo, independentemente da minha ajuda, ele me mataria mais cedo ou mais tarde. Então tentei atrasá-los um pouco enquanto pensava em algum plano genial.

Eu tentava retardar tudo o quanto fosse possível, pegava um desvio errado, andava devagar, lia mapas e conferia bússolas mais vezes do que realmente era necessário.

O problema era que eu não estava sozinha. Cat e Jason estavam como reféns, tinham armas apontadas para eles. Ou seja, mesmo Cortés não podendo me matar por ora, eu ainda não tinha a situação sob o meu controle.

– Você está chateada comigo, não está? – Cat murmurou baixinho enquanto eu estava absorta em meus pensamentos.

– Não mesmo – respondi, dando um sorrisinho.

– Mas eu estraguei tudo, Eve. – Cat estava quase chorando de arrependimento.

Vendo-a assim, não conseguia culpá-la.

– Não, Catherine. Escuta, você não estragou nada e não é hora de se culpar. Eu já disse que vamos sair dessa, eu prometi, lembra? – disse, olhando em seus olhos.

– Vocês duas podem parar de tricotar e se concentrar no que realmente importa? Pensei que chegaríamos mais rápido, Bombom – reclamou Cortés.

– Em breve, chegaremos.

Guilhermo já estava perdendo a paciência, quando tive de mostrar o caminho certo. Eu não me lembrava de muita coisa, então segui por onde a direção apontara.

Boa parte do caminho eu já havia descoberto, então a parte que faltou era relativamente a mais simples, pelo menos era o que parecia. Mas eu só descobriria que estava errada poucas horas mais tarde.

O caminho na floresta era um pouco confuso, quase nos perdemos algumas vezes – tudo bem que *em parte* de propósito.

Continuamos caminhando e caminhando, até uma parte onde havia uma elevação considerável. Depois de subirmos, chegamos ao rio que cortava o caminho.

Para minha infelicidade, minha intuição estava mais do que certa. Todas as suposições que fiz ao interpretar o mapa estavam batendo com as pistas.

Estávamos em frente a uma ponte de madeira muito antiga, era do tipo de tábua e corda que, com o peso, poderia partir a qualquer momento. Abaixo dela, corria a nascente no rio de águas agitadas que nos conduziria direto a uma queda-d'água.

Do outro lado, havia uma gruta escavada. Estava coberta de lodo, que disfarçava sua localização, e tinha uma entrada quadrada, diria que grande, pela qual pessoas poderiam entrar com facilidade.

Cortés foi o primeiro, deu um passo, ela rangeu, mesmo assim continuou andando. Estava muito nervoso, agarrou-se à corda o tempo todo.

Helga foi logo em seguida, estava confiante, desfilando com aquele jeito militar. Quando estava na metade do caminho, a corda pareceu ceder mais um pouco, mesmo assim não deu o braço a torcer.

– O que estão esperando, seus idiotas? Venham!

Eu era a próxima. Primeiro passo. Ok. Esperei Helga terminar a travessia, enrolei um pouco porque a próxima seria

Cat. Ela estava muito insegura, deu o primeiro passo, mas recuou no segundo, estava com medo.

Cortés e Helga já estavam fora do campo de visão, será que haviam chegado lá?

Quando estávamos na metade, ela pisou em falso, quebrando uma das tábuas.

– Vai logo, loirinha – ordenou Ian.

– Não! – Jason protestou.

– Está me desafiando, Jason?

– Não vê que ela está assustada?

Ele pegou sua arma e a destravou.

– Não faça isso! – gritou Cat.

Recuei alguns passos até ficar ao seu lado, segurei seu braço.

– Vamos.

Ela olhava fixamente para o outro lado, Ian o encarava com um ódio mortal.

– Sabe, Jason, agora que Eve nos conduziu todo o caminho até *El Dorado*, não precisamos mais de você.

Ian puxou o gatilho, acertando a lateral da barriga de Jason. Ele tombou de joelhos para a frente, olhei seus olhos uma última vez, estavam chorosos... Ele puxou o ar, apoiou a mão no chão e ficou ali estirado.

– Não! Jason... – a voz de Cat ficou falha.

– Seu...

Encarei seus olhos com ódio, como ele pôde ter matado Jason com tamanha crueldade e covardia?

– Não se preocupe, Eve – ele disse agora, atravessando a ponte. – Não terá tempo de sentir saudade!

Saquei uma das flechas da minha aljava, mas, antes que eu armasse meu arco, ele apontou a arma na direção de Cat.

– Abaixa!

Joguei-a para o chão e uma das cordas arrebentou devido ao movimento brusco. Ian recuou e, ao voltar, pegou uma faca.

– Ótimo, então vão juntas!

– Segura! – alertei Cat.

Ian cortou a segunda corda. Cat e eu conseguimos nos segurar, mas fomos arremessadas diretamente contra a parede. Com o impacto, Cat quase caiu, mas soltei uma das mãos e a segurei a tempo.

– Te peguei.

– Eve... eu não consigo me segurar.

– Consegue, sim, vem.

Ela fez um esforço e se agarrou a uma das tábuas. Subiu um pouco, mas tinha dificuldade.

– Lembra daquela parede de pedras? É a mesma coisa, nós vamos conseguir. Confie em mim.

– Tudo bem.

Puxei-a um pouco mais, ela já estava quase ao meu lado, então soltei sua mão e segurei sua cintura. Com as duas mãos, ela conseguiu subir melhor.

O caminho era traiçoeiro, fomos o mais cautelosamente possível e alcançamos o outro lado.

Erguemo-nos, Cat primeiro, depois eu. À nossa frente estava uma espécie de gruta, com a frente coberta de musgo, mas as paredes feitas de pedras encaixadas, como nas construções anteriores.

Por um segundo, o chão tremeu, Cat quase caiu, mas recobrou o equilíbrio. Geografia física também nunca foi a minha especialidade, mas não há terremotos na Amazônia, certo?

Não tive muito tempo para observar e analisar o local. Helga estava de pé à nossa frente, tudo bem que seu humor nunca foi dos melhores, mas eu nunca a havia visto daquele jeito.

Ela puxou Cat pelos cabelos e a arremessou para o lado. Levantei-me, ela chutou minha costela quando minha guarda ainda estava baixa, paralisei de tanta dor.

– Isso é algum tipo de piada, sua bastarda?

Slap! Ela me deu uma bofetada.

– Quê?!

– Sua filha da mãe! Morra!!!

Helga ergueu a adaga contra o meu peito, eu congelei no ato.

– Não!!!

Foi quando Catherine a interceptou.

Minha amiga se pôs entre a adaga e eu, recebendo o golpe na parte de trás do ombro, enquanto me abraçava. Fiquei em estado de choque. *Cat levou uma facada em meu lugar.* Minha mente demorou segundos para processar essa informação.

Helga retirou a arma com igual violência e empurrou Cat para o lado enquanto essa me soltava. Ela continuou caindo em direção ao rio.

Estiquei o braço para alcançá-la, mas não consegui, estava de joelhos no chão, vendo a minha melhor amiga caindo com os olhos chorosos ainda abertos, ainda conscientes, e sussurrou meu nome.

Eu assisti àquela cena em câmera lenta, paralisada pelo choque.

Helga voltou a erguer a arma contra mim. Aja e não reaja, disse para mim mesma. Então desta vez chutei sua mão, atirando a adaga para longe. Queria matá-la, mas primeiro precisava salvar minha amiga.

Investi contra o rio para tentar salvá-la!

– Catherine!

Quando meu corpo se chocou contra a água, doeu um pouco mais do que eu esperava. Mergulhei e voltei à superfície para respirar. Olhei para todos os lados à procura dela, tornei a mergulhar, abri os olhos, vi seu vulto adiante.

– CAAAAAAAT – gritei.

Minha aljava atrapalhava um pouco, mas não tinha como me livrar dela naquele instante, então nadei o mais rápido que pude na direção em que a água caía, por vezes chamei seu nome em vão. Fui tomada pelo desespero em vários momentos, mas continuei.

Já me aproximava da queda, tornei a mergulhar, avistei o corpo de Cat, não estava muito longe.

Dei braçadas mais fortes e mais determinadas, submergi por completo e mantive o mesmo ritmo até alcançar seu braço.

Voltei à superfície e puxei mais ar, já estava a centímetros da queda, não havia mais retorno.

Segurei-a o mais forte que pude, então caímos.

A queda foi longa, e o impacto, violento; engoli um pouco de água e a soltei. Seu corpo estava totalmente submerso, afundando com os braços esticados. Segurei-a por trás e a trouxe de volta à superfície.

Levei seu corpo até a margem, segurando-a por trás e a envolvendo com meus braços. Depois a arrastei para fora.

Saí da água e a deitei no chão, joguei meu arco e aljava de flechas no canto e comecei os socorros.

Sua pulsação estava muito fraca, talvez ausente... e não respirava.

Estava mal, gelada, sangrando... Apoiei-a e comecei a tentar fazê-la respirar primeiramente. Iniciei a massagem cardíaca.

Posicionei a cabeça dela um pouco para trás, deixando o queixo mais voltado para cima para facilitar a respiração, então apoiei suas mãos abertas uma sobre a outra com os dedos voltados para cima. Coloquei a mão entre seu peito, com os braços esticados, empurrei as mãos com força, utilizando o peso do meu próprio corpo contando dois empurrões por segundo.

– Cat, vamos, você vai ficar bem.

Continuei o procedimento sem obter melhoras, ela continuava imóvel sem respirar.

– Vamos, Cat, você está me assustando.

Minha amiga não deu nenhum sinal de vida. Não consegui mais segurar as lágrimas, estava desesperada demais, nunca havia sentido tanto medo de perder alguém.

– Vamos lá, Cat, respira, por favor, respira... é isso, precisa de um pouco de ar.

Como fui tão idiota em não intercalar a massagem cardíaca com respiração artificial?

Abaixei-me, ficando por cima de seu corpo, tampei seu nariz com os dedos e abri sua boca, depois encaixei a minha delicadamente e soprei, mantendo o compasso.

– Vamos lá, sei que você está aí, respira...

Tornei a soprar ar para seus pulmões, nada.

– Acorda e respira. Vamos lá, lute!

Tornei a fazer o procedimento, mas, quando tocava seus lábios com o meu, eles estavam muito frios.

Ela não se mexeu, eu a erguia mais para perto de mim, encostando sua cabeça contra o meu peito, seu rosto estava próximo do meu.

– Vamos lá, não me deixe... por favor, Cat, não me deixe – disse em um sussurro. – Não me deixe! – gritei entre lágrimas. – Não me deixe!!!

Golpeei seu peito.

– Acorda!
Bati mais forte e ela tossiu.
– Acorda!
E mais uma vez...
– Acorda!!!
Ela cuspiu a água e puxou ar. Seu coração disparou. Abriu os olhos assustados, ainda estava gelada e sem fala.
Eu sorri e chorei de alegria ao mesmo tempo, então a envolvi em meu abraço e beijei o alto de sua testa sucessivamente.
Ela respirava de forma ofegante.
– Estou no céu?
– Não, você está viva, Cat. – Eu a abracei mais forte.
– Eve, eu...
– Não, não diga nada.
Tornei a beijar sua testa. Abracei-a mais forte e ela gemeu.
– Vamos tratar do seu ombro.
Cat assentiu.
Ela virou de costas, levantei sua blusa, o ferimento era feio, porém não atingiu nenhum ponto vital.
Retirei minha camisa verde-musgo, ficando apenas com a regata branca. Estava úmida, mesmo assim coloquei-a em cima da lesão no ombro de Cat, pressionado para estancar o sangue.
– Você me salvou... – ela murmurou.
– Não, Catherine, você me salvou primeiro. Entrou na frente de uma faca por mim, obrigada.
– Não por isso, você teria feito o mesmo por mim. É o que fazemos quando amamos alguém.
Ela me deu um sorriso meigo que me alegrou.
Ajudei-a a se levantar devagar, ela encostou em uma pedra. Cat segurou minha mão e disse:

– Lembra-se de quando perdi a consciência naquele labirinto? Eu vi aquela faca penetrando seu peito, daí você caía no chão, gemendo... Essa visão estava me aterrorizando, então percebi que não poderia viver sabendo que você se foi sem eu ter feito nada.

– Foi isso que aquela sacerdotisa quis dizer quando falou que você viu demais, não foi? Viu Helga me matar através daquela faca cerimonial.

Ela assentiu.

– Foi a coisa mais corajosa que já vi – comentei.

– Você me ensinou a ser corajosa, acreditou em mim. Eu te amo, Eve.

– Eu também te amo, Catherine.

Inclinei-me sobre seu corpo e beijei sua bochecha.

– Cat, há uma coisa que tenho que fazer...

– Não vá, por favor...

– Eu preciso, eles machucaram minha mãe, meus amigos, mataram o Jason e tentaram te matar. Devem estar à nossa procura neste exato momento.

– Eu não só arrisquei como também teria dado a minha vida por você, Eve!

– Eu vou voltar, prometo.

Tirei o relógio e pendurei-o na barra da sua saia, já que ela não gostara muito do seu designer esportivo. Se eu não voltasse, pelo menos alguém poderia encontrá-la por meio do rastreador, e isso já seria o bastante para mim.

– Sua lesão não foi muito grave, mesmo assim não tardarei a prestar os devidos socorros, não negligenciaria sua vida por nada. Talvez eu consiga algo para primeiros socorros e fazer contato com alguém... Se ouvir algo, se esconda. Fique aqui, tudo bem?

– Não há como te convencer do contrário, não é mesmo? – Seu tom era compreensivo, entendera que não me faria mudar de ideia.

– Parece até o Matt falando assim.

– Isso é sério, Eve, não faça piada.

– Tudo bem, Cat. Só peço que confie em mim uma última vez, por favor.

– Sempre confiarei em você, Eve.

Inclinei-me sobre ela, dando-lhe um abraço fraco para não machucá-la ainda mais. Já estava me levantando e partindo quando ela voltou a chamar minha atenção.

– Eve...

Voltei-me para ela imediatamente. Meu rosto devia estar sério, mas Catherine tinha um sorriso jocoso no rosto.

– Se você morrer, eu te mato.

Isso foi o bastante para me arrancar um sorriso discreto.

Capítulo 20

Fui tomada pelo meu lado negro

Eu já havia matado antes, mas nunca tive tanto sangue-frio, foi a primeira vez que eu realmente soube o que era o ódio e sucumbi a ele.

Meus motivos haviam mudado, antes eu lutava para defender aqueles que eu amava, lutava por sobrevivência. Mas agora eu queria ferir aqueles que os machucaram, queria matá-los agora mais do que nunca.

Nadei até a margem direita do rio, pretendia pegar – no sentido original da palavra – Ian e os outros seis primeiro, além disso, Jason ainda poderia estar vivo. Se não estivesse, no mínimo, teria a sua vingança.

Minhas roupas estavam encharcadas, mas a adrenalina mantinha meu corpo quente. Eu estava exausta, com dores na costela esquerda, sangrando, subindo a floresta adentro à procura deles.

Não estava carregando nada exceto um arco e uma aljava de flechas quase vazia, pois a maioria das flechas havia se perdido no rio, mas também não havia tantas presas para abater.

Agir e não reagir. Estava repetindo isso com muita frequência naqueles últimos dias, eu mantive a iniciativa, mas acabei capturada. Não é que eu não soubesse usar o fator surpresa, mas minha guarda estava baixa o tempo todo.

Tudo bem que eles tinham reféns, mas também cometi erros primários, erros que a essa altura, com certeza, me matariam, erros que eu não poderia me dar o luxo de repetir. Agora eu estava por mim mesma.

Meu momento de reflexões filosóficas foi interrompido pelo barulho de passos. Abaixei-me e avistei um deles.

Engatinhei para o lado, esgueirei-me atrás de uma árvore e saquei uma das flechas. Coloquei-a no arco, esperei um pouco até o sujeito entrar no meu campo de visão, o chão já delatava sua sombra.

Lembrei-me das minhas aulas de arco e flecha, eu sempre fui muito boa nisso. Minha confiança estava elevada, eu estava tranquila, meus batimentos não estavam tão acelerados quanto antes.

Usei a ponta da flecha como referência, ele entrou na mira, exatamente onde tinha de estar. Respirei fundo, puxei a corda até o fim e larguei, deixando o braço esticado.

– Aaaaaaaaah!

Seu grito foi curto e reprimido. Vi o sangue jorrar por sua garganta, ele caiu para o lado com os olhos fora de foco: morte instantânea.

Como eu imaginava, não estava sozinho. Escutei movimentações e vozes, algo como "ele caiu". Não perceberam meu tiro.

Continuei escondida atrás da árvore. Dois homens se aproximaram do cadáver, foi quando perceberam uma flecha fincada em seu pescoço. Corri para cima por entre as árvores, eles tomaram conta da minha presença e atiraram, mas não fui atingida.

Saltei uma vala, me esgueirei e me movi para o lado. Eles vieram atrás de mim. Desceram, mas não perceberam que eu estava escondida, seguiram em frente e eu fui para o lado.

Um deles entrou no meio das árvores, enquanto o outro ficou parado no meio da clareira, que coisa estúpida. Ele pegou o revólver para descarregar, aproveitei o momento.

Saí do meu esconderijo, não fiz um ruído sequer. Como não podia me expor em campo aberto, não o segui como uma sombra, limitei-me a ficar um pouco mais à frente de onde estava.

A posição estava péssima, tive de inclinar meu corpo. Dessa vez, usei meu braço como referência, estava perto do alvo. O disparo foi preciso, a flecha não só acertou a parte de trás das suas costas, mas também a penetrou tão profundamente que perfurou seu coração, fazendo-o gemer e gritar de dor de joelhos no chão.

Minha base estava tão ruim que o impulso que dei com o bumbum para a frente me arremessou para o chão, mas me levantei antes que o outro chegasse. Ele me viu correndo e me seguiu, sua arma estava na cintura, então não tentou disparar um tiro sequer para não me perder de vista. Corremos por entre a floresta aos tropeços, esbarrando nas árvores.

Quando ele tentou pegar a arma, distraiu-se e tropeçou, caindo no chão. Sua pistola ainda estava na mão, então, quando me viu encaixando uma flecha, deu uma série de disparos sem direção.

Consegui me proteger sem que nenhum tiro me acertasse, voltei-me para sua frente, já estava de joelhos, mas dei mais um disparo preciso, dessa vez em seu olho.

Recolhi sua arma, mas estava totalmente descarregada, tal como a do seu companheiro – esses bastardos nem para me deixar uma arma decente! –, o que me deixou com apenas três flechas.

Refiz o caminho de volta, mas, dessa vez, fiquei mais na floresta do que na margem. Cheguei a um ponto em que eles já deviam estar por perto, eu precisava de um ponto mais alto. Resolvi escalar uma árvore.

Escalar uma murada de pedra foi muito fácil, pois as árvores amazônicas são mais altas e escorregadias. Consegui agarrar um cipó, o que auxiliou em minha subida.

Não subi muito. Na árvore em que eu estava, tinha um galho que se estendia um pouco à frente, não era grande, mas firme, e sustentava o meu peso. Subi nele, dobrei os joelhos e encaixei uma flecha à espera do meu alvo.

Não demorou muito para um deles aparecer. Meu alvo estava olhando tudo ao seu redor, menos o que estava alguns metros acima. Aquele foi o tiro mais difícil, estava em uma posição desconfortável, que nada me favorecia. Apontei em direção ao chão, mas levei um tempo para soltar, meu corpo se mexia muito para manter o equilíbrio, e um erro poderia ser fatal.

Larguei! Atingi a parte de trás do seu pescoço, o tiro foi mais preciso do que eu esperava, mas não consegui manter a posição por muito tempo. Soltei meu arco e me joguei, consegui me segurar em um cipó e deslizar por ele alguns metros para baixo, amenizando a queda.

Mesmo assim, foi um pouco dolorida, e minhas mãos só não ficaram mais ferradas por causa da gaze. Peguei meu arco, que, por sorte, ainda estava inteiro. Segui em frente.

Só mais duas flechas. Eu já havia abatido quatro, mas nenhum dos meus principais alvos. Além de Ian, Guilhermo e Helga, devia haver mais uns dois mercenários. Pensei em Jason, será que ainda estava vivo?

Poupei esses pensamentos para mais tarde e escalei outra árvore. Dessa vez, eu havia escolhido uma melhor – e bem mais difícil de escalar –, um pouco mais grossa, logo, seus galhos eram mais firmes.

Subi uns quatro metros com muita dificuldade, segurei de cipó em cipó, meus braços doíam, por vezes quase caí, mas, no fim, alcancei um dos galhos.

Ele era bem firme, agarrei-me nele e prendi uma das minhas pernas no cipó. Peguei um arco e deixei uma flecha pronta. Resolvi que era mais seguro atirar abaixada mesmo.

Minha vantagem foi que fiquei bem em frente a uma clareira, então, se eles aparecessem, ficariam expostos. Agora eu precisava encontrar uma maneira de chamar a atenção deles.

– Auuuuuuuuuuuu! Auuuuuuuuuuuuuuuuuuuu!

Ok, devo admitir que minha tentativa de imitar um lobo não foi das melhores. Por favor, ignore o fato da inexistência de lobos nesse local, sou péssima em Biologia, mas não sou a única.

Um deles apareceu um minuto depois – ainda bem, porque já estava a ponto de gritar de novo.

Ele foi tolo demais, como achei que seria, e entrou na clareira correndo, procurando por todos os lados.

Ajeitei-me da melhor maneira que pude, usei a ponta da flecha como referência novamente – na verdade, era a única referência disponível. Tive dificuldade ao puxar a corda, pois estava com o tronco inteiro encostado no galho.

Ele se mexeu, caminhou de um lado para o outro. Continuei com o braço esticado. Ele se aproximou um pouco mais, então me coloquei um pouco mais de lado e soltei, acertando a lateral da cabeça.

Não penetrou muito, o alvo estava distante e o tiro foi para baixo, mas minha pontaria foi fatal; mesmo assim, ele agonizou um pouco antes de morrer.

Ficar parada ali estava realmente desconfortável, até pensei em procurá-lo, mas seria arriscado demais. Não tardou muito para o último aparecer.

Ele foi bem mais cauteloso, talvez por suspeitar que alguma coisa tivesse acontecido com o outro. Quando o viu estendido próximo à árvore, deu um passo para trás e procurou à sua volta.

Minha posição não era favorável ao tiro, coloquei-me mais ao centro do tronco, mesmo assim ele me localizou. Estava armado com um rifle *carcano*, daqueles que só dão um disparo e aí você tem de carregar de novo.

Ele descobriu minha localização e disparou, acertando a lateral do tronco. Recarregou e, dessa vez, acertou o meio. Repetiu o gesto e novamente o tiro só pegou o tronco de raspão.

Cheguei um pouco para a beirada para observar melhor. Ele vasculhava os bolsos, seu rosto expressava insatisfação. Foi quando ele largou o rifle e se pôs a correr.

Era a minha melhor chance, joguei meu corpo para o lado, mirei um pouco mais à frente, puxei a corda e soltei. Peguei-o na corrida.

Dessa vez, não foi muito preciso, só atingiu a coxa. Ele caiu, depois rastejou e se esgueirou pelos cantos enquanto eu descia. Repeti minha artimanha com o cipó.

Eu ainda vestia a aljava de couro, não que fosse útil, mas porque foi Khuno quem me dera.

Alcancei o chão e ele ainda estava tentando remover a flecha, tinha quebrado a ponta e dado um puxão, livrando-se dela.

Arranquei a flecha cravada no pescoço de seu amigo de uma vez só, estava completamente ensanguentada, mesmo assim encaixei-a no arco e mirei. Foi o tiro mais fácil, até então, ele estava sentado encostado em uma árvore, não apresentava perigo tal como eu não teria piedade.

Minha flecha penetrou sua garganta, ele vomitou sangue e sua cabeça tombou para a frente, restando apenas mais um.

Não me arrependi de ter matado o último cara, apenas de não ter guardado aquela flecha para o ordinário do Ian.

Não foi difícil encontrá-lo, apenas segui a direção da qual os outros dois apareceram. Ele estava parado no mesmo lugar onde antes havia uma ponte.

Aproximei-me por trás e observei. Ian estava muito concentrado e atento e, diferente dos outros, ele me conhecia bem, sabia como eu atacaria, por isso tinha uma pistola à mão.

Contudo, o que me entristeceu foi ver Jason... Tive vontade de chorar ao ver seu corpo estirado no chão com a camiseta manchada de sangue.

Tinha esperança de que o tiro tivesse sido só de raspão, de que alguém tivesse prestado os devidos socorros, mas seu corpo estava do mesmo jeito de quando caíra.

Eu, realmente, lamentava a morte dele, sentia o fato de ele ter morrido como um herói e nem sequer ter tido um enterro decente. Isso eu não poderia dar a ele, mas daria a sua vingança.

– O que houve, Eve? – Ian agora se virou para minha direção. – Apareça!

Ele destravou a arma e a estendeu.

– Sei que está aqui! Pare de brincar!

Ele se aproximou mais, peguei uma pedra e taquei para longe. Ian foi ingênuo o bastante para seguir o som. Ele estava na minha diagonal quando ataquei. Lancei outra pedra, dessa vez em sua cabeça, corri e segurei seu braço. Tentei fazê-lo soltar a arma, mas ele era forte.

Nossa disputa ficou na força física, dei umas cotoveladas em seu rosto, mas ele envolveu meu pescoço com o braço que estava livre. Ele começou a apertá-lo, levei uma das mãos para tentar aliviar a pressão imposta por seu braço supermusculoso.

Eu estava levando a pior, não só por estar quase sem ar, mas porque ele começou a levar a arma até mim. Continuei segurando o seu braço, deslizei minha mão até a pistola, puxei o gatilho duas vezes.

Finquei minhas unhas – ou o que restaram delas – no braço que prendia meu pescoço e o arranhei.

– Filha da mãe!

Ele apertou meu pescoço ainda mais, pisei em seu pé e dei duas cotoveladas na costela. Foi quando ele aliviou, larguei o outro braço, com a força que ele veio para trás teria batido na minha cabeça, se eu não tivesse girado o corpo e me desvencilhado dele.

Agora eu estava atrás de Ian, pisei em seu joelho e ele tombou; naquele momento, por instinto, esticou o braço, mas chutei sua arma.

– Isso é pela minha mãe!

Aproveitando que ele ainda estava meio abaixado, levei meu joelho até seu estômago, ele inclinou o corpo mais para a frente.

Infelizmente, quando eu ia chutar sua cara, ele agarrou minha perna e me deu um puxão. Escorreguei, caindo no chão, ele continuou me segurando, chutei seu rosto e ele me soltou.

Por mais que eu fosse boa em combate corpo a corpo e tivesse pegado uns caras grandões, Ian era bem forte, bem treinado e estava em melhores condições físicas.

Levantei-me, mas, antes que pudesse correr, ele havia agarrado meus cabelos e me chacoalhado, depois socou minha boca com força. Fiquei tonta por alguns segundos, tempo suficiente para ele me derrubar.

Quando fui para o chão, bati com as costas e rolei para o lado para desviar do seu chute. Dei uma rasteira nele, ele caiu ao meu lado, apoiando-se com os braços.

Mais uma vez, me ergui, porém, quando tentei correr, ele esticou um dos braços e me derrubou novamente. Segurou minhas pernas e me arrastou.

Já estava quase sem forças, tentei me agarrar ao chão, mas ele foi me levando em direção ao desfiladeiro.

Chegando ao final, ele soltou minhas pernas e me ergueu pelos cabelos, perdi a calma e me debati.

– Olhe para você, e pensar que um dia quis te comer. Mas agora não vale mais nada para mim! – gritou. – Quer saber? Posso ter a mulher que quiser com o dinheiro da "sua" descoberta.

Ele deu uma dessas risadas sinistras de psicopata e me estendeu. Só de encará-lo, ficava nauseada, sentia nojo.

– Pode ter qualquer mulher, exceto eu!

– Adeus!

Ian me jogou para o lado rumo à queda, porém consegui me agarrar à beirada com uma das mãos.

Ele parou à minha frente com seu olhar impiedoso. Ele estendeu o pé e pisou no meu dedo.

– Morra!

Não, hoje, não!

– Ahhhh – gritei, mas não soltei.

Por ora, estava viva. Ele não insistiu muito, tornou a levantar o pé, queria me passar uma pressão psicológica antes de finalizar comigo. No entanto, antes que ele pudesse repetir o gesto, alguém o agarrou e o arrastou para o lado.

Ele caiu por cima de Ian e deu dois socos no rosto, foi quando focalizei sua face. Não foi qualquer um que me salvou, foi Jason – ele estava vivo!!!

Fiquei aliviada ao vê-lo.

Eu não sabia bem como, talvez ele só tivesse desmaiado quando levou o tiro, ficando inconsciente por um bom tempo.

Ian estava levando a melhor, havia invertido as posições e se desvencilhado depois de jogar areia nos olhos de Jason. Ele o socava e lhe dava pontapés.

Pressionei o pé contra a parede e ganhei um pouco de impulso para cima, segurando a borda com a outra mão. Como não havia apoio para meus pés e eu não tinha tanta força nos braços, fiquei parada onde estava, não podia fazer nada a não ser assistir à briga.

Jason estava sendo massacrado, Ian jogava sujo, chutava o ferimento de Jason provocado pelo tiro. Sua situação não era boa, precisava de ajuda. Peguei impulso de novo, dessa vez consegui apoiar todo o meu antebraço sobre a borda. Tateei algo para me segurar, mas nada. Um pouco mais de esforço físico.

Apoiei o pé na parede, estiquei todo o braço, depois o outro. Com os dois sobre a beirada, foi mais fácil. Apoiei os dois, fiz força contra o chão e apoiei a barriga. Depois o joelho e então me elevei.

A luta parecia um pouco mais equiparada, apesar da vantagem de Ian. Ambos estavam se engalfinhando, procurando uma imobilização para um possível enforcamento.

Agi rápido, corri até onde nós havíamos brigado à procura do revólver. Encontrei a arma rapidamente e o verifiquei, tinha apenas duas balas.

Analisei a posição, estavam tão próximos um do outro que poderia errar o alvo, era perigoso demais para arriscar. Eles estavam próximos ao desfiladeiro, um movimento em falso poderia se tornar ainda mais fatal.

Ian havia levado a melhor na briga, envolveu o pescoço de Jason em uma chave de braços. Este estava com dificuldade de respirar, ficou desesperado e se debatia e tentava segurar os braços do seu oponente.

Estendi a arma e me coloquei na frente deles.

– Solte-o, Ian.

Destravei o revólver e girei o tambor.

Ele puxou Jason contra seu peito.

– Se atirar, vai matar seu amigo.

Jason começou a se debater ainda mais, lançando-se para trás, parecia tentar atirar os dois penhasco abaixo.

– Eve, mate-o!

– Não posso, vou errar o alvo.

– Ele vai me matar de qualquer forma, salve-se. Atire!

Ian apertou seu pescoço ainda mais forte. Jason não se debatia mais, se contraía, tinha dificuldade para puxar o ar e seu rosto estava ficando roxo.

Dei mais alguns passos em sua direção.

– Passe-me a arma ou vou matá-lo! – Ian ameaçou.

– Tudo bem, mas solte-o primeiro.

– Você não está em posição de negociar, Eve. Eu dou as ordens: você me passa a arma e eu solto seu amigo.

– Não estou em posição de negociar? Tem certeza? EU estou segurando uma arma na sua direção agora mesmo. Solte-o!

– Não, você não vai atirar, se quisesse, já teria feito. Tem medo de matar seu amiguinho.

Ele deu outro tranco no pescoço de Jason, que soluçou.

Diferentemente de Cortés, ele não riu. Ian sempre sério, não costumava ser sádico ao matar alguém, não se divertia em provocar dor, seu estilo era mais eliminar de uma vez só.

– Eu mandei soltá-lo, Ian. Estou avisando, solte-o agora e talvez eu poupe a sua vida.

– Atira, então!

Ele continuou a estrangular Jason, seu rosto já estava ficando roxo.

– Tudo bem, tudo bem. Primeiro a arma, certo?

Ele assentiu.

– Por que não fazemos assim então?

Lancei a arma em direção à queda, porém perto do seu corpo para que pudesse pegá-la. Ian soltou Jason no chão, inclinou o corpo e esticou o braço, segurando o revólver ainda no ar.

Ele mirou na minha direção, destravou a arma e disparou.

– O quê?!

A expressão de Ian era incrédula, ele havia puxado o gatilho duas vezes e nada. Abriu o tambor, a arma estava descarregada.

– Procurando isto?

Estendi a mão e abri-a, expondo duas balas que joguei em sua direção.

– Há uns dias me disseram que só um idiota não notaria a diferença no peso de uma arma descarregada, você acabou de me provar isso.

– Sua...

Estabeleci contato visual com Jason, que captou minha mensagem.

– Agora!

Jason, agora agachado, deu uma cotovelada nos joelhos de Ian, que se desequilibrou, soltando a arma. Antes que ele retomasse o equilíbrio, eu corri para finalizar com uma voadora, arremessando-o longe.

– Jason!

Ele estava deitado no chão. Segurei por trás e o arrastei mais para o centro. Peguei um cantil na mochila de Ian e dei para Jason beber, ele estava péssimo: pálido, ofegante e suando frio.

Deitei-o no meu colo.

– Pensei que estivesse morto...

– Eu também. Fiquei desacordado, escutei um barulho e, quando abri os olhos, vocês estavam brigando, eu estava muito fraco, mas, quando Ian ia te matar eu... não sei, só não podia deixar que ele fizesse isso... então encontrei forças para levantar. Surto de adrenalina.

Ele tentou sorrir, fingir que estava confiante, mas seu estado de saúde era péssimo. Ele gemeu de dor e reprimiu um grito.

– Catherine?

– Ela está bem, corrigindo: viva, deixei-a em segurança. Você tem cuidado de nós desde o princípio, não é mesmo? Obrigada.

– Esse é o meu dever, salvar vidas. – Ele esboçou um sorriso. – Você foi genial, retirar os cartuchos foi genial mesmo. Todo aquele teatro quando tinha um plano armado... Podia tê-lo matado ali mesmo, mas preferiu arriscar uma boa chance para tentar me salvar. Obrigado.

Ele tremia, estava perdendo calor, eu não sabia o que fazer. Desconhecia o melhor procedimento para salvá-lo.

Foi quando percebi a real gravidade do seu ferimento, era profundo e estava coberto de sangue.

– Hemorragia externa.

– Jason, você vai ficar bem. Vamos te levar daqui o mais rápido possível.

– Não, Eve...

– Por favor, deve ter alguma coisa que eu possa...

Ele segurou minha mão e nossos olhos se encontraram. Jason estava conformado, sabia muito bem que não havia chance de sobrevivência para ele. No fundo, eu também sabia, só não queria acreditar nisso.

– Fique comigo, por enquanto.

– Jason, você não pode morrer. – Minha voz ficou embargada.

– Eve, é difícil aceitar a morte, mas isso é normal. Temos que aproveitar cada dia, lutar para sobreviver, então, quando não tiver mais jeito, podemos partir sem arrependimentos e com a certeza de que demos o melhor.

Ele tentava me consolar, e como eu daria essa notícia a todos? Como falaria para a Cat? O pouco tempo que convivemos me fez ver a nobreza e a bondade de seu coração. Alguém como ele não merecia morrer assim, o mundo precisava de mais pessoas como ele.

– Eve, mais uma coisa...

– Diga.

– Catherine pode parecer frágil, mas é uma garota incrível. Não deixe que seu medo as afaste. Ela te ama.

– Eu também a amo. Você está certo, vou deixá-la me ajudar mais, contanto que eu sempre a proteja.

Ele me deu um sorriso encorajador de aprovação. Depois soluçou e fechou os olhos. Ele soltou uma das mãos e pôs no bolso e entregou a mim um objeto conhecido.

– Acho que isso é seu, talvez seja útil.

Ele disse, entregando-me o isqueiro. Minha mão se fechou em torno do objeto e eu voltei a encará-lo com meus olhos chorosos.

– Boa sorte, Eve Raleigh – disse em seu último suspiro.

– Descanse em paz, Jason.

Ele fechou os olhos e eu o beijei na bochecha, despedindo-me do meu amigo que entrou em seu sono eterno para nunca mais despertar. Uma lágrima minha caiu em seu rosto.

Fitei o objeto na minha mão por uns instantes de reflexão.

Era uma pena que tenha vivido tanto tempo perdido e sozinho, será que carregava esse arrependimento? Espero que onde quer que ele estiver agora que encontre sua paz.

Infelizmente, eu não poderia levar seu corpo de volta, mesmo assim queria dar a ele uma despedida decente. Ele morreu como um guerreiro, então seria velado como tal.

Resolvi remover seu corpo para um lugar mais discreto.

Arrastei seu corpo até a clareira e o deitei no centro. Recolhi os galhos e as folhas mais secos e cobri o corpo de Jason com estes. Não era a pira funerária mais bonita nem a despedida mais decente, mas só podia fazer isso por ele naquele momento.

Acendi sua pira e disse adeus.

Voltei a minha caminhada enquanto o fogo crepitava atrás de mim.

Capítulo 21

Travei uma dança cortante

ALGUÉM DEVIA ESTAR ME ZOANDO, SÉRIO MESMO QUE EU TERIA de descer tudo de novo e encontrar algum caminho pelo outro lado? Mas não mesmo!

Fiquei parada ali na ponta da queda, olhando as águas turbulentas arrebentarem contra as pedras. Deu para ver o corpo de Ian contra algumas rochas, com certeza estava morto. Recolhi a arma descarregada que estava no chão e coloquei-a no cinto.

Circulei a borda. Estava em frente ao local onde antes havia uma ponte, e desta não restou nada exceto uma corda fina e corroída que poderia ceder facilmente, não precisaria de muito peso. Mas que escolha eu tinha?

Naquele momento, Guilhermo e Helga poderiam ter encontrado a cidade dourada. Eu realmente não queria que eles tivessem esse privilégio quando eu fiz a maior parte da descoberta, ou seja, não iria perder nem mais um segundo!

A corda não estava firme, possivelmente não suportaria meu peso, principalmente multiplicado pela velocidade. Estava falando de Física? Nossa, o estresse faz as pessoas surtarem.

Mesmo assim, arrebentei a corda do arco – infelizmente não me ajudaria em nada sem as flechas mesmo. Cheguei até a beirada onde a corda se fixava, desci, me segurando na ponta, passei o arco sobre a corda e, com um impulso contra a parede, me atirei.

Aquilo foi como uma tirolesa suicida e, como eu imaginava, a corda não suportou. Com a combinação de peso, velocidade, condições de conservação do fio e da sorte que vinha tendo naquela última semana, ela se rompeu quando passei um pouco da metade, quase não consegui segurar.

O impacto contra a parede dessa vez foi mais forte, e, como não havia uma ponte, eu senti toda a potência do choque. Segurei-me só com uma das mãos, virei-me e agarrei com a outra.

Fiquei um pouco mais abaixo da ponte que usaria como escada. Usei a corda para subir mais um pouco e, quando as alturas estavam equiparadas, comecei a me balançar.

A corda se rompeu novamente, mas saltei antes em direção à antiga ponte, segurando-me em uma das suas tábuas. Usei estas como degraus, subi uma por uma até alcançar o topo.

Não sabia o que fazer exatamente, estava com uma pistola descarregada e muito desgastada para um eventual combate corpo a corpo. Apesar de o último item não ser a especialidade de Cortés, ele estava com uma escopeta.

Mas quem me preocupava, mesmo, era Helga, não só por ser um perigo com espadas, mas também por seu estado alterado. Mesmo antes nunca a havia visto com tanto ódio e descontrole, geralmente ela era mais fria.

Aproximei-me da parede e pude ouvir a discussão.

– Isso é culpa sua! – gritou Cortés e, em seguida, ouvi um barulho semelhante a um tapa.

– Minha culpa, Guilhermo? Agora eu sou responsável por uma armadilha? A culpa foi daquela bastardinha que nos trouxe para o caminho errado!

– Culpa da Eve, Bombom? Você enlouqueceu? – Seus gritos eram mais alterados. – Acha, mesmo, que essa garota sabia disso?

Ela não respondeu.

– Essa menina, por mais que quisesse salvar sua mamãe, o amiguinho palerma, o gostoso do Jay e a namoradinha loira dela, também queria achar *El Dorado* tanto quanto eu. E você estragou tudo!

Eu e Cat parecíamos um casal?

– Não precisamos dela – afirmou Helga, voltando minha atenção à conversa deles.

– Tem razão, queridíssima. Não precisamos da única pessoa que achou as respostas e soluções para tudo o que você, que estudou apenas isso durante alguns meses, e Maria Vega, professora renomada e dedicada a esse assunto, demoraram sei lá quanto tempo para não encontrar!

Aproximei-me um pouco mais e pude ver a expressão de Helga. Estava irritada, com o rosto vermelho, estaria pronta para bater em Guilhermo, se não estivesse paralisada de medo.

– Queria uns dez como ela, valeriam mais do que qualquer equipe que eu poderia montar. Essa garota era um rio de dinheiro, só precisava dos incentivos certos.

– Você não conseguiu comprá-la.

– Não – admitiu ele. – Mas tínhamos reféns ligados a ela e a falha na sua segurança fez com que eles escapassem. Poderíamos tê-la rendido, pegado a loirinha irritante e ameaçá-la, Evelyn ia fazer o que eu quisesse. No entanto, você matou as duas!

Ele andou sem sair do lugar, estava tão irritado quanto ela. Desabotoou os botões do blusão que vestia, ficando apenas com a camisa *Calvin Klein*, e o jogou no chão com a mochila de Cat.

Seu olhar era sério, esticou a mão e apertou o rosto de Helga, que continuava calada.

– Você é ambiciosa e ardilosa, Helga Richter, era uma peça importante, agora é menos que um peão. Sabe quando vou voltar a te patrocinar? Nunca!

Ele movimentou seu rosto de forma brutal.

Esse era o verdadeiro Guilhermo Cortés. Por trás de propostas tentadoras escondiam-se ameaças, não cumpria seus acordos, não era confiável. Usava as pessoas até quando lhe eram úteis, depois as descartava. Era tão repulsivo quanto Ian.

Helga continuou no chão enquanto Guilhermo se afastou e carregou a arma. Tentei ver o motivo de tanta raiva e hostilidade, foi então que notei algo estranho.

Os dois pingentes estavam sobrepostos sobre a parede de fundo e, por trás desta, se estendia uma porta gigantesca, de metal, aparentemente muito pesada. Tinha mais uma daquelas barras metálicas, mas dessa vez semelhante a uma alavanca, não precisariam da minha ajuda para abri-la.

Não entendi o porquê de eles não terem aberto ainda, então focalizei melhor. A porta parecia ter uma grande importância na sustentação da parede, talvez, se não fosse aberta com cuidado, poderia cair sobre nós. Só um palpite.

Eu precisava abordá-los, mas não sabia como. Quem sabe se eu esperasse até alguém se matar? Não, era impulsiva demais para isso.

– Algum problema, Gui?

Não pense que sou louca só porque tive algumas oportunidades de fuga, mas preferi caminhar em direção ao meu atroz.

A expressão dele foi impagável. Seu queixo caiu. Eu estava com a arma esticada apontada para ele, mas, em um gesto de paz, ergui a mão e, em seguida, coloquei a arma no chão e a chutei para o lado. Cortés olhou confuso, depois se recompôs, então retribuiu meu sorriso.

– Bombom?!

Ótimo, mal ele fazia ideia de que eu escutara toda a conversa. Já Helga me olhava com mais ódio ainda.

– Não fique tão surpreso, Gui. No fundo, sabia que eu sobreviveria a um mergulho, pena que não poderia dizer o mesmo de Cat... Nem sequer achei seu corpo.

– Minhas sinceras condolências, Bombom.

Acreditei.

– Eu vou ficar bem. – Fiz charme – Encontrarei *El Dorado*... Mas antes eu preciso fazer algo por Cat.

– Bombom, daremos a ela um funeral simbólico. Podemos mandar rezar algumas missas, se ela acreditava em um Deus...

– Não, não me refiro a isso, claro que minha amiga terá todos os rituais fúnebres adequados. Mas preciso vingá-la!

Olhei para Helga.

– Vai matá-la, Bombom? – Ele riu.

– Não, farei pior! Vou esquartejá-la com sua própria espada e lhe darei sua cabeça servida em uma bandeja de prata, ou melhor, ouro "*eldoradiano*", se você me ajudar.

– *Eldoradiano?* Essa palavra existe?

– Interessante... Mas não acho que cortar sua cabeça vai melhorar sua aparência. Entenda, Bombom, acha que posso deixar você matar minha antiga general assim?

– Por que não? Se ela é tão útil, por que não encontrou *El Dorado* ainda?

– Porque você nos enganou! – gritou Helga. – Cortés, ela nos conduziu a esse beco sem saída! Se abrirmos essa maldita porta, ficaremos soterrados!

– O quê? Juro que é nessas horas que eu queria estar errada com relação às minhas teorias. Por aquela eu não esperava, a caverna inteira desabaria? O caminho que segui nos levou a um beco sem saída? Não acreditava que desperdiçara meu tempo, pensei que estivesse tão perto.

– Há sempre outro caminho e, se alguém pode achá-lo, esse alguém sou eu – disse, olhando para Cortés.

Ele me encarou de forma pensativa, como se tentasse ler minha mente, devia estar se questionado: "ela está jogando ou com sede de vingança?".

Então me deu um sorriso.

Helga ainda estava no chão, pálida. Cortés direcionou a escopeta contra Helga, se abaixou e sacou uma das espadas que a moça trazia. Ele desembainhou sua espada preferida e me entregou.

– Toda sua, Bombom.

Era uma espada de esgrima, muito leve, não estava balanceada na minha mão, não era meu modelo preferido, mas, para abater alguém caído, iria servir.

Analisei os detalhes minuciosamente. Era um florete estilo dos três mosqueteiros, com lâmina de linha dupla, não muito eficiente para corte, mas perfeita para estocar. O cabo também era de metal, com ornamentos dourados para proteger e prender melhor a mão.

Ergui a espada contra o seu pescoço.

– O que está fazendo, Bombom? Deixe de brincadeira.

Ele ameaçou erguer a escopeta, mas eu pressionei a lâmina contra o seu pescoço e fiz um corte superficial.

– Abaixa. – Minha voz era séria e fria.

– Confiei em você, Bombom.

– Eu te dei a minha palavra, não lembra? Disse que você jamais veria o *El Dorado* se machucasse mais alguém. Deveria saber que os Raleigh nunca quebram uma promessa.

Dilacerei seu peito de leve com a ponta da espada, realmente não era boa para corte. Ele deu um passo para trás, tempo suficiente para Helga dar o bote. Ela aproveitou que ele estava com a guarda baixa para puxar sua arma.

Segui meus instintos mais simples de sobrevivência e ergui o florete. Helga, então, apontou a arma na minha direção. Recuei. Ela se pôs de pé ainda mirando em mim.

Ela tinha aquele olhar psicopata assustador e a forma como me olhava sinalizava que escolhera sua próxima vítima. Até que algo inesperado aconteceu: ela mudou de direção.

– Helga...

– Não ouse falar meu nome!

Ela agora estava com a escopeta apontada para Cortés.

– Você não vai fazer isso.

– Você me traiu! – Destravou a arma.

– Podemos negociar... – Sua voz estava trêmula. – Vou dobrar a verba do patrocínio. Te darei parte da descoberta.

Ela o encarou com aqueles olhos gélidos e encostou a arma em seu peito. Guilhermo suava frio, ficou pálido, estava negociando a própria vida.

– Não foi você que disse que todos nós temos um preço? Então, qual é o seu? Eu te dou o que quiser se me deixar viver.

– Não, você me matará na primeira oportunidade. Eu não preciso de você, vou encontrar a cidade do ouro e terei dinheiro suficiente para comprar e investir em toda tecnologia militar que eu quiser, sem pedir autorização de ninguém. Ganharei prestígio e seguidores, conduzirei nossa ideologia ao topo. Posso até plantar discórdia entre as nações que pensam ter direito ao meu ouro, então, quando todos se destruírem, entraremos nessa disputa e massacraremos aqueles que se opuserem a nosso caminho!

Seu olhar estava transformado, não havia mais razão, apenas frieza e ódio. Parecia tecida na base dessa ideologia louca de poder e dominação sem escrúpulos.

Guilhermo implorava:

– Eu posso fazer isso e mais, você sabe disso... por favor, Helga, não...

Ela não deu ouvidos.

– Não, espere! Aaargh!

Ela atirou, o *bum* preencheu o recinto e Guilhermo Cortés caiu para trás com uma poça de sangue jorrando do seu peito.

Ela apontou a arma contra mim e atirou, porém estava descarregada. Olhou para o corpo de Cortés caído no chão, desconfiando de que ele ainda guardasse munição. Antes que ela pudesse procurá-las, chutei a escopeta, sobressaltada, e Helga a largou. Ergui o florete.

– Não vai me vencer, Raleigh!

Ela deu um passo para trás e sacou seu florete com muita classe.

– Hora da dança? – sugeri.

Não que Helga não fosse aterrorizante com uma arma. Na verdade, a cara de psicopata dela já botava medo por si só, mas, mesmo com um espeto de churrasco, era mais ainda assustadora.

Estávamos frente a frente. Sua postura era imponente e altiva, mas sua expressão era um misto de impassibilidade com ódio.

Ficamos imóveis com as espadas alçadas no ar por um tempo. Estava pensando em dar o primeiro movimento, ou melhor, em como fazer isso.

Parecia um jogo de xadrez, você não só elabora uma jogada, mas imagina todos os movimentos possíveis do seu oponente.

Era assim que ela me olhava, como se pudesse prever cada movimento meu. Foi então que Helga decidiu o primeiro passo.

Ela não avançou, apenas se deslocou um pouco mais para o lado e abaixou a espada levemente.

Desferi o primeiro golpe, ela bloqueou com facilidade, voltei a atacar o outro lado e ela demonstrou a mesma classe ao me parar.

Ela continuou a se mexer para o lado, não fez nenhum movimento agressivo, isso era estranho.

Foi quando percebi sua jogada, com sua movimentação, ela me induzia a me mover para o lado. Eu ficaria em frente à porta, onde ela poderia me cercar com mais facilidade.

Tentei golpear sua perna, depois fiz uma sequência de movimentos que ela não teve dificuldade para suprimir.

– Belos movimentos – ela comentou.

Apesar de não ter acertado nenhum dos golpes, consegui inverter os lados, agora eu poderia cercá-la, só que não.

– Pena que não é tão boa com a espada.

Então ela me atacou.

Helga era rápida, desferiu um golpe na altura do meu peito. Bloqueei. Então veio uma sequência de estocadas que não pude bloquear sem recuar alguns passos ou contar com a ajuda do meu bom reflexo e elasticidade.

Eu não podia só me defender, precisava atacar também!

Ela desferiu um golpe na altura da minha costela ferida, bloqueei e contra-ataquei, tentando acertar seu pescoço, mas ela se esquivou. Ataquei de cima para baixo e ela me bloqueou.

Foi quando me atacou com mais ferocidade. Tentou acertar minha barriga, senti apenas sua espada cortando o ar, formando um arco na minha frente.

Depois se recompôs e começou a estocar, travei sua lâmina algumas vezes. Mas recuei ainda mais, chegando a cair no chão.

Ela tentou me atingir, mas me protegi com a espada. Ela só conseguiu fincar seu florete no cão. Estiquei a perna, dando-lhe um chute na barriga, empurrando-a para trás. Levantei-me e tentei cortar sua cabeça, mas ela não tardou e ergueu seu florete para me travar.

Foi então que me rendi aos meus instintos e girei o corpo, esticando a espada no último movimento. Ela não só me travou, como também revidou, fazendo um talho superficial na minha coxa.

O problema do florete não era só o peso que não o deixava balanceado, mas também o estilo de luta. Helga tinha classe, leveza e precisão nos movimentos. E eu? Digamos que sempre preferi o estilo mais épico, que valoriza mais o corte do que a estocada.

Outra coisa que me atrapalhava era o punho. Quando eu tentava aplicar um golpe que precisava girar o punho ou inverter a maneira como segurar a espada, eu não conseguia terminar o movimento e Helga levava a melhor.

Depois do último golpe, ela me atacou mais forte, fazendo com que eu recuasse ainda mais. Já estávamos quase no declive, mas não podia desistir. Depois de alguns bloqueios bem melhores, aproveitei uma abertura, ela desviou e revidou com um golpe na direção das minhas pernas. Saltei e dei uma voadora em seu peito.

    Ela caiu para trás, rolou para o lado, desviando do meu ataque, e se ergueu, me bloqueando. Desferi um golpe para outra direção. Quando ela fez o bloqueio, ficamos perto demais, então usei meu corpo contra o dela, Helga se desequilibrou, eu também não estava muito firme, mesmo assim ataquei.

    Ela não me bloqueou dessa vez, meu florete a atingiu, mas não foi fatal. O único ferimento que provoquei nela foi uma fina linha escarlate em sua bochecha.

    Se isso fosse uma competição olímpica, eu, com certeza, estaria desclassificada, meus movimentos não foram exatamente legais, nem tinham muita elegância ou desenvoltura, sem falar que abusei da violência.

    Ela levou a mão ao rosto e, quando viu o sangue, ficou mais transtornada.

– Desculpa, sou uma bárbara!

– Bastardaaa!

    Nossas lâminas travaram novamente. Seus movimentos estavam mais rápidos que nunca, antes parecia que ela queria me torturar, ver até onde eu podia ir. Mas agora estava voraz, queria apenas acabar comigo a qualquer custo.

    Contudo, conforme ela me mostrou suas habilidades, eu havia aperfeiçoado as minhas, por mais que estivesse mais na defensiva. De certa forma, ela sabia que eu ainda poderia ser uma ameaça, então não iria desapontá-la, certo?

    Helga tinha muito mais firmeza com o florete, porém eu me movimentava muito mais. Enquanto ela tentava apenas me estocar, eu girava o corpo à procura de uma abertura, e encontrei.

Quando ela fez um bloqueio um pouco mais embaixo, aproveitei nossa proximidade e fiz uma volta por trás do seu corpo, desferindo uma parte chata da espada em uma pancada em sua perna.

Ela caiu de frente, estava com a cabeça baixa, era a minha melhor chance, poderia cortar seu pescoço. O problema é que ela era realmente muito boa. Helga se jogou para o lado, minha espada ficou fincada no chão por alguns segundos. Tempo suficiente para que ela se levantasse já bloqueando o meu florete.

Foi então que perdi.

Eu estava na desvantagem o tempo todo, espada ruim, cansada e enfrentando uma boa espadachim. No último golpe, ela acertou o cabo do florete, fez um movimento rotativo lançando a minha arma longe.

Ela colocou a ponta do florete na minha garganta e desceu até meu peito, como havia feito quando nos conhecemos. Atrás de mim, estava a queda por onde o rio corria.

– De joelhos!

– Não!

Se fosse, que fosse com honra. Além disso, já que ela ia me matar mesmo, eu deveria irritá-la ou fazê-la enlouquecer de vez.

Helga, ainda com a espada no meu peito, contornou meu corpo e golpeou meu joelho por trás com a parte chata da lâmina. Eu o flexionei para a frente involuntariamente, ficando de joelhos.

Ela voltou para minha frente.

– Eu poderia te matar agora, mas não seria tão divertido, não é? Por que não seguir sua dica, te fatiar toda antes de cortar seu pescoço e enviar aos seus pais seus restos mortais em uma bandeja de prata?

– Eu disse ouro "eldoradiano".

– Se acha engraçadinha, não é? Cortés podia até apreciar seu humor, mas eu, não!

Ela golpeou minha cabeça com o punho do florete.

– Sabe, se você não fosse tão rabugenta e soubesse como se vestir e maquiar, talvez Ian tivesse te chamado para sair ao invés de só te comer.

Sua expressão ficou mais dura.

– Foi isso que me disse hoje mais cedo.

– Mentirosa!

Ela estava mais irritada, mais selvagem. A impassibilidade já não estava mais presente em sua face, só havia raiva, ódio e loucura.

– Não, você sabe que ele sempre teve uma queda por mim, foi fácil levá-lo para a cama. Se eu soubesse que ele era tão bom, teria transado com ele mais vezes antes de matá-lo.

– Está mentindo, Ian não está morto. – Ela não estava tão segura disso.

– A menos que conheça alguém que voltou à vida depois de receber uma flechada no pescoço, ele está bem morto.

– Saiba, Evelyn Vega Raleigh ou sei lá como se chama, que terá a morte mais lenta e dolorosa que um ser humano poderia ter.

– Você não me assusta, sua vaca do inferno!

Eu achava mesmo que fosse morrer. Enquanto tirava Helga do controle, tentava pensar em uma maneira de escapar, preferia me atirar naquele rio a deixar ser morta por ela.

Eu nunca pensei que um anjo fosse me salvar duas vezes naquele dia.

Catherine já havia se arriscado tanto, porém, mesmo cansada e ferida, voltou por mim. Quando Helga estava a um golpe de acabar comigo, Cat golpeou sua espada com tanta força que ela se partiu ao meio.

– Cat. – Foi tudo o que consegui dizer. Estava sem palavras.

Nossos olhares se encontraram e ela me deu um sorriso meio de lado. Sua aparência havia piorado, estava ofegante, pálida, com múltiplos arranhões pelo corpo, mas havia algo diferente em seu olhar, estava determinada a me proteger como eu nunca vira antes.

Cat ergueu o florete com ambas as mãos, como se fosse uma *claymore* e colocou na direção do pescoço de Helga Richter. Esta ficou tão surpresa quanto eu.

– Afaste-se da minha amiga!

Helga recuou alguns passos, então atacou.

Mesmo com a metade de uma espada, ela era perigosa. Bateu na espada de Cat, colocando-a meio de lado e desferindo um golpe contra minha amiga, que desviou.

Ergui-me rapidamente, mas elas já estavam esgrimindo.

Cat tentou uns movimentos, mas Helga nem sequer recuou, apenas desviou a lâmina de Cat com seu florete partido. Minha amiga parecia sentir dores no ombro ferido.

Elas haviam se deslocado um pouco para a frente, eu não poderia me intrometer em uma luta de espadas, mas não podia deixar as coisas do jeito que estavam.

Deveria ter sido mais rápida, pegado o florete com Catherine e finalizado com Helga. Foi então que avistei algo no chão próximo de onde elas duelavam.

Corri até lá e recolhi do chão a adaga atroz que feriu minha amiga. Ainda estava regada com seu sangue.

No duelo, Helga levava a melhor de novo. Mesmo com a metade do florete, repetira com Cat o golpe que usara para me desarmar, arremessando a espada para o outro lado.

A espada foi parar mais longe, dentro do salão onde ficava a entrada para *El Dorado*, do lado oposto ao cadáver de Cortés.

Helga desferiu um golpe contra minha amiga, esta se desviou e pôs-se a correr em direção à espada cravada no chão, e eu fiz o mesmo.

Richter parecia uma louca descontrolada correndo atrás de Cat, por vezes golpeou o ar. No entanto, alcançou Cat antes que esta recuperasse a espada.

Helga segurou Cat pelo braço, esta se virou e conseguiu se soltar, então a ordinária desferiu um golpe que atingiu de raspão o braço de Catherine.

Cat caiu no chão, seu ferimento parecia menos pior que o corte na minha coxa. Quando Helga ia desferir o golpe fatal, eu interceptei, segurando-a pelo braço.

– Por que não pega alguém do seu tamanho?

Então cravei a adaga maldita, a mesma banhada com o sangue da minha melhor amiga, na barriga de Helga. Ela soltou a espada com o susto. Nossos olhares se cruzaram, ela não disse uma palavra, estava com os olhos arregalados, não acreditava no que acontecera.

Terminei fazendo um movimento para baixo, Helga se virou, deu dois passos e ficou de joelhos gemendo de dor. Pôs a mão em sua própria barriga e viu seu sangue livremente, estava ofegando e soluçando.

Não tentou apanhar nenhuma arma. Morreria dentro de dois minutos, talvez, gemendo e sangrando sozinha, ajoelhada sobre um chão frio, aproveitando cada minuto. Eu não me preocupei com ela, precisava cuidar de minha amiga.

Caminhei até o corpo sem vida de Guilhermo e peguei a echarpe e a camisa que ele jogara no chão.

– Cat.

Cat estava assustada, sentada no chão, recuada. Recortei uma tira grande da camisa com a boca e enfaixei o braço de minha amiga. Foi um corte realmente leve.

– Eve, a sua perna... – ela disse.

– Vou dar um jeito nisso.

Dei um sorriso leve, agora estava tudo bem, estávamos a salvo. Joguei a echarpe sobre seus ombros e afaguei seu rosto.

– Deixa eu te ajudar...

Sentei-me ao seu lado. Ela pegou o restante da camisa, dobrou e começou a enfaixar minha perna. Tive de auxiliá-la um pouco.

– E agora? – quis saber.

– Vamos para casa – eu disse.

– Mesmo?

Assenti. Estava cansada demais para explicar tudo que acontecera ali, virei-me para o lado e percebi que o corpo de Helga, que deveria estar caído, não estava lá. Levantei-me em um sobressalto, procurando-a, até que a avistei.

Estava próxima ao altar, se rastejando. Eu havia cometido o mesmo erro, pensei que estivesse tudo encerrado e baixei a guarda, agora Helga estava a alguns centímetros da porta.

Mesmo ferida, corri em sua direção.

– Não! – gritei.

Helga estava com a mão na maçaneta, pronta para abrir as portas. Meu grito a alertou, ela se virou para trás e deu um riso estridente.

– Garota tola, eu posso até morrer, mas vou te arrastar para o inferno comigo!

Helga Richter puxou a alavanca para baixo e caiu no chão, perto de mim. As pedras que caíam começavam a bloquear a passagem, precisávamos sair dali rápido.

— AAAAAHHHHHHHHHHHHH!

— Caaaaaaaaaaaaaaaaaaaaaaaaaat!

Olhei ao redor à procura da minha amiga. Ela se encontrava caída no chão, próximo do local em que eu a deixara. Pensei em correr até ela, mas as passagens de fora já estavam fechadas e não conseguiríamos sair.

— Vem, Cat, levanta!

— Não posso, Eve. Deixe-me aqui, salve-se!

— O que está dizen...

Entendi por que minha amiga não poderia sair dali, ela estava com a perna presa. Havia caído uma rocha enorme sobre seu tornozelo direito.

Eu já estava pronta para correr quando a última passagem ia se fechando. Tive segundos para decidir entre socorrer a minha amiga ou manter a passagem aberta

Me joguei embaixo da porta de pedra e a segurei com as mãos.

— Eve, saia daqui, você não tem muito tempo!

Ignorei seu comentário e continuei, porém a pedra era pesada demais para mim e começava a afundar.

— Vai logo, Eve.

— Não! Eu não vou te abandonar! – disse, olhando em seus olhos.

— Mas você precisa...

— Não, prefiro morrer aqui contigo a ter uma vida longa sabendo que abandonei você.

— Eve...

— Não discuta comigo! Escuta, tem que tentar se soltar, entendeu?

Cat assentiu. Ela estava se esforçando para tirar o pé, tentava levantar a pedra com as mãos. Não conseguiu erguê-la, mas conseguiu livrar seu pé. Ela se pôs de pé e tombou para o lado, seu rosto tinha aquela expressão de dor.

– Vem logo!

A porta havia descido ainda mais, eu já estava de joelhos.

Cat armou forças para correr, ignorando a dor. O caminho era curto e perigoso. Por estar tudo desmoronando, ela estava sem equilíbrio e teve de desviar de algumas pedras durante a corrida.

Do nada, ela parou ao lado do corpo de Cortés e se abaixou.

– Sua louca! Isso não vale a sua vida! – gritei.

Cat recolheu sua mochila e o machado de Khuno. Veio correndo, saltou por sobre a escadaria e passou sob a porta no último segundo. Eu larguei e me joguei para trás.

– Eve, o que faremos?

Atrás de nós, as passagens se fechavam. Estava tudo muito escuro, não sabíamos onde estávamos ou por onde aquele caminho nos levaria.

– Temos que continuar.

A única coisa que eu sabia é que, para sobrevivermos, teríamos de continuar em frente, e assim fizemos.

Capítulo 22

Quase fui enterrada por algumas armadilhas mortais!

– Deus disse: "Faça-se a luz!". – E eu acendi um isqueiro.

– Não zombe da Bíblia numa hora dessas. – Cat tentou me censurar, mas nunca resistia completamente a minha ironia.

Não zombar? Francamente, se existiam deuses ou mesmo um Deus, ele, sim, estava zombando de mim, com tantas coisas que poderiam acontecer, por que ficar presa em uma gruta?!

Juro que pensei que *El Dorado* fosse, no mínimo, mais iluminado, sabe? Com o ouro refletindo a luz solar. Mas ali não havia nenhum dos dois. *El Dorado* não passava de uma caverna escura onde nenhum raio de sol incidia.

Observei melhor o local e notei que as paredes ásperas foram decoradas por algum artista de talento questionável. Nela, havia desenhos desbotados malfeitos e com cenas horripilantes. Pessoas com cabeças decepadas, corpos mutilados, esmagados, sangrando e com aparência de dor no rosto.

Isso, com certeza, foi colocado como forma de aviso a um eventual impostor. Coisas terríveis aconteciam com pessoas que procuravam tesouros ocultos e sombrios.

Catherine não se deu conta de que eu fitava as imagens tenebrosas, nem sequer notou a presença destas. Abaixei-me um pouco até ficar no nível dela.

– Segure isso. – Entreguei o isqueiro a ela.

Ela esticou a perna, tentei tirar sua bota, mas ela gemeu de dor. Aliás, era isso que tinha em seu rosto, ela chorava, devia ser insuportável. Era de partir o coração só de olhar.

– Vamos ter que cortar.

– Meu tornozelo?!

– Não! A bota.

– Ufa! – ela ficou aliviada.

Peguei meu canivete, fiz um rasgo em ambos os lados da bota e, chegando perto do tornozelo, tomei mais cuidado para não feri-la, já dava para perceber que seu tornozelo inchara.

Tirei sua bota com muita delicadeza para não machucá-la ainda mais. Como eu imaginara, seu tornozelo estava realmente muito inchado e roxo, talvez até quebrado.

Não havia muita coisa que eu pudesse fazer, apenas imobilizá-lo. Enfaixei seu tornozelo com a echarpe de Cortés e uma tábua velha, o que foi um pouco agonizante para Cat.

Abrimos a mochila à procura de algo que pudesse ser útil. Estava vazia, exceto pela filmadora da Catherine.

– Olha, Eve, ela ainda está funcionando!

– Mesmo? Sinto muito acabar com a sua alegria, mas não tem muita coisa para filmar por aqui.

– Quem disse que eu estava pensando em filmar essa caverna medonha?

Ela apertou algum botão e a luz acendeu. Cat jogou seu braço sobre meu ombro, me usando de apoio, então continuamos.

– Já pensou o que vai fazer com seu ouro? Quero dizer, se acharmos, é claro? – ela perguntou.

– Bom, na verdade, não. Nem parei para pensar nisso.

– Se aceita uma sugestão, deveria comprar um carro novo. Sério mesmo. *El Dorado* deve ter ouro o bastante para comprar um carro, né? Se bem que, no seu caso, qualquer um é melhor que o seu....

– Cat, meu carro é um *Mustang*, é um *muscle car*. Pode não estar exatamente bem conservado, mas um bom conserto vai deixá-lo ótimo.

– Sei, até lá eu te convenço a trocá-lo.

– Duvido muito. Ele vai ficar legal, você vai ver.

– Se está dizendo...

– E o que você vai fazer com o seu ouro?

– Meu ouro?

– É, a sua parte.

– Eve, não quero a minha parte. Você é a descobridora, resolveu a questão da bússola, merece isso.

– Cat, se acharmos esse tesouro, seremos tão ricas que nem teremos como gastá-lo. Além disso, eu não estou sozinha, mesmo agora, você está aqui. Poderia estar segura com Matt, mas não. Por que você veio?

– Porque somos amigas.

Ela respondeu como se fosse a coisa mais óbvia do mundo.

Continuamos caminhando e a sensação que dava era que não chegaríamos a lugar nenhum.

A iluminação havia melhorado, mesmo assim mal podia ver o que estava à minha frente. O chão era totalmente irregular, pude sentir a presença de buracos. Dobrei os cuidados, seguindo cautelosa e rente à parede.

O caminho era estreito e não muito alto, tive de andar ligeiramente agachada, tornando a caminhada mais desconfortável.

– Este lugar me assusta – disse Cat.

– Bom, eu também não estou exatamente confortável.

– Confortável? Você está muito tensa, mas está se saindo bem para quem não gosta de lugares fechados.

– Obrigada por lembrar. De qualquer forma, isso é mais um motivo pelo qual eu quero encontrar uma saída o mais rápido possível.

– Sabe, Eve, se eu tivesse que escolher qualquer pessoa no mundo para ficar presa em uma caverna, escolheria você – falou Catherine, sem demonstrar desespero ou tristeza.

– Deixa disso, Cat. Não vamos morrer aqui – repliquei.
– Prometi que voltaríamos vivas, não foi? Então vamos sair desta droga de caverna!

Eu realmente estava determinada a não expedir o fim dos meus dias em uma caverna escura. Além disso, éramos novas demais, com tantas coisas para viver, tantos sonhos. Eu não temia a morte, mas não queria morrer antes de provar meu valor, mostrar do que era capaz.

Uma coisa que nunca contei a Cat, mas deveria: se eu tivesse de escolher alguém para passar por isso, esse alguém seria Catherine Stacy. Estar ali com ela me deu forças, ela era minha maior razão para sair de lá. E, para ser sincera, sua presença tornava aquela caverna menos obscura, nem sequer pensei muito sobre a minha claustrofobia.

Cat recostou a cabeça em mim. Estava um pouco mais calada que o normal. Não pude ver seu rosto, mas supunha que estivesse assustado.

– Como está seu tornozelo? – perguntei.

– Não muito ruim, mas você ainda me deve um par de botas novas quando voltarmos a Los Angeles.

– Pagaria uma *Louis Vuitton* com imenso prazer.

Mesmo que me custasse a mísera bagatela de uns quatro mil dólares, como se já não bastasse ter transferido uma boa grana para pagar um hacker... É, lá se foi o meu dinheiro, e percebi que encontrar *El Dorado* realmente era uma ideia tão boa quanto achar a saída.

Mas, quanto mais andava, mais tinha a impressão de que não chegaria a lugar nenhum.

– Sabe, Eve, quando te vi matando sem piedade, eu te condenei por seu "lado negro". Desculpe-me...

– Não precisa se desculpar, Cat. Minha atitude te assustou, eu entendo.

– Não, Eve. Fui idiota, sou sua amiga e, quando conheci o outro lado seu, a julguei ao invés de confiar em você. Eu achava que isso fosse uma coisa ruim, mas, se não fosse por isso, estaríamos todos mortos agora. Deixei me levar por esse pensamento a seu respeito que nem sequer agradeci.

– Mesmo assim, fui cruel e impiedosa, quase matei inocentes e meu ego custou não só a vida de Jason, mas também pode custar a nossa, se não sairmos daqui depressa. Cat, se alguém precisa se desculpar, esse alguém sou eu.

– Não, Eve. Não se culpe por isso, Jason não te culpa e eu também não. Ninguém está te culpando, não assuma essa responsabilidade.

Mesmo que ninguém estivesse me culpando pelos acontecimentos recentes, eu me sentia responsável. Acho que as palavras "e se" ficarão impregnadas na minha mente, não importava o que acontecesse.

O caminho continuava estreito, mas o caminho por onde o túnel seguia ficou mais alto. Voltei a me erguer, podendo caminhar ereta. A luminosidade continuava ruim, senti meu pisar em uma superfície um pouco mais macia e o chão rangeu.

Whoosh!

– Ah! – suspirou Cat surpresa.

Parecia que no local também havia armadilhas.

Pisei em uma tábua de madeira ou coisa do tipo e acionei um mecanismo de disparo. Uma lâmina passou perto do meu pescoço, só não nos degolou porque me atirei no chão antes.

– Essa foi por pouco – disse.

– Pouco para você, eu fiquei a centímetros de perder a cabeça.

Tornei a acender o isqueiro. A lâmina presa à parede era maior do que eu pensava, devia ter um metro, era rústica com ferrugens.

Com certeza haveria outras armadilhas. Perguntei-me se não seria melhor me locomover rente ao terreno acidentado, mas perderia muito tempo e ficaria toda arranhada. Voltamos a nos erguer.

Entramos à direita, onde as paredes mantinham uma distância maior umas das outras. O caminho continuava a descer. Vi que havia outra saída na parte de trás, mas optei por continuar sempre em frente.

O silêncio no interior do túnel reinava, não se escutava nada, a não ser nossa respiração ofegante. *Ping, ping.* Escutei um barulho rompendo o silêncio, seriam gotas? Água, havia água ali!

Pode parecer besteira, mas onde havia água poderia haver uma saída. Isso me deixou um pouco mais esperançosa, desfazendo a sensação de não saber para onde estava indo.

O corpo de Catherine perdia calor com maior velocidade do que eu podia prever, então caminhei mais rápido. Foi então que veio mais um momento de distração.

Em ambos os lados, notei que apareceu um recipiente com óleo. Rasguei um pedaço da minha blusa e ateei fogo na pontinha. Guardei o isqueiro no bolso e joguei o tecido meio chamuscado em ambos os recipientes.

Eles eram mais longos do que eu pensara. As pequenas flamas corriam sobre as paredes, iluminando um corredor sinuoso.

Ao avançar rápido, percebi que as chamas romperam uma fina corda, acionando outra armadilha. Apenas vi um vulto disparar contra a minha barriga, cheguei para o lado.

Então reconheci o objeto: era uma lança que surgiu da parede.

– Eveeeeeeee! – gritou Cat.

Olhei para trás e outra se lançou contra as minhas costas, me esquivei novamente.

Então as paredes começaram a ranger, e logo pude ver outras lanças desferindo golpes mais à frente.

– Suba em mim!

Catherine subiu nas minhas costas em questão de segundos. Avancei e recuei no mesmo passo, outra surgiu do lado, quase acertou Cat, mas virei o corpo.

– Ahhhhhhh – gritou ela.

– Catherine, feche os olhos e segure firme!

Ela não discutiu. Senti seus braços comprimir meu corpo com mais vontade, mesmo assim não muito firme.

Então avancei.

Quanto mais eu corria, mais lanças surgiam da parede, e sua velocidade pareceu aumentar. Contudo, a adrenalina que corria no meu corpo também me deixava mais ágil a cada passada.

Catherine continuava com os olhos bem fechados, tremia de medo. Eu não podia culpá-la, o lugar parecia desmoronar a qualquer momento, as paredes tremiam e chovia poeira.

Só mais algumas passadas...
Consegui!
Andei mais alguns metros à frente do corredor iluminado para garantir que as lanças não nos seguissem.
Estava quase parando quando Cat falou precocemente:
– Escapamos – sussurrou.
Mas, infelizmente, não.
Eu ainda tinha aquela sensação estranha. Foi então que mais um barulho me assombrou. Olhei para trás e a pequena luminosidade que provinha do corredor revelou uma gruta, e de lá vinha o som.
Não era de mecanismos rangendo ou lâminas rasgando o ar, soava mais rústico. Era algo colidindo contra a parede, eu acho.
Ainda imóveis, Cat perguntou:
– Eve, o que é isso?
– Problema – respondi.
Ficamos fitando o antro por mais alguns segundos até a ficha cair.
– Droga – chiei.
– CORRE, EVE! CORREEEEEEEEEEEEEEEEEE! – gritou Cat.
Eu não gritei, pois já estava correndo.
Se eu, por um segundo, pensei que estivesse tudo bem por ter sido ágil ao passar por um corredor com lanças saindo das paredes, no outro, tudo isso desabou. Literalmente. O que eu não esperava, é claro, era que as lanças fizessem parte da sustentação do túnel, e aquilo tudo estivesse desabando.
– Eve, corre mais rápido!
– Já estou correndo o meu "mais rápido"!

– Evelyn Raleigh, se morrermos aqui, eu nunca mais falo contigo!

E eu que pensava que essa garota não fosse rancorosa.

Continuei correndo às cegas, agora não havia nada iluminando o local. Ao fundo, podia-se ouvir o som da rocha roçando na parede áspera e o teto caindo no chão. Aquele desastre estava se aproximando, nos deixando desesperadas.

– Ai! – gritei ao tropeçar em alguma coisa.

Desequilibrei-me e lutei para permanecer em pé, corri, catando cavalo por mais alguns metros.

A rocha quase nos alcançou quando me choquei contra a parede. Virei-me para o lado rápido e dobrei à direita para uma estreita fenda. O chão continuava um declive, porém mais íngreme e sem irregularidades. Ou seja: um escorregador.

– Ahhhhhhhhhhhhhhhhhhhhhhhhh! – gritamos juntas.

Capítulo 23

Tudo resplandeceu ao meu redor!

O PISO LODOSO FEZ COM QUE DESLIZÁSSEMOS METROS ABAIXO por um túnel baixo e curvo. Caímos no chão, eu de peito, apoiando com as mãos, e Cat de costas sobre mim. Confesso que foi bem dolorido e ganhei mais alguns arranhões, porém a queda foi amortecida pela água.

Sim, havia água lá embaixo, mas não muito profunda. Apoiei as mãos no chão e levantei, ainda com os joelhos e as mãos no solo. A água não passava de uns vinte centímetros.

Como eu disse, não muito fundo, mas cair com o rosto no solo seco seria muito mais doloroso. Amorteci a queda de Cat, que não aparentava ter agravado sua lesão. Tivera alguns arranhões na parte externa da coxa, assim como eu no antebraço.

Levantei-me devagar e Cat ficou sentada não chão.Acima de nós, o túnel parecia intacto, era muito pequeno para passar uma pedra. O local era escuro, porém alto e amplo. A água refletia uma luz verde, quebrando um pouco da escuridão.

Fitei o rosto de Cat, era o retrato do cansaço. Embaixo dos olhos, tinha uma coloração arroxeada, ela parecia lutar para manter a consciência. Tive a impressão de que poderia desfalecer a qualquer momento.

– Machucou-se muito?

Ela balançou a cabeça em um gesto de negação.

Olhei ao redor, fomos parar em um cubículo que parecia uma minicâmara sem utilidade nenhuma, a não ser fazer de alguém prisioneiro. Olhando para o lado, avistei a filmadora que havia caído alguns metros mais distante.

Recolhi-a do chão e analisei seu estado. Estava quase completamente destruída, o visor já estava até pendurado, e a lente, rachada. Apesar disso, ainda funcionava, mesmo estando a ponto de descarregar e a luz estar mais fraca.

Quando voltei os olhos para o lado, vi Catherine ainda no chão com os braços cruzados, sentia frio. Sua perna estava esticada, ainda devia estar doendo muito. Catherine se esforçava para esconder sua agonia, mas seu olhar triste dilacerava o coração.

– Cat... – Segurei seu braço. – Vem, eu não posso continuar sem você, preciso da minha *camera girl*.

Tentei animá-la sem obter muito êxito. Ela segurou a câmera e tirou os olhos do chão, deu um respiro mais profundo e começou a se apoiar. Em um só movimento, concentrei o restante de minha força para me erguer do chão, trazendo Catherine para cima pelo braço.

Ela se apoiou no pé bom e tombou, agarrei-a, evitando a queda. Cat jogou o braço sobre meu ombro e eu a segurei pela cintura. Continuamos a caminhada com ela apoiada em mim. Estávamos devagar agora, praticamente nos arrastando.

Na parede à frente, encostado no chão, havia um túnel baixo e apertado por onde a água circulava. Entrei primeiro,

Catherine veio em seguida. Ela subiu em mim, pois não podia movimentar a perna.

Entrar em um lugar menor ainda me fez sentir pior. O túnel era escuro e eu não tinha ideia da sua extensão. Mesmo com pouca luz, a câmera mostrava que o túnel era mais longo do que eu pensava e também mais sujo. As paredes e o teto baixo estavam cobertos por teias.

– Eve, uma tarântulaaaaaaaaaa!

Se estivéssemos na Califórnia, poderia jurar que era um faniquito de Cat, mas, quando a vi, até eu recuei instintivamente. Cat bateu com a cabeça na parede.

– Não é uma tarântula.

É pior, pensei. Quase tocando meu braço, descia por sua teia uma aranha armadeira de uns cinco centímetros. Estava com aqueles ferrões para fora pronta para dar o bote.

Queria ter um pedaço de madeira, uma frigideira, sei lá, qualquer coisa que pudesse esmagá-la mantendo a distância. Mas eu só tinha um isqueiro e um canivete na bota, esta nem dava para pegar.

– Joga fogo nela.

Sério mesmo que tinha escutado aquilo?

– Catherine, acho que a aranha vai pular em mim antes que eu taque fogo nela, não?

– Taca o isqueiro nela, então!

Recusava-me a responder.

– Cat, eu estou realmente considerando a possibilidade de jogar a sua câmera nela.

– Sem chance!

Tateei o fundo do túnel à procura de algo que me pudesse ser útil. Minhas mãos se fecharam em um pedaço pequeno de pedra. Não era muito pesado, mas era melhor que jogar o isqueiro.

Quando ela estava quase me tocando, fiz um movimento rápido: recuei o braço em um movimento brusco e a acertei com a pedra – claro que tombei no chão quase bebendo a água suja nesse processo. Enfim, voltamos a nos rastejar sem nos deparar com outra aranha pelo caminho.

Chegamos à outra câmara aberta e tenebrosa. Essa era a mais fedorenta de todas, se não fosse pela pouca luminosidade, me arriscaria a dizer que era também a mais suja.

Caminhamos até o centro, onde era seco, visto que as laterais eram declives para escoamento de água.

– Este lugar me dá arrepios – disse Cat.

Eu assenti, assim que entrei ali também tive aquela sensação esquisita.

Crack!

Meu passo produziu esse barulho, eu pisara em algo. Cat direcionou a câmera para o chão, e eu, um pouco relutante, observei o que era: um crânio humano.

– Ah!

Cat deu um grito assustado e levou a mão à boca ao mesmo tempo que eu. Aquilo não deveria estar ali...

– Meu Deus, o que é isso?

– Parece que não estamos sozinhas...

Eu mal acabara de concluir esse pensamento quando escutamos barulhos vindos da mesma câmara.

– Eve, estou muito assustada.

Eu queria poder dizer a ela para não ficar, dizer que estávamos imaginando coisas, mas, no fundo, eu sabia que havia algo realmente estranho ali.

– Temos que sair daqui!

Andamos mais à frente, no chão havia mais ossos. Quando chegamos ao fim do caminho, havia uma parede grossa.

– Sem saída.

– Podemos procurar outra.

Catherine continuou a girar a câmera a fim de localizar alguma saída.

– Eve...

Meus olhos encontraram seu rosto assustado, então voltei o olhar para a direção que ela estava encarando. A luz da sua filmadora exibia uma silhueta semelhante à de um humano, talvez um pouco mais alto, mas o que mais me chamou a atenção era que ele não tinha cabeça.

A criatura deu um grito medonho, desses vindos do fundo da garganta. Ela avançou!

– Corre!

Eu empurrei Catherine para o lado, saquei o machado da cintura e, no último segundo, desviei da investida do monstro.

– O que é isso?!

– Blêmia!

A criatura jogou os braços na minha direção, eu abaixei e tentei acertar a sua perna sem sucesso. Levantei com o machado na mão e corri na direção da fera.

A blêmia era mais lenta que eu. Quando cheguei bem perto dela, me joguei ao chão, próximo a seu joelho e golpeei sua perna.

– Ahhhhhhhhhhhhhhhhhh! – rosnou a criatura.

Tirei meu machado rapidamente e tornei a golpeá-la na altura da costela. Infelizmente, minha arma não era muito afiada, então, quando ia desferir outro golpe, ela já veio com o braço para cima de mim, me derrubando.

Eu caí no chão e o machado voou alguns centímetros à minha frente. Já podia imaginar a blêmia vindo para cima de mim, até alguma coisa acertá-la.

— Ei, seu monstrengo!

Cat havia atirado a sua filmadora no monstro! Agora tentava chamar a atenção dele, que se voltou para ela.

Aproveitei a oportunidade. Estiquei a mão, recuperando o machado, e o atirei nas costas da blêmia. Ela tombou para a frente de braços abertos, corri até ela e afundei o machado.

— Você está bem, Eve?

— Ótima, mas não posso dizer o mesmo da câmera.

— Que se dane a câmera!

Foi isso que ela disse, mas, apesar da sinceridade, a primeira coisa que ela fez depois de saber que eu estava bem foi pegar sua câmera do chão.

— Ainda está funcionando, só quebrou a lente. O que está fazendo?

Ela se aproximou de mim e da criatura. Quando Cat iluminou a blêmia, pude observá-la melhor.

— Nunca vi uma criatura assim — comentou.

— É, mas o tronco tem textura e coloração diferente do resto do corpo. Parece que já estava em decomposição...

Eu virei o corpo.

— Que nojinho.

— Sabia! Olha isso.

Na verdade, a blêmia era um humano como outro qualquer, com cabeça e tudo — talvez apenas um pouco anêmico. Ele usava uma espécie de colete feito de pele, provavelmente humana, que cobria o tórax, os ombros, o pescoço e a cabeça. Deixando apenas um espaço para o rosto, que parecia maior devido aos desenhos.

— Uau, então seu ancestral não era tão mentiroso assim.

— Aparentemente, não — disse, arrancando o machadinho.

— Então, quanto a esses ossos que estão no chão...

— Humanos — confirmei. — Khuno disse que eles praticavam canibalismo, lembra?

Ela assentiu e voltamos a procurar uma saída. Eu ainda segurava o machado para o caso de outra blêmia aparecer.

— O que você acha, Eve?

Ela apontou para uma saída macabra na lateral.

— Acho que foi de lá que essa aí veio.

— Então ela não estava sozinha?

Um grito vindo da gruta respondeu sua pergunta.

— Temos que sair daqui.

Eu assenti. Não havia saídas, pelo menos não no solo...

— No alto! Cat, vira essa câmera para cima e veja se encontra algo.

— Ali!

Como eu imaginara, havia outra saída, está a alguns metros acima do solo, na parede central.

— Droga! Não vamos alcançá-la.

— Vamos, sim. Eu vou subir em você.

— Quê?

Ela me entregou a câmera, eu coloquei minhas botas sobre seus ombros e subi. Sua expressão era de dor. Cheguei à abertura, coloquei a câmera no chão, pendurei o machado e subi. Em seguida, estendi as mãos para Cat.

— Desculpa por isso. Eu deixaria você ir primeiro, mas você não teria forças para me puxar depois.

— Tudo bem, nada como uns hematomas em formato de botas.

— Sério? — Eu não imaginava que eu fosse tão pesada assim.

— Não. — Ela me deu um sorriso bobo enquanto eu a puxava para cima.

Voltei a pendurar o machado no cinto e ajudei Cat na caminhada.

Quando chegamos ao fim do túnel, a claridade incidiu sobre nossos olhos. Demorei a perceber o que estava à minha frente, meus olhos nunca haviam ficado tão maravilhados até então.

Como descrever *El Dorado*?

– Uau – dissemos eu e Cat juntas, foi a única palavra que nos veio à mente naquele momento.

Sabe todos aqueles filmes que você viu com esse tema? Bom, esqueça, *El Dorado* não era nada como aquilo. Desapegue daquela ideia clichê de uma cidade, não havia casas, não havia templo, não havia muros ou nenhum tipo de construção que pudesse ser erguida. *El Dorado* era uma maravilha por si mesmo.

– Está filmando isso?

– Não poderia deixar de registrar este momento.

A câmara era muito alta e ampla. A caverna era majestosa, o teto tinha aquela formação pontiaguda, suas rochas tinham uma coloração avermelhada que se contrastava com a água.

As paredes foram cobertas por numerosos tijolos de ouro, tal como o chão, dando ao local um aspecto de templo. Boa parte do chão era coberta por água, formando um pequeno lago artificial. Sobre a superfície líquida, refletiam-se a luz e o brilho que emanava dos objetos que estavam a sua volta.

No fundo dessa piscina de águas esverdeadas, havia rochas e pequenas pepitas de ouro, como a que eu encontrara no túnel.

À medida que Cat e eu nos aproximávamos do centro, a água foi ficando mais funda, porém não o bastante para cobrir nosso corpo, chegava, no máximo, à altura da nossa cintura.

Não havia nada sobre as bordas senão o chão áureo. Encostamo-nos em uma das margens. Meus olhos agora se voltaram para o centro, aquela imagem não podia passar despercebida.

– *Sweetie?*

Olhei para Cat, seus olhos brilhavam assim como os meus. Dei-lhe um sorriso.

Bem na nossa frente, um simpático homem áureo de seis metros de altura saudava os visitantes. Não esteticamente parecido com as esculturas clássicas; na verdade, tinha aquele aspecto quadrado.

Vestia roupas tipicamente incas e tinha os traços semelhantes aos dos indígenas que conhecemos. Para finalizar a estátua, foram usadas pedras preciosas em seu ornamento.

Então me passou pela cabeça uma ideia de que aquela estátua fosse uma representação de Inkarri, aquele famoso herói da mitologia inca. Se era ou não, isso não importava. Aquele homem deu o nome a esse local, *El Dorado*, em sua tradução mais simples: O (homem) Dourado.

– Conseguimos, Cat. Encontramos *El Dorado*.

– Você encontrou, Eve. Foi fantástica.

Voltamos a contemplar o local.

– Incrível! – comemorei.

– É – disse Cat sem entusiasmo.

Quando olhei para ela, a realidade veio à tona: não havia saída, poderíamos ficar presas ali para sempre. Aquela descoberta me deu um momento de alegria instantânea e passageira. Entrei naquela caverna para salvar a mim e minha amiga, e era só isso que me importava agora. Acharia uma saída nem que tivesse que arrombar aquelas paredes.

– Cat, segure-se na margem, voltarei logo.

Circulei o perímetro à procura de alguma coisa. Achei uma pequena correnteza e a segui. Ela me conduzira até a parede dos fundos.

Tateei, procurando alguma abertura ou coisa do tipo, mas a parede estava inteira. A correnteza fina parecia se dissipar ao se chocar contra ela.

Submergi.

Por causa da coloração da água, ficava difícil visualizar alguma coisa. Diziam que eu tinha bons instintos, talvez devesse confiar neles. Fechei os olhos e me concentrei na agitação das águas.

Senti algo fluindo mais abaixo. Nadei mais fundo onde meus olhos puderam focalizar uma fenda subaquática.

Essa era a nossa saída! Seria perigosa, eu sabia. Não tinha ideia de sua dimensão, talvez ficássemos sem ar, mas era um risco que tínhamos de correr.

Voltei a emergir, puxando ar.

– Quando tempo consegue prender a respiração? – perguntei a ela.

– Em condições normais? Talvez uns trinta segundos.

Droga! Isso não era tempo suficiente.

– Cat, achei uma saída. Escute-me, é perigoso, mas é a única saída e vamos morrer se ficarmos aqui. Entendeu?

Ela assentiu. A esperança voltou a reinar em seus olhos, ela sorriu.

– Confia em mim?

– Eve, já me salvou tantas vezes hoje... Como não confiar?

– Vem.

Segurei seu braço e nadamos até o fim.

– E agora?

– Apenas respire fundo!

– A câmera não é à prova d'água... Ninguém vai saber da sua descoberta...

– Que se dane a minha descoberta ou o que as pessoas vão saber! A única coisa que eu quero, neste momento, é te levar para casa com vida!

Quando eu disse isso, seu sorriso foi radiante. Submergimos para a saída.

Capítulo 24

Soro, pontos, anestésicos e... só para variar, caí sobre uma bandeja de seringas!

Depois de me atirar com Cat de uma cachoeira mais cedo, passar por baixo dela não deveria ser mais complicado, mas, só para variar, eu estava enganada de novo.

A passagem era mais estreita, mais funda e muito mais longa do que eu imaginara. Nadei o mais próximo possível da fenda subaquática e respirei fundo antes de imergir. Cat fez o mesmo, porém teve pouco fôlego e quase ficou sem ar.

Como ela quase se afogou de novo, tive de tirá-la da água. Catherine emergiu, tossindo, logo atrás de mim.

– Você nos salvou, Eve. Eu sabia que você conseguiria.

– Eu te fiz uma promessa. Vamos te levar para casa.

Carregar Cat não foi difícil, já estava fazendo isso antes, mas foi cansativo. Na verdade – aí, sim, que vem a pior parte –, o estado de saúde da minha amiga, sim, foi um problema.

Ela estava realmente muito fraca. Tive de não só que arrastá-la para fora da água como também carregá-la, pois ela não tinha forças nem para se segurar. Desbravamos floresta adentro à procura do caminho de volta.

Catherine não falou nada durante o caminho. Seu pulso estava mais baixo, e sua respiração, ofegante, mas, ainda assim, isso me deixava aliviada, pois era um sinal de que estava viva. Seu corpo tremia involuntariamente, desconfiei que pudesse ser a hemorragia. Ela perdera muito sangue em razão do ferimento no ombro. Isso levou à sua palidez e fraqueza.

A noite já estava caindo e a temperatura começou a baixar drasticamente, pelo menos uns oito graus. O vento frio ricocheteava a pele. Cat perdia calor muito rápido, estava fria demais, não só pela hemorragia, mas pelas roupas molhadas.

Eu também estava com frio, cansada, ferida e com fome, mas sabia que a minha amiga morreria se não fosse tratada logo. Esse foi o pensamento que me fez seguir em frente.

Como Cat estava em silêncio, eu travava um monólogo interno. *Minha amiga precisa de mim,* repetia isso inúmeras vezes para mim mesma. No entanto, o que tomava conta da minha cabeça mesmo era a culpa. Eu era responsável por tudo isso e sabia.

Eu vim para o Peru, eu arrastei meus amigos para o meio da floresta, eu quis voltar mesmo depois de estar em segurança. E pelo quê? Ouro? Não, meu pai tinha dinheiro. Ego, isso foi talvez a única coisa que me fez ir tão longe. E pior: ódio, eu quis me vingar, mas o preço que estava pagando era alto demais.

Minhas razões egoístas quase levaram minha melhor amiga à morte mais de uma vez. Não deveríamos ter saído daquela aldeia para procurar os outros. Se eu tivesse ficado, Khuno e Jason estariam vivos, este talvez sobrevivesse até mesmo se eu não tivesse voltado para matar todos depois que salvei Cat, e ela não estaria tão mal.

Eu estava quase chorando. O caminho que tinha de percorrer ainda era longo, dificilmente ela sobreviveria. Fechei os olhos, pensei em tudo o que podia fazer e segui em frente.

Foi então que tive a melhor surpresa daquele dia. Não ouro nem glória, o que mais me fez feliz foi ter a esperança recuperada, só não esperava que ele fosse me trazer.

– Eve?!

Será que estava escutando coisas? Juro que ouvi alguém me chamar.

– É a Eve! Ela está com a Cat!

Olhei a floresta a minha volta à procura do dono daquela voz. Pouco mais à frente da clareira vi o dono daquele sotaque singular, meu pai viera me buscar.

– Viu, Logan? Eu disse que ela conseguiria, sempre soube. – Ele estava maravilhado.

– É, Rick. A sua encrenqueira se saiu bem – disse um homem que reconheci ser Logan Scofield, um amigo da família.

Ao me ver, meu pai abriu um sorriso largo e lágrimas discretas brotaram dos seus olhos, algo que eu nunca tinha visto acontecer. Ele desceu do jipe e correu em minha direção.

– Pai...

– Ah, Evelyn, você está viva. Estou orgulhoso de você.

Ele me abraçou forte, meio sem jeito, por causa de Cat, então, quando olhei em seus olhos, vi que estava chorando.

– Evelyn, eu fiquei com tanto medo. Encontrei sua pista e não desisti até te encontrar, mesmo há pouco tempo, quando ficamos sem sinal – ele disse de forma tão sincera que fiquei emocionada.

– Obrigada, pai. Te amo.

– Também te amo, Eve. Não suportaria te perder, minha filha.

– Pai... Cat...

– Minha nossa! Vocês estão muito feridas! Não percamos mais tempo, venham!

Ele, então, se assustou ao ver a gravidade de sua saúde. Tirou seu casaco e jogou por cima dela. Tomou-a dos meus braços e a levou até o jipe. Deitei-a em meu colo no banco do jipe, meu pai jogou um cobertor sobre nós.

– Rápido, Logan!

Logan Scofield acelerou o jipe e a trilha para *El Dorado* foi desaparecendo à medida que meus olhos foram se fechando.

Tem coisa mais esquisita do que acordar em um hospital e se ver no noticiário mesmo depois de três dias do seu resgate? Sem falar que a cobertura estava em frente ao hospital.

– Acordou, dorminhoca?

Catherine estava sentada na beirada da minha cama. Eu devolvi seu sorriso. Ela tinha no rosto um hematoma que agora era uma linha amarelada, mas não era permanente.

Eu ainda estava um pouco sonolenta quando meus olhos se voltaram para a TV.

– Está vendo o canal de notícias?

– É, por que a surpresa?

– Você detesta isso, a menos que seja de fofoca de famosos.

– Geralmente, mas não a sessão de moda ou quando a minha melhor amiga ainda está em destaque. Todos estão curiosos para saber os detalhes.

– Melhor do que ser conhecida como a delinquente juvenil que roubou e bateu com o carro do pai da sua melhor amiga.

– Não foi um roubo, meu pai não fez o boletim de ocorrência.

– Mesmo assim, eu ainda bati o carro dele.

– Não se preocupe, o seguro deve cobrir isso, eu acho... Mesmo assim, não deveria ter pegado a direção depois de beber, é perigoso.

Eu quase ri, dirigir alcoolizada parecia brincadeira de criança comparado ao que passara na última semana. Mas resolvi deixar isso quieto e provocar a Cat:

– Esqueci que você costuma pagar vexame por nós duas quando está bêbada.

– Engraçado – ela disse, sorrindo –, esse é o tipo de coisa que todos esperariam que eu fizesse mesmo sem ter ingerido álcool.

– Você reprovou na prova de direção três vezes.

– Quatro, eu faltei à última. Mas isso realmente não importa, meu prazo expira em uma semana e, até lá, estarei usando isso.

Ela estendeu o pé, mostrando o gesso. Não era tão sério quanto eu imaginava, apenas uma luxação. O corte no ombro também não teve complicações.

– Eu sinto muito por isso...

– Ei, está tudo bem, *Sweetie*, sério mesmo.

Cat me deu um daqueles sorrisos fofos, mostrando que não estava brava comigo. Ela também foi muito gentil em continuar ali mesmo já tendo recebido alta. Meu pai, por mais que ainda tivesse ficado no Peru, sempre tinha assuntos do casamento para resolver ou conversas para tentar afastar um pouco a mídia. Ou seja, sempre ocupado demais.

O médico bateu à porta. Era um senhor na faixa dos 50 anos.

– Senhorita Raleigh? – disse conforme vinha entrando, falando em inglês com sotaque latino. – Sou o doutor Quispe. Vim verificar como a senhorita está.

– Um pouco dolorida, mas bem.
– Importa-se se eu checar seus pontos?
– Não, por favor.
Ele se aproximou da cama, então olhou para Cat.
– Gostaria que ela saísse da sala?
Eu olhei para ela. Cat tinha uma expressão completamente neutra.
– Não, é, quero dizer... se ela não se importar...
– Estou aqui por você, *Sweetie*. – Cat segurou minha mão em afirmativa.
– É claro – disse dr. Quispe sorrindo para mim. – Algumas pessoas preferem que seus acompanhantes não estejam presentes durante os exames.
Ele verificou meus ferimentos – que não eram poucos. Eu tentei argumentar que estava bem quando fui levada ao hospital e que realmente não foi nada extremamente grave. Quero dizer, eu tive de levar vários pontos por causa dos cortes, ficar no soro por causa do veneno e tratar de uma queimadura abaixo da costela fissurada. Infelizmente, eu ficaria com algumas cicatrizes daquela viagem.
– Está se curando bem – disse o médico. – Claro que ainda vai ter que tomar alguns antibióticos, mas está reagindo bem.
– Isso quer dizer que já posso ir?!
– Bom, talvez daqui a uns dois dias. Vou pedir para a enfermeira te aplicar algum analgésico.
O doutor deixou o quarto. Eu afundei no travesseiro enquanto Cat estendeu a mão na altura do rosto, exibindo um *iPhone*.
– Onde arrumou isso?
– Eu trouxe comigo, mas tinha deixado no hotel. Minha caixa de entrada está lotada.

– Nem quero pensar na quantidade de e-mails que terei que responder quando voltarmos.

– Pelo menos não terá que responder o Matt, ele está muito preocupado contigo. Sério, ele me mandou uns vinte desde a noite passada. Apagando...

– Sabe como eles estão?

A expressão de Cat mudou na mesma hora, ela ficou séria e parecia ponderar suas palavras.

– Bem, *Sweetie*, você foi a que ficou mais ferrada daqui.

– É por isso que eu ainda não voltei para casa – reclamei.

– Só mais dois dias, tenha paciência. Pega, um pouco de tecnologia para te agradar.

Peguei o *iPhone* e entrei na internet, mas não abri meu e-mail. A tecnologia não ajudou em nada, meu caso ainda tinha destaque nas redes sociais e ninguém falava nada sobre o estado da minha mãe.

– Não está ajudando.

Devolvi o celular a ela. Voltei os olhos para a TV, que agora tinha uma foto de Cortés em destaque no noticiário.

– E eu não tive a chance de matá-lo.

– Você não o matou?

– Não, foi a Helga. Mas eu queria.

Antes que Cat respondesse, seu celular tocou.

– Tenho que atender, volto logo.

Catherine deixou a sala. Poucos minutos depois, entrou um enfermeiro, seguindo, talvez, as recomendações do dr. Quispe. Ele foi discreto, achei até um pouco mal-educado, visto que não se apresentou.

Trazia consigo um daqueles carrinhos com uma bandeja de medicamentos em cima. Parou ao lado da minha cama.

Ele estava mexendo em umas seringas de costas para mim. Eu não estava prestando tanta atenção assim, talvez não tivesse se apresentado porque não falava inglês.

– O doutor Quispe te enviou?

Ele olhou para mim, mas não respondeu, apesar de eu ter falado em bom e claro espanhol. Aquele enfermeiro era muito antissocial mesmo, nem sequer pude ver seu rosto porque estava usando uma máscara.

Ele veio ao meu lado e aplicou a injeção no meu braço totalmente sem técnica, doeu. Olhei para ele, que estava realmente concentrado, e aqueles olhos não eram totalmente estranhos.

– Isso dói – reclamei em um bom inglês e fiquei surpresa quando ele respondeu.

– Serei rápido – disse sem sotaque latino, enquanto arrancava a agulha do meu braço.

Aquilo foi realmente estranho, algo nele me incomodava.

– O que é isso? Um analgésico?

– Isso é qualquer coisa que te faça calar a boca!

O homem levou a mão ao rosto e puxou a máscara para baixo.

– Ian!

Eu tentei me levantar, mas ele me empurrou contra a cama. Ele veio para cima de mim, enrolando as mãos em meu pescoço.

Fiz um movimento rotatório com meu braço, acertando a barra que sustentava o soro e derrubando-a sobre ele. Já estava me desvencilhando quando ele me puxou de volta para a cama. Ele prendeu as minhas mãos.

– Socorro! – gritei.

Ele soltou uma de minhas mãos, mas logo deu um tapa no meu rosto. A essa altura, ele já estava sobre mim, eu me debatia e gritava, até minha voz ser abafada pelo travesseiro.

Eu continuava a me debater. Cravei o que restou das minhas unhas em seu braço, mas ele não me soltava por nada.

– Será pior se resistir!

Eu não consegui gritar ou me mexer. Conforme fui ficando sem ar, fui perdendo forças, senti minha pressão baixar. Soltei seu braço e larguei os meus sobre a cama.

Clang!

– Ai!

De repente, Ian não estava mais segurando o travesseiro contra o meu rosto com tanta força.

Clang! Clang!

Tirei o travesseiro alarmada e entendi o que estava acontecendo.

– Afasta-se dela!

Cat estava de pé com a muleta estendida enquanto Ian levou a mão à cabeça meio agachado. Ele se mantinha de pé, apoiado na parede com a lateral da cabeça coberta de sangue.

Cat fez mais um movimento como se fosse bater nele, mas a muleta passou direto e ela se desequilibrou. Ian já estava totalmente de pé, pronto para correr então me atirei em cima dele e me pendurei em seu pescoço.

– Solte-me!

– Você não vai a lugar nenhum!

Ele se debateu de um lado para o outro e me arremessou sobre a bandeja que ele trouxera. Eu caí no chão com todas aquelas seringas e agulhas.

Só vi Ian investindo contra Catherine e a derrubando, ela caiu sentada no chão. Ian já ia correndo em direção à saída quando Catherine esticou a muleta e ele tropeçou.

Peguei a primeira injeção que vi e levantei já correndo, aos tropeços, na direção de Ian. Atirei-me sobre seu corpo caído e espetei a agulha um pouco abaixo do pescoço. Então apertei.

– Tira isso de mim!

Ele se debateu, me atirando para o lado. Eu arranquei a seringa com tanta força que a agulha quebrou. Ele já estava em cima de mim de novo quando Cat acertou a lateral da sua cabeça com mais força.

– Solta! Solta!
– Ahhhh!

A última pancada foi tão forte que ele não só me soltou, mas também ficou gemendo de dor. Eu investi derrubando-o, rolei para o lado, estiquei a mão e agarrei outra seringa.

Nessa altura ele já estava deitado no chão, então injetei direto no seu coração. Segundos depois, Ian começou a se debater loucamente.

Cat ainda batia nele com a muleta, quando finalmente o dr. Quispe e uma enfermeira entraram. Ficaram chocados quando viram Cat atacando um enfermeiro enquanto eu estava no chão.

Levantei-me rapidamente, abraçando Cat.

– Solta – disse a ela.

Ela largou a muleta e me abraçou mais forte, então nos sentamos na cama. Meus olhos se encontraram com os do dr. Quispe.

– Ele tentou me matar, não é médico!

Dr. Quispe se aproximou do corpo caído no chão, logo percebeu que se tratava de um invasor, visto que ele não tinha identificação.

– Está morto – disse por fim.

Eu ainda estava segurando a seringa, então vi o que eu tinha aplicado nele: adrenalina.

Em poucos minutos, meu pai e a equipe de segurança chegaram ao local. Troquei de quarto e me aplicaram um medicamento para cortar o efeito daquele que Ian havia injetado em mim.

A porta se abriu e meu pai adentrou. Como sempre, vestia um terno muito bem alinhado, o que ressaltava a sua elegância natural. Seu olhar era sério, mas, quando me viu, suavizou.

– Como está se sentindo? – perguntou ele com o seu sotaque superbritânico.

– Bem, eu acho. Como estão as coisas lá fora?

– Resolvidas, não há nada com que você deva se preocupar agora. – Isso não soou muito convincente. – Mandei reforçar a segurança.

– Não acho que seja necessário.

– Evelyn, você quase foi assassinada há poucos minutos, então, não há nenhum argumento que possa utilizar para me persuadir a mudar de ideia.

Soltei um suspiro de frustração, parte por ser vigiada como um bebê, parte por talvez a confusão adiar a minha alta. Meu pai sorriu levemente e se aproximou. Gesticulei para que se sentasse na cama, pois, como um bom inglês, ele sabia respeitar o espaço alheio.

– Estou muito orgulhoso de você, Eve. Sempre soube que seria capaz de fazer coisas incríveis, talvez o mundo também devesse saber disso.

Ele me entregou um caderno elegante com capa de couro.

– Não estou um pouco velha para escrever um diário?

– Sei que vocês, jovens, são adeptos à tecnologia, mas um caderno é mais fácil de transportar do que um *notebook*, além de não precisar recarregar a bateria.

– Acho que, se eu escrevesse o que vi nessa viagem, todos pensariam que sou louca.

– Não houve um gênio que um dia não foi chamado de louco. Eles simplesmente são incompreendidos por terem uma mente ampla e pensarem à frente do seu tempo.

– Mesmo assim, acho que nem mesmo o senhor acreditaria em mim...

– Por que não tenta?

Então contei a ele tudo o que aconteceu, cada detalhe do ocorrido, mesmo a matança da qual fui responsável. Descrevi *El Dorado* e todo o seu esplendor, lamentando que eu jamais poderia provar isso ao mundo.

– E...? – perguntei ainda receando que ele me mandasse para um hospício.

– Minha querida, muitos aventureiros renomados sentiriam inveja de você, se soubessem disso.

– Então acredita em mim?!

– Por que não acreditar? – Ele me deu um leve sorriso, depois ficou um pouco sério. – Eu nunca passei por nada como isso, Eve, mas já vi algumas coisas estranhas...

– Mesmo assim, todos dirão que sou louca.

– Ou que é um gênio da ficção literária – ele sugeriu.

– *El Dorado* é um pouco clichê.

– Mas ninguém duvidará de você quando trouxermos essa estátua de volta à superfície! – ele disse isso de forma muito determinada.

Ficamos em silêncio por um tempo, meu pai estava meio triste e pensativo. Ele olhou para mim com aqueles olhos profundos, mas acabou deixando escapar um sorriso. Pôs a mão no bolso à procura de algo.

– Estou realmente orgulhoso de você, quero que fique com isso.

Ele me entregou um objeto. Nunca fui muito fã de joias – a única coisa que eu usava era um anel de falange de aço escuro no indicador direito –, mas aquela era uma das mais bonitas que eu já vira. Tratava-se de um relicário, redondo e delicado, de ouro envelhecido mesclado com algumas partes mais claras.

– Foi dado pela Rainha Elizabeth I a Walter Raleigh por seus serviços prestados à Coroa.

– Não brinca?! Tipo, isso tem um valor inestimável e está na nossa família há séculos! Eu... não posso aceitar.

– Claro que pode, é um presente. Walter o ganhou sem ter encontrado *El Dorado*. Você fez, merece isso.

Eu não sabia da existência dessa joia e também mal acreditava que meu pai a havia dado a mim.

– Obrigada – disse por fim.

Eu já estava quase adormecendo quando Cat entrou no quarto minutos depois.

– Você está bem?

Eu assenti e ela se sentou na beirada da cama.

– Queria vir logo, mas os policiais me interrogaram por causa do Ian, depois o médico fez um *check-up*. Já está cheio de jornalistas lá fora, você não faz ideia.

– Eve, nem pense em dispensar o segurança, você viu o que aconteceu. Ian tentou te matar.

– Eu sei, é só que não acho que ainda tenha gente tentando me matar – eu disse por fim. – Cat, acabou. Eles estão mortos, todos eles.

– Acabou – ela disse mais aliviada.

– Acho que a única pessoa que viria para cá correndo atrás da minha cabeça seria a Rachel, mas acho que Matt não contou nada a ela.

– Ainda. É mais um motivo para dobrar a segurança.

Ela estava rindo.

– Mal posso esperar para voltar para casa.

– Vamos voltar assim que você se recuperar. – Ela segurou a minha mão. – Tente dormir um pouco.

Dormir realmente me pareceu uma boa ideia.

Capítulo 25

Voltamos para casa e, no fim, recuperei aquilo que era mais importante

COMO A MINHA MÃE AINDA NÃO HAVIA RECEBIDO ALTA, MEU PAI passou alguns dias na Bolívia comigo, nos hospedamos em um bom hotel.

– Recebi um telegrama hoje mais cedo.
– Mesmo?
– É o órgão peruano responsável pelo patrimônio histórico e eles têm interesse em recuperar o *El Dorado*, agora que você encontrou sua localização. Estou negociando uma expedição.
– Eu pensei que *El Dorado* não pertencesse a ninguém, quero dizer, ele está na fronteira tríplice.
– Basicamente, sim. Também não podemos desmatar, desviar recursos hídricos ou praticar extrativismo mineral sem desobedecer às leis. Isso também dificulta tudo, e pelo que você descreveu, o acesso ao templo é um tanto difícil.

Minha expressão se desfez, eu queria contar essa história ao mundo, mas não havia provas do meu feito. Queria mais ainda levar *El Dorado* para um museu, como era de vontade da minha mãe.

– Então, não há como retirar o *El Dorado* daquele templo...

– Eu não diria isso. Como eu disse, tenho conversado com os governantes locais, eles parecem estar dispostos a burlar as regras, se isso levar a estátua para um museu.

Meu pai também estava muito determinado em recuperar o *El Dorado*, era uma forma de fazer com que o nosso esforço não tivesse sido em vão depois de tudo aquilo que passamos.

– Eve, voltar lá talvez possa ser difícil para você depois de tudo o que passou, mas...

– Claro, eu quero participar das escavações! Eu ajudei a minha mãe a descobirir isso, vou fazer de tudo para mostrar o *El Dorado* ao mundo.

– Nós vamos conseguir.

– Talvez fosse mais fácil conseguir autorização se tivéssemos uma prova concreta disso – ponderei. – É uma pena que a câmera da Cat tenha ficado danificada...

– Eve, essa foi a coisa mais prodigiosa que já vi. Você não faz ideia do que fez, faz?

– De que não levei os méritos por minha descoberta porque não consegui expô-la? Ou de saber que ninguém vai acreditar nisso?

– Filha, existe uma grande diferença entre o orgulho e a vaidade. Já se questionou sobre o assunto? – perguntou ele.

– Digamos que me interesso mais por História do que por Filosofia.

Ele me deu um sorriso por conta da minha resposta, meu pai sabia o quanto minha língua podia ser afiada. Depois de uma pausa, ele continuou.

– Orgulho é a satisfação pessoal pela realização, está relacionado com a opinião que temos de nós mesmos; já a vaidade, com o que gostaríamos que os outros pensassem de nós. Diga-me, seu orgulho não é forte o bastante para suprir sua vaidade?

Confesso que nunca havia pensado assim. No fundo, eu sabia que fora fantástica, que fiz em pouco tempo o que muitos desperdiçaram a vida tentando fazer. Eu me sentia mais confiante, como se pudesse fazer qualquer coisa. Mesmo assim, eu queria ser admirada, não queria ser uma sombra.

– Sei que fiz algo extraordinário, mas... – Não concluí.

– Não ficou totalmente satisfeita? Eu sei que você não se importa com o ouro, mas com relação aos méritos, acredito que na hora certa essa história virá à tona.

– Não é só isso que me incomoda. – Fui sincera. – Eu não consigo parar de pensar em Khuno, Jason...

Não consegui falar, apenas desabei em lágrimas mais uma vez.

– Eve, não foi sua culpa.

Ele me abraçou, nunca fomos tão próximos assim, mas o amor paterno estava me ajudando de alguma forma, especialmente com a minha mãe internada. Peguei-me pensando nela e as palavras do meu pai fizeram mais sentido: talvez ninguém nunca mais visse o *El Dorado*, mas no fim eu recuperei aquilo que era mais importante para mim.

– Posso te fazer uma pergunta pessoal?

Meu pai franziu o cenho.

– Claro, filha.

– Você amou a minha mãe?

Dessa vez ele abriu um meio sorriso.

– Eu amei muitas mulheres, Eve, mas a sua mãe foi especial. Maria é uma mulher incrível, não era justo pedi-la para se casar comigo enquanto ela tinha que esperar meu divórcio e depois se mudar para a Inglaterra.

– Não acho que ela teria aceitado.
– Provavelmente, não.
Nós rimos, mas logo ele ficou sério novamente.
– Eve, meu casamento está marcado para daqui a dois dias, mas...
– Não, não adie. Eu vou ficar bem, prometo. Então, onde será a lua de mel?
– Caribe. Sabe como são essas cariocas, adoram uma praia.
– É, parece legal. Boa viagem.
– É, vai ser boa. – Sua voz era inexpressiva. – Vou fazer as malas.
Antes de sair, ele chamou a minha atenção.
– Ah, Eve, você devia começar a fazer o mesmo, soube que Maria não vai demorar para sair do hospital.

Então, pouco dias depois, estávamos novamente em casa.
Ou melhor, em um apartamento que meu pai deixou alugado visto que eu havia incendiado a cozinha, mas o importante é que lá estava a Maria Vega que eu conhecia antes do Peru.
Sua recuperação foi excelente, ela estava começando a ganhar peso e sua pele não estava tão pálida, teria cicatrizes como eu, mas não parecia se importar. Ela vestia suas roupas loucas e tinha aquele brilho no olhar quando veio me trazer uma ótima notícia.
– Eve, a assistente do seu pai ligou.
– A Emma?
Ela assentiu.
– Sim, ela está organizando a expedição e me pediu ajuda para compor a equipe. Ela já providenciou máquinas, algumas pessoas para a escavação e filmagens, mas precisava de uma certa "arqueóloga" também.

– Não sou exatamente uma arqueóloga, mas agora que estamos pagando o aluguel eu aceito o trabalho.

Minha mãe riu da piada.

– Quando começamos?

– Bom, a Emma ainda não conseguiu a autorização, mas ela acredita que dentro de algumas semanas já estará tudo certo para começarmos.

– Ótimo, eu ainda tenho alguns dias para descansar, então – disse me dirigindo à porta.

– Vai sair?

– Sim, preciso de ar fresco.

Ela assentiu sorridente.

– Tem uma surpresa te esperando aí fora.

– Surpresa? Como assim?

– Seu pai deixou um último presentinho antes de partir.

– E o que é?

– Eve, chama-se surpresa por um motivo: perde a graça se souber na hora errada, é como dar um *spoiler* de livro. O que importa é que você vai amar.

Nossa, meu pai realmente entendia de surpresa. Assim que deixei o prédio, avistei o meu *Mustang*.

Mas não era exatamente o meu *Mustang*, ele estava novo! Tipo, meu pai mandou reformá-lo todo. Entrei no carro e sentei no confortável banco de couro. A cabine era moderna, com um aparelho de som potente e um GPS no painel. A chave estava na ignição e havia um bilhete escrito em uma caligrafia refinada e inconfundível.

Querida Eve,

Há tempos venho dizendo que essa lata velha ambulante que você chama de carro está caindo aos pedaços e, além de não ser elegante ou apropriado, também é um perigo. Eu sei que você nunca demonstrou muito interesse pela sua herança, mas, francamente, andar naquilo ultrapassou todos os limites.

Agora, com tantos holofotes voltados para você, está na hora de mostrar um pouco mais de glamour e respeito com seu nome e menos descaso com o dinheiro e as roupas. Dê o exemplo!

Por ora, desfrute desse presente, nem de longe é meu carro preferido ou ideal para uma lady, mas acho que é o máximo que consigo tirar de você. Espero que goste.

Atenciosamente,
Richard Baron Raleigh, seu pai.
P.S.:. Sua vaga em Oxford não só permanece em aberto como também o próprio reitor demonstra grande interesse em receber-te como aluna. Pense nessa proposta, mas saiba que apoiarei qualquer decisão que tomar.

Suas palavras pareceram autênticas, não acho que estivesse tentando me subornar com um carro fantástico, mas, sim, me persuadir com as vantagens e confortos que eu teria se fosse para lá.

Naqueles últimos dias, andei pensando na proposta com carinho, a Inglaterra era legal, e Oxford, uma ótima faculdade. Também estava menos adversa a aceitar ajuda financeira paterna.

Ele não estava me pressionando para me mudar para a Inglaterra agora, queria que eu tentasse voltar à minha rotina normal, por enquanto. O importante era que, independentemente do que eu escolhesse, tanto meu pai quanto a minha mãe me apoiariam.

Epílogo

Minha rotina foi se normalizando conforme os dias se seguiram.

Já havia se passado algumas semanas desde os acontecimentos relatados, ainda era difícil me acostumar com tudo isso, mas eu estava finalmente começando a seguir em frente.

Bom, vou fazer um breve resumo do que tem acontecido nas últimas semanas:

Eu não vou responder por nenhum delito, mesmo a batida de carro, já que o senhor Stacy concordou em não prestar queixa, uma vez que me comprometi a pagar pelo conserto dele – isso era uma mísera parte da fortuna dos Raleigh. Também não encontraram indícios de que eu estivesse bêbada.

Contudo, minha fama não melhorou em nada. Meu histórico escolar vazou, fiquei conhecida como a delinquente que só não foi expulsa por causa influência de sua mãe no meio acadêmico – pelo menos os repórteres já não me infernizavam tanto.

Benjamin foi outro que não respondeu por nenhum delito e ainda ganhou um bônus da família Raleigh. Como seus serviços prestados foram por uma causa nobre, meu pai convenceu seu cão de caça a não denunciá-lo; este atendeu ao pedido sem relutar, pois acreditava que o garoto tinha um bom tato investigativo.

Logan Scofield e uma equipe de detetives e policiais investigaram a fundo o caso e comprovaram o envolvimento da corporação com os envolvidos no incêndio. Além do sequestro, ainda encontraram provas de que eles cometiam crimes ambientais e afins.

Isso levou toda a corporação à falência. As multas eram altíssimas; no final, venderam todos os bens. Além disso, todos os responsáveis envolvidos com esses esquemas ilícitos foram presos.

Com relação às mortes que provoquei? Sabe como é, sem corpo, sem assassinato. Ninguém se atreveu a entrar na floresta para investigar, e Cortés havia me feito um favor enorme ao se livrar dos corpos de seus companheiros.

Ou seja, tudo estava indo muito bem. Até o dia estava bonito, ensolarado e quente. Levantei um pouco mais cedo, passava das sete, iria para a casa da Catherine para passarmos um sábado tranquilo juntas.

Só percebi que não tinha tomado café quando passei em frente a uma lanchonete e resolvi parar. Mandei uma mensagem para o celular de Cat e me distraí. Sem querer, esbarrei em um rapaz, derrubando café em sua camiseta.

– Desculpe, eu sinto muito.

– Tudo bem, Eve. Eu entendo que, como você ganhou peso, ficou um pouco descoordenada e perdeu noção de espaço – disse o babaca do Matt àquela hora da manhã.

– Idiota – respondi, dando-lhe um abraço.

Eu não estava gorda, apenas recuperei o corpo que eu tinha antes de ir ao Peru. Matt também estava bem melhor, assim como eu não tinha mais aquele aspecto de sobrevivente e já havia retirado o gesso.

– Ei, calma. Foi só uma piada.

– Você já foi melhor nisso – comentei.

– E você, como sempre, esse poço de franqueza e sarcasmo.
– Só não tenho vocação para a hipocrisia.
– Essa é uma das coisas que eu mais gosto em você.
– Minha falta de aptidão à mentira? – ironizei.
– Também, pelo menos assim eu não me iludo...

Depois que Matt me beijou, os sentimentos que ele nutria por mim ficaram mais evidentes. De vez em quando, ele até jogava umas indiretas como essa, mas eu nunca as levei a sério. Também nunca alimentei falsas esperanças sobre um possível envolvimento amoroso entre nós.

– Gosto muito de você. Na verdade, acho que até adoro seu jeito, mesmo com o sarcasmo, a rebeldia e o ego estupidamente grande. Mas gosto disso porque é seu, se fosse outra garota, eu nem chegaria perto.

– Matt...

– Sabe, eu comecei a namorar a Rachel e tal, mas nunca senti tanto ciúme quando um cara chegava nela quanto quando vi você e Sean juntos. Nunca, até então, havia me dado conta dos meus sentimentos de verdade. Eu te amo, Evelyn.

Ele sempre encontrando uma forma debochada de se declarar. Não podia negar que isso era fofo, eu gostava muito dele – tudo bem, admito, eu o amava –, porém, por mais gato e gentil que Matt fosse, eu não sentia o mesmo por ele.

– Matt, você é um idiota e eu te amo mesmo assim, porque é isso que os amigos fazem, aceitam-se e amam-se como são. Mas...

– Mas não vê de outra forma senão como um amigo? – Uma leve inclinação a um sorriso se desfez no seu rosto. – E ainda é gentil em não troçar dos meus sentimentos.

– Eu sinto muito...

– Não sinta. Sou louco mesmo, não sou? Quero dizer, quais são as chances de a gente dar certo, uma em cem?

Pois é, e ainda havia essa questão do seu "outro" lado. O Matt ciumento, possessivo e controlador, viveríamos brigando todas as vezes que ele se intrometesse para impedir uma das minhas viagens. Ou seja, não daria certo mesmo se tentássemos.

– Eu diria que uma em mil – corrigi.

– Mesmo assim, arriscaria tudo por essa chance.

– Mas eu não estou disposta a arriscar a nossa amizade por isso.

Ele riu meio sem jeito, depois ficou olhando para o lado, evitando o meu olhar. Eu achava ruim ele namorar a Rachel, mas era melhor ver aqueles agarramentos do que o silêncio constrangedor, mesmo estando perto do meu melhor amigo.

– Eu vou indo... – disse ele.

– Não quer uma carona?

– Não, obrigado. Até a próxima, Eve.

– Até – respondi e o vi partir desapontado.

Gostaria que ele se apaixonasse de novo, de preferência o mais rápido possível. Afinal, o que melhor do que um amor para esquecer outro?

– Matt, você tem falado com a Alicia?

– Alicia Brown? Claro, ela está no clube de corrida junto comigo, por quê?

– Nada de mais, só acho que deveria fazer isso com mais frequência.

Entrei na lanchonete, comprei meu café e segui até a casa de Catherine.

Ela não me viu chegando, então desci do carro e me aproximei sorrateiramente, até finalmente apertar cada lado de sua cintura. Cat deu um pulo.

– Distraída – disse entre os risos.

– Atrasada – replicou ela.

– É, eu parei para tomar um café, vi o Matt e a gente ficou conversando um pouco.

– Ah, vocês conversaram e...?

– Ele merece alguém que possa retribuir seus sentimentos.

Dei de ombros, realmente torcia para que ele me esquecesse logo. Caminhamos até meu carro, Cat pareceu aprovar o upgrade do meu *Mustang*.

– Uau, agora, sim, isso parece um carro – disse ela, entrando no veículo.

– Presente do meu pai. – Juntei-me a ela no banco do motorista. – Ah, quase me esqueci de te entregar.

Eu me inclinei para o banco de trás e peguei o embrulho.

– O que é isso? – perguntou ela.

– Não vai tentar adivinhar?

– Não é uma câmera nova, é?

– Não.

– Ainda bem, porque eu já encomendei uma e dessa vez bem melhor. Você vai ver quando começarmos as filmagens.

– Que filmagens?

– Do seu documentário, é claro. Você não vai viajar para recuperar o *El Dorado*? Ah, esqueci de te falar, o Ben conseguiu recuperar alguns vídeos da minha filmadora, então agora que temos alguns *tapes* salvos. Vai ficar ótimo, mas ainda precisa de alguns complementos. Estou cheia de ideias, vai ser fantástico!

Documentário? Cat estava louca, ela começou a falar de seu projeto. Sério, ela me olhava daquele jeito que seria difícil dizer não.

– Temos que arrumar uma emissora, o prazo é curto, sabe? Queria aproveitar enquanto essa história ainda é uma tendência, mas ainda tenho horas de vídeos para cortar e editar.

Também vamos precisar de tempo para sua parte, já que você deve estar cheia de entrevistas... Já pensou se produzirem uma série de documentários sobre as suas aventuras? Pensei em algo do tipo *Evelyn Raleigh: Caçadora de Aventuras*!

– Sem querer cortar o assunto – sem querer nada! *Caçadora de Aventuras*? Ela não tinha nome pior para escolher, não? –, não vai abrir o presente?

– Ah, claro, depois a gente fala sobre isso.

Catherine pegou o embrulho e o abriu.

– Não acredito! – ela disse aos risos. – *Sweetie*, o que...?

– Não foi você que disse que eu tinha uma dívida contigo?

– Na verdade, não pensei que seria bem assim...

– Você detestou?

– Não faz muito meu estilo, mas até que gostei.

– É mais prático e confortável – disse de forma persuasiva.

– Achei meio grande...

– Geralmente compramos um número maior, mas, se achar que eu errei no tamanho, pode trocar.

– Não, acredito em você. Com certeza tem mais experiência em comprar essas coisas do que eu. Não vai me dizer?

– O quê?

– As suas intenções ao me dar isto – disse, levantando o seu presente.

Eu sorri como se não tivesse entendido a pergunta.

– Não posso dar a uma amiga um par de botas novas que eu estava devendo?

– Pode, mas coturnos militares leves? Eu nem sei com que roupa combinar isso.

Não pude mais censurar meus risos. Sério, vocês tinham de ver a cara da Cat quando ela desembrulhou o presente e viu os coturnos pretos leves.

– Qual é a graça?
– A graça é que você acreditou que eram seus, bobona.
– Quê?!
– Dê-me isso. – Peguei a caixa. – O seu está no porta-luvas.

Cat, ainda meio desconfiada, abriu o porta-luvas e retirou um embrulho cor-de-rosa. Ao abri-lo, soltou um suspiro de surpresa meio reprimido. Seus olhos, antes suspeitosos, agora brilhavam maravilhados.

– Que linda!

Escolhi para Catherine um par de botas de couro cano alto e salto fino, com a sola vermelha. Esse era o modelo perfeito para ela, elegante e, ao mesmo tempo, ousado.

– Claro que vai demorar um pouco até você usá-las. Considere isso um incentivo para se dedicar à fisioterapia.

Só para esclarecer, como vocês já podem deduzir, Catherine não era o tipo de pessoa que leva fisioterapia muito a sério – na verdade, ela não levava nada muito a sério.

– Vou me dedicar, prometo, já estou quase terminando. Quero estar cem por cento para nossa próxima aventura.

– Como assim? – indaguei.

– *Sweetie*, só tem um motivo para você comprar estes coturnos: quer usar na próxima exploração. Você fica muito bem com esse estilo meio *badass*, mas está com segundas intenções. Eu vou junto!

– Cat, não vai conseguir viver com apenas as roupas que uma mochila possa carregar por mais de uma semana – disse, ouvindo os risos relutantes da minha amiga.

– É, vou ter que comprar uma mochila realmente grande.

– Enorme, na verdade – completei.

Ela riu, depois ficou pensativa, como se tivesse percebido a "gravidade" da coisa. Guardou o par de botas novo dentro da caixa que estava no seu colo.

– Catherine, agora é sério, sobre isso tudo que aconteceu, poderia ter sido muito pior mesmo. Você sabe que, se me seguir, pode morrer ou ter lesões irreversíveis, não sabe?
– Uhum.
– Sabe que, além do perigo, também viverá em ambientes inóspitos sem nenhum luxo, não sabe?
– Eu sei das consequências, Eve, e as aceito.
– Você vai ficar muito tempo longe de casa e de sua família – argumentei.
– Meus "irmonstros" sempre foram insuportáveis e eu não tenho me dado muito bem com meu pai ultimamente, ele não me entende... – Ficou meio pensativa e cabisbaixa. – Queria que eu fosse alguém diferente, mas não posso mudar o que sou.

O senhor Stacy fazia um tipo meio controlador e autoritário. Aposto que a estava pressionando por causa da faculdade, queria que ela fosse advogada, talvez. Estranhamente, ela nunca conversou comigo sobre isso; às vezes, ela se fechava um pouco.

– Sabe, às vezes, nem eu te entendo. – Dei-lhe um sorriso bobo, fazendo-a sorrir.
– *Sweetie*, casa não é onde você está, e sim com quem você está. Você é a minha família, me entende e é capaz de me aceitar, eu sei disso.
– Tudo bem, então, lá vai a minha última tentativa: tem consciência de que, além das poucas peças de roupa, seu cabelo vai ficar horrivel e você vai viver coberta de poeira, em vez de maquiagem?
– Bom, acho que posso me adaptar a isso.
– Então ainda quer me seguir?
– Claro. Já estou até pesquisando faculdade de mídia de aventura.
– Quê?!

– É uma graduação que foca mídia como fotos e vídeos em lugares inóspitos.

– Seu pai não vai aprovar isso – disse.

Cat deu de ombros.

– Falei com ele e, desde então, faz de tudo para eu fazer Jornalismo, já que Direito é sem chance. Aí eu poderia trabalhar em jornal sério como o *Times*, mas eu não quero *status*... Sinceramente, de uns tempos para cá, a opinião do meu pai pouco me importa.

– Meu Deus, criei um monstro.

– *Você* criou um monstro? Até onde sei, sou eu que costumo te desencaminhar.

– Apesar de não precisar de ajuda para isso, eu sou uma "boa" influência.

– A melhor, mas não é a única.

– Quer dizer que não fui só eu que te fiz mudar de ideia?

– Não. Isso pode parecer meio estúpido, mas percebi que eu quero viver aventuras, em vez de apenas contá-las.

– Bem-vinda ao meu mundo. – Eu girei a chave e liguei o motor. – Para onde vamos?

– Com você, eu vou a qualquer lugar – disse ela.

– Bom, como já diziam: "Não é a chegada que importa, mas, sim, o caminho que se trilhou".

Cat assentiu, o melhor de tudo é que eu não ia trilhar meu caminho sozinha. Sorri para ela e disparei com o carro estrada afora. Posso não saber bem o que vou fazer ou para onde vou, mas sei aonde quero chegar.

Aquela viagem havia me mudado, sempre tive uma personalidade forte, mas agora estava apenas mais confiante, mais segura e mais perigosa. Estava descobrindo quem era e sabia quem eu queria ser.

Meu nome é Evelyn Raleigh, e acostume-se a ouvi-lo.

FONTE: Berthold Baskerville
IMPRESSÃO: Paym

#Novo Século nas redes sociais

www.novoseculo.com.br